クリスティー文庫
100

アガサ・クリスティー百科事典

作品、登場人物、アイテム、演劇、映像のすべて

数藤康雄・編

目次

コラム――ティー・タイム

まえがき

本書は、クリスティーに関するさまざまな情報を調べることができるうえに、拾い読みしても楽しめるという二つの性格を持つ事典を目指しました。

まずクリスティーの作品事典と戯曲初演リスト、映画化作品、テレビ化作品については、事典として当然持っていなければならない正確性、完璧性にこだわっています。

例えば作品事典では、クリスティー文庫に入っている全長篇ミステリ六六冊、短篇集十四冊に掲載されている全短篇一五三本、オリジナル戯曲集七冊にある全戯曲十本、普通小説六冊、ノンフィクションその他三冊の合計九六冊に含まれる作品二三八本を一定の語数で紹介しています。また映画化作品とテレビ化作品については、戦前に製作されたものから現在までのものをすべて含んでいます。

一方、作中人物事典とアイテム事典に関しては、完璧性はあきらめ、正確性と娯楽性に重点を置いています。また読み物として楽しめるよう、途中十箇所ほどにコラムを入れました。

作中人物事典とアイテム事典について完璧性をあきらめたのは、例えばクリスティー・ランドの登場人物は少なく見積もっても七千人を超えているので、完璧な人物事典を作ろうとすると、それだけで本書の数倍は必要になってしまうからです。そこで本書では、長篇ミステリと戯曲に登場する主要人物を一作あたり五人ほど、短篇集については主要短篇につき一人を選び、合計四百人ほどに制限しました。またアイテム事典についても似たような理由で、残念ながら主要なものの解説だけにしています。

なお本書は、数多くのクリスティー・ファンクラブ会員の協力によって作られました。ただし映画化作品とテレビ化作品に関しては、会員だけでは手におえない部分もあり、その分野の専門家、竜弓人氏にお願いしました。改めて謝意を表するしだいです。内容については最大の注意を払ってチェックしていますが、間違いがあれば文責は編者にあります。

「私は世界一の名探偵」とキザなことを言っている小柄なポアロの真似をしたわけではありませんが、本書は、小型の文庫本ながら〝百科事典〟を名乗っています。大言壮語とお叱りを受けそうですが、クリスティー作品を読んだ後や読む前になんとなく目を通して、次にどの作品を読むかの参考にしたり、あるいはかつて楽しんだ作品の内容を思い出す一助にしていただけたら、編者にとって嬉しいかぎりです。

数藤　康雄

アガサ・クリスティー百科事典

作品事典

長　篇
短　篇
戯　曲
普通小説
紀行、自伝など

一九二〇年代

1 スタイルズ荘の怪事件

The Mysterious Affair at Styles（一九二〇）矢沢聖子訳 ①――ポアロ

〃ミステリの女王〃アガサ・クリスティーが初めて書いた探偵小説であるとともに、私立探偵エルキュール・ポアロが初登場する記念すべき作品である。

第一次世界大戦で負傷したヘイスティングズ大尉は、旧友の招きでスタイルズ荘に滞在することになる。ところが到着早々、屋敷の女主人が殺害されてしまった。女主人は最近再婚しており、義理の息子である旧友は、遺産相続の問題から容疑者の一人になったのである。旧友を助けるために、ヘイスティングズは村で偶然出会った友人のポアロに捜査を依頼した。ポアロはベルギーの優秀な警察官であったが、退職後に戦争難民として英国に亡命し、被害者の女主人の厚意で、スタイルズ荘の近くで生活していたからである。現場にあったコーヒーカップはなぜ粉々になっていたのか？　そして灰の中から見つかった遺言状の切れ端はなにを意味するのか？　などの謎解きから、ポアロは意外な犯人を追及していく。

本書は当初、新人作家としてはまずまずの二千部ほどが売れただけであったが、ミステリ黄金時代（謎解き主体の長篇ミステリがもっとも盛んであった両大戦間の時代）には着実に評価を上げて、今ではミステリの古典として認められている。つまり本書の登場がひとつの契機となって、ミステリ黄金時代の幕が切って落とされたのである。

2　秘密機関

The Secret Adversary（一九二二）嵯峨静江訳 ㊼――トミーとタペンス

一九一五年五月七日、午後二時。英国汽船ルシタニア号はドイツの潜水艦に二発の魚雷を受けて沈没する。その最中、一人の青年が、アメリカ人の若い女性に連合国の勝敗を握る重要な書類を託す。一方、第一次大戦後のある日、教会の大執事の娘にして病室の元メイド、プルーデンス・カウリーは、幼馴染のトーマス・ベレズフォード中尉と、大戦中の陸軍病院で別れて以来偶然に、ロンドンの地下鉄の出口で再会する。仲間内で〝タペンス〟と呼ばれる彼女は、失業中のトミーと二人でお金を儲けようと「青年冒険家商会」を結成した。

　そこに二人の話を聞いていたという紳士が現われ、仕事を依頼されるタペンス。彼女は思いつくままジェーン・フィンと名乗った時、依頼人の様子が豹変した。ジェーン・フィンこそ、かの極秘条約文書を預かったまま消息を絶った女性であったのだ。情報局のカーター氏に導かれ、ジェーンの従兄と名乗る大富豪や王室弁護士も巻き込み、ついに二人の冒険の幕が切って落とされる。はたしてジェーン・フィンとは誰か？　そして謎のブラウン氏の正体とは？

　この事件後二人は結婚して〝おしどり探偵〟となるが、そのトミーとタペンスの記念すべきシリーズ第一作目。「二人の年をあわせたところで、四十五にはならなかった」彼らの若さ溢れる冒険スパイ小説である。

3 ゴルフ場殺人事件

The Murder on the Links（一九二三）田村義進訳 ②——ポアロ

ポアロとヘイスティングズが共同で住んでいるロンドンのフラットに、フランスから手紙が届いた。南米の富豪ポール・ルノー氏からのもので、「日夜生命がおびやかされているので、至急フランスのジュヌヴィエーヴ荘に来てほしい」という内容であった。出発する前にルノー氏に電報を打ち二人は大急ぎでフランスに向かったが、ジュヌヴィエーヴ荘に着いてみると、途中でポアロが胸騒ぎがするといったとおりの事件が起きていた。ルノー氏は、オープン間近かなゴルフ場で、その日の朝九時ごろに他殺死体で発見されたのである。

調査がすすむと、被害者のオーバーのポケットには、縁切りを拒む女性からの手紙が見つかった。どうやらルノー氏は、隣家の婦人とも、ただならぬ関係があったらしい。やがてパリ警視庁のジロー刑事も到着し、ポアロとジローは競い合いながら、謎解きをしてゆく。若き自信家ジロー刑事にポアロは怒り心頭に発してしまうが、さらに同じ兇器による浮浪者の刺殺死体が見つかる。二つの事件にはどんな関連があるのか？　一方、ヘイスティングズの胸にはキューピッドの矢が命中してしまい、事件を難解なものにしてしまう。

ポアロ物の長篇第二作。複雑なプロットを持つ謎解き小説だが、日本人としては、二二章でポアロが語っている「日本の力士のちょっとした事件」が大いに気になるところだ。

4　茶色の服の男

The Man in the Brown Suit（一九二四）深町眞理子訳 ⑫

アン・ベディングフェルドは人類学者であった父を亡くし、天涯孤独の身になってしまった。ある日ロンドンの地下鉄の駅で、洋服からナフタリンの臭いを発する外国人らしき男が転落死する現場に遭遇する。男の死体を検分した医者は、ナフタリン臭い紙切れを落としたまま足早に姿を消し、アンは暗号らしきものが書かれた紙切れを拾いあげた。その一片の紙切れがアンを冒険へ駆り立てる発端であった。

転落死した男は貸家紹介状を携えており、警察がその貸家に行くと女性の死体があり、また現場では不審な〈茶色の服の男〉が目撃されていた。アンは手がかりとなる南アフリカ行きの船に全財産をつぎ込んで乗り込み、単身ケープタウンを目指す。

船上での事件の数々、怪しげな船の乗客、南アフリカから消えたダイヤモンド、国際的犯罪組織の首領「大佐」。それらはロンドンで起きた二つの事件と関係はあるのか、また鍵を握る〈茶色の服の男〉とは何者か。ひとつの謎は、新たな謎を呼び込み――。

クリスティーは、大英帝国博覧会の宣伝使節の夫に同行して、三十三歳のときに世界一周旅行をしているが、その経験を生かして本書が書かれた。基本は冒険ミステリだが、某作品のトリックを先取りして試している点で、謎解き小説としても注目されている。

5 チムニーズ館の秘密

The Secret of Chimneys（一九二五）高橋豊訳 ⑦③——バトル警視

キャッスル旅行社の案内役として海外に赴いていたアンソニー・ケイドは、偶然、古い友人のジミー・マグラスと再会する。彼から風変わりな仕事を頼まれたケイドは、数年ぶりにイギリスの土を踏むことになる。それは、ヘルツォスロヴァキア国の元首相にして、世界的に有名なスティルプティッチ伯爵の回顧録をロンドンの出版社に届けるというものだった。折しも、王政復古の兆しが見え、石油の利権を巡る英米の資本家達、そして王政復古を阻止しようとする革命派レッド・ハンド党が暗躍する中、ケイドは、遂に歴史を作る館チムニーズへと乗り込むことに成功する。「ぼくはそういうところでこそ才能を発揮できそうな気がするのだよ。革命のさなかなら、ぼくは大いに活躍できる。——どちらかの側に非常に役立つことができると思うよ。平穏無事なかたぎの生活よりも、その方が性に合ってるのだ」七年前のチムニーズでの宝石紛失事件を発端に、入り乱れる人々の思惑。そんな中、ヘルツォスロヴァキアの次期国王と目されるミカエル王子が殺された。ケイドは彼にかけられた疑いを晴らすことが出来るのか。そして宝石を狙うフランスの大泥棒キング・ヴィクターの正体とは？　謎が謎を呼び、英米仏の探偵が推理合戦を繰り広げる。

クリスティーが気軽に書いた冒険ロマン。ロンドン警視庁のバトル警視が初登場している。

6　アクロイド殺し

The Murder of Roger Ackroyd（一九二六）羽田詩津子訳 ③――ポアロ

読者を完璧に欺く卓抜なトリックといい、巧みに張られた伏線といい、クリスティーの代表作にふさわしい出来映えで、推理小説史上屈指の名作といえる。

イギリスのどこにでもあるような小さな村キングズ・アボットに住む裕福な未亡人フェラーズ夫人が、自室のベッドで死んでいるのが発見された。死因は睡眠薬ヴェロナールの飲みすぎ。翌日の晩、そのフェラーズ夫人の再婚相手と噂されていたロジャー・アクロイドが自宅の書斎で殺されているのが見つかった。

発見者は、深夜の電話に駆けつけたシェパード医師。その日、フェラーズ夫人の死について相談したいと言われたシェパードは、すでに一度アクロイド邸を訪れていたのだ。屋敷にいた全員が容疑者となり得る状況で、義子ラルフが行方をくらました。また医師が邸を辞する直前に届いたフェラーズ夫人の手紙も消えていた。アクロイドの姪フローラはラルフの無実を信じ、引退してシェパード医師の隣人となっているポアロに捜査を依頼するのだった。

叙述トリックがフェアかどうかをめぐって、英米の探偵小説界を賛否両論の渦に巻き込んだ問題作。ミス・マープルの原型とも思える、シェパード医師の姉キャロラインのキャラクターが楽しいいし、アクロイドはミステリ史上もっとも有名な被害者となった。

7 ビッグ4

The Big Four（一九二七）中村妙子訳 ④——ポアロ

アルゼンチンから帰国し、予告無しにポアロを訪ねて驚かそうとしたヘイスティングズは、逆に驚かされるはめになった。なんとポアロは一時間後に南米チリに向けて出かけるところだったのだ。世界的な富豪の依頼で、大規模な詐欺について調査に向かうというポアロが出発する寸前、全身泥だらけの男が訪れ、その場で意識を失ってしまう。介抱した二人に男が伝えたことは、〈ビッグ4〉と呼ばれる国際犯罪組織の情報だった。

一旦は南米に赴くため出かけたポアロが、天啓を得て引き返すと男はすでに死亡。ジャップ警部により、死んだ男は行方不明の秘密情報部員だったことがわかる。〈ビッグ4〉の中枢には、中国人やアメリカ人など男女四人がいるという。この組織と中国が重要な関係があるらしいことをつかんだポアロは、中国の地下組織に詳しいイングルズを通してその情報提供者を探すが、彼もまた何者かに殺されてしまう。〈ビッグ4〉とポアロの闘いが始まったのだ。

クリスティー作品群のなかでは異色の国際謀略物であり、評価はあまり高くない。もともと《スケッチ》誌に掲載された十二の短篇を長篇に仕立て直したもので、しっかりと練られた他の長篇のプロットには及ばない。しかし、商業的に成功をおさめたこの作品は、結果として失踪事件後で執筆意欲のうせたクリスティーを経済的に助けることになった。

8　青列車の秘密

The Mystery of the Blue Train（一九二八）青木久惠訳 ⑤——ポアロ

アメリカの富豪ルーファス・ヴァン・オールディンは、溺愛する娘のルース・ケタリングに〈火の心臓〉と呼ばれる世界最大のルビーを買い与える。しかしこの美しい宝石は、名高い宝石の例に洩れず、悲劇と暴力に血塗られた過去を持っていた。ロンドン発リヴィエラ行き豪華寝台列車「青列車」の車中、ルースは何者かに首を締められ殺害された。〈火の心臓〉も行方不明になってしまう。偶然同じ列車に乗り合わせたポアロは捜査に協力することになった。

早速、ルースの浮気相手のド・ラ・ローシュ伯爵を訊問する。上流婦人を手玉にとるペテン師だが、彼にはアリバイがあった。踊り子ミレーユとの浮気が発覚してルースに疎まれていた夫デリクも、この列車に乗っていた。被害者と前夜話をしたキャサリン・グレーは、デリクがルースの客室に入るのを目撃したと証言する。動機からもデリクが逮捕されたが……。

事件は、裏社会で宝石を扱う骨董商パポポラス、ヴァン・オールディンの秘書ナイトン少佐なども交えて、登場人物のそれぞれの問題を露顕しながら怪しく進展する。ポアロは事実を再確認するため、再度「青列車」に乗る。そこで出した答えとは……。

クリスティーが私生活でもっとも悩んだ離婚前後に書かれた作品で、出来映えには不満を漏らしているが、読者には好評であった。冒険スリラーと謎解き小説の要素を併せ持つ作品。

9 七つの時計

The Seven Dials Mystery（一九二九）深町眞理子訳 ⑭――バトル警視

鉄鋼王サー・オズワルド・クートの招きで、チムニーズ館に滞在していた四人の青年、ジミー・セシジャー、ジェリー・ウェイド、ロニー・デヴァルー、ビル・エヴァズレーのうち、一番のろまでお人よしのジェリーが、睡眠薬の飲みすぎで死んでいた。前夜、寝すごしてばかりの彼のため、仲間が仕込んでおいた目覚まし時計。しかし、当初八個あったはずの時計は、何故か七個だけがマントルピースの上に整列していた。

一方、チムニーズ館の持ち主ケイタラム卿の娘バンドルは、自室の机の隙間から、亡くなったジェリーの思わせぶりな手紙を発見する。早速、仲良しのビルに、悲劇の夜のいきさつを訊こうと車を走らせていたその時、今度はロニーまでもが彼女の目前で絶命する。残された言葉は「セブン・ダイヤルズ……伝えて……ジミー・セシジャー……」

バンドルは自分の車でロニーを轢き殺したと思っていたが、実は何者かに射殺されたのだ。果たして二人の死は、単なる偶然なのか？　謎のセブン・ダイヤルズ・クラブとは何か？　ロンドン警視庁のバトル警視も乗り出し、いよいよ事件が動き始める。

主要登場人物の多くは『チムニーズ館の秘密』でお馴染みの面々であるが、続篇ではなく、内容的には独立している。元気なバンドルの活躍が楽しめる冒険スパイ小説。

一九三〇年代

10 牧師館の殺人

The Murder at the Vicarage（一九三〇）羽田詩津子訳 ㉟――ミス・マープル

セント・メアリ・ミード村は閉鎖的で退屈な土地で、人々の最大関心事はゴシップだった。プロザロー大佐はこの村の中でも屈指のトラブルメーカーで、村の誰からも疎まれていた。その日も、画家のローレンス・レディングが、大佐の娘レティスの水着姿を描いたことで怒りを買っているという話が牧師レオナルド・クレメントのもとに飛び込んできたばかりだった。

そして夕方、牧師館を訪れた大佐が、外出中の牧師を待っていた書斎で、射殺されるという事件が発生した。牧師館は偽の電話で呼び出されており、牧師の妻グリゼルダも不在で、牧師館は無人に近く目撃者はいない。現場には被害者が六時二〇分に書いたと思われる手紙と、六時二二分で止まった時計があった。しかしその時計は常に十五分進められているとのことだった。そんな中、大佐夫人アンの不倫相手、画家のローレンスが拳銃を持って自首してきた。事件は解決に向かうと思われたが、牧師館の隣に住む穿鑿好きのジェーン・マープルは、事件に対して深い洞察力で真相に迫っていく――。

ミス・マープルの初登場は、一九二八年に発表された雑誌掲載の短篇「火曜クラブ」においてだが、本書は記念すべき長篇デビュー作。この作品以降、クリスティーは冒険スリラーから遠のき、推理に重点を置く本格ミステリを数多く書くようになる。

11 シタフォードの秘密 *The Sittaford Mystery*［米版 *Murder at Hazelmoor*］（一九三一）田村隆一訳 ⑯

雪に閉ざされたダートムアの村はずれにあるシタフォード荘は、退役軍人のトリヴェリアン海軍大佐が建てたものだったが、この冬はウィリット夫人とその娘ヴァイオレットに貸し、大佐は六マイルほど離れたエクスハンプトンに家を借りていた。その日、シタフォード荘にはウィリット母娘、大佐の友人バーナビー少佐の他に、隣人のライクロフト、ガーフィールド、デュークの三人が来ており、退屈しのぎに降霊会をやろうということになった。呼び出された霊はトリヴェリアン大佐が死んだことを告げた。時刻は、午後五時二十五分だった。バーナビーは吹雪の中を徒歩で二時間半かけて大佐の住む家にたどり着いた。大佐はサンドバッグ様のもので撲殺されていた。検視の結果、大佐の死亡時刻は、降霊会の行われていた頃であった。警察の捜査が始まり、容疑者として大佐の甥ジェイムズ・ピアソンが逮捕される。ピアソンは大佐に金を借りようとしたが断られていたからだ。

『堕落論』などで有名な作家の坂口安吾は「推理小説論」の中で、「意表をつくトリックによって、軽妙、抜群の発明品であり、推理小説のトリックに新天地をひらいたものとして、必読」「このトリックの在り方は、推理作家が最大のお手本とすべき」と絶賛。江戸川乱歩も「大いに面白かったもの」として評価している。

12　邪悪の家

Peril at End House（一九三二）真崎義博訳 ⑥――ポアロ

海水浴場の女王と名づけられたイギリス南部の町セント・ルーのマジェスティック・ホテルで夏の休暇を過ごしていたポアロとヘイスティングズは、岬の上に建つ旧邸エンド・ハウスの若い女主人ニック・バックリーが危うく狙撃されるところに遭遇する。ニックは蜂が飛んできたと勘違いをしていたが、実は銃弾がニックの帽子を貫通していたのだ。ニックはこれまでに、車のブレーキが壊れていたなど、三度も命を落としそうになっていた。

ニックの身を案じるポアロは、ニックに信頼できる友人をそばに置くよう提案し、ニックは従妹マギー・バックリーをエンド・ハウスに呼ぶことにする。そしてマギーがエンド・ハウスに着いた夜、庭で花火見物が行われる。花火を見ていて寒気を感じたマギーはコートを取りに家へ戻るが、自分のコートが見当たらず、仕方なくニックのショールを身にまとって再び庭に出る。だがその直後、マギーは何者かによって射殺されてしまう。自責の念にかられたポアロは、ニックを療養所に入れるが、さらに悪魔は次の一手を打ってくるのだった。

マジェスティック・ホテルはトーキイに実在するインペリアル・ホテルが、エンド・ハウスもホテル近くのロックエンド邸がモデルらしい。トーキイが舞台だからか、本書は、クリスティーの生家の隣人であったミステリ作家イーデン・フィルポッツに献辞されている。

13 エッジウェア卿の死

Lord Edgware Dies［米版 *Thirteen at Dinner*］（一九三三）福島正実訳 ⑦――ポアロ

六月のある晩、ポアロとヘイスティングズは、女優カーロッタ・アダムズの舞台を観に行った。カーロッタは人物模写の舞台でロンドン中の話題を集めていた。特にアメリカの女優ジェーン・ウィルキンスンの物真似は秀逸であった。

その夜、偶然にもポアロたちはジェーンやカーロッタたちと夕食をともにし、ジェーンからは、別居中である夫のエッジウェア卿が離婚に同意してくれないため、説得する手助けをしてほしいと頼まれる。翌日、ポアロはエッジウェア卿を訪問し話を切り出したところ、意外にもエッジウェア卿はあっさりと離婚に同意する。

ところが数日後、エッジウェア卿は殺害され、現場で妻ジェーンが目撃されるが、ジェーンはその夜、晩餐会に出席していたというアリバイがあった。誰がエッジウェア卿を殺害したのか。ジェーンそっくりで、執事や卿の秘書までもだますことのできる人物、たとえば女優カーロッタならどうか。ポアロはカーロッタの家に駆けつけるが、時遅く彼女は睡眠薬の飲みすぎと思われる状況で死亡していた。カーロッタは自殺なのか、それとも誰かに殺されたのか？

クリスティーは、アメリカのエンターテイナーで、当時ロンドンで独り芝居を上演していたルース・ドレイパー（一八八四～一九五六）を見て、本書のプロットを思いついたそうだ。

14 オリエント急行の殺人

Murder on the Orient Express〔米版 *Murder in the Calais Coach*〕（一九三四）

山本やよい訳 ⑧——ポアロ

人を殺してはいけない。だが、「殺されて当然」という悪人が法を逃れ、世の中に存在していることは否めない。ヨーロッパを走るオリエント急行の個室で、十二箇所も刺されて殺された大富豪のラチェットも、そんな一人だった——映画《オリエント急行殺人事件》で、彼が殺害されるシーンを観たほとんどの人は、心の中で快哉を叫んでいたのではないだろうか。

この列車には、イギリス、アメリカ、ギリシャ、ロシアを始めとする多国籍でさまざまな階級の人々が乗り合わせていた。その中には、仕事でロンドンに戻らなくてはならないポアロの姿もあった。折悪しく、列車は雪のためにユーゴスラビア内で立ち往生する。

かくしてこの閉ざされた列車内で、ポアロの謎解きが始まった。犯人はこの中にいるのか？だが乗客たちには完璧なアリバイがあり、彼らの証言や行動が捜査を混乱させる中、過去にアメリカで起きた「幼児誘拐殺人事件」が手がかりとして浮かび上がった……。

クリスティーの孫であるマシュー・プリチャード氏によれば、この作品はクリスティーの「もっともお気に入りの作品のひとつ」だそうだ。実際に起こった誘拐事件をモデルとして、緻密なプロットとあきれかえるほどの結末は、作者自身が誇って当然だと思う。原作を読み、映画を観て、再び読み返すというぜいたくが味わえる貴重な作品といえるだろう。

15 なぜ、エヴァンズに頼まなかったのか？

Why Didn't They Ask Evans?［米版 *The Boomerang Clue*］（一九三四）田村隆一訳 ⑱

「なぜ、エヴァンズに頼まなかったのか？」とは、ボビイ・ジョーンズがゴルフの最中に遭遇した瀕死の男の最期の言葉だった。男は崖から転落したようだった。ポケットには美しい女性の写真。その写真から男の身元がわかり、検死審問を経て、事故死として片付けられた。しかしその後、ボビイの身に謎めいたことが起こり、命さえ落としそうになる。ポケットの写真がすり替えられ、偽の身元引き受け人が現れたのだとわかるに至って、ただの転落事故ではなく殺人事件に違いないと、ボビイは幼馴染みのフランキーとともに謎解きを始めた。

なぜボビイは命を狙われたのか。何かを知ってしまったからか。あの最期の言葉を聞いたためか。ではエヴァンズとは誰なのか。写真をすり替えたのは誰だろう。家に戻らなければならないボビイに変わって、死体に最後に付き添ってくれたあの人物だろうか。身元引受人として現れた妹夫妻とは？ いくつかの手がかりから、二人は事件の核心へと近づいていく。

牧師の四男で、海軍を退役してから無職のボビイと伯爵令嬢のフランキー。犯人に顔が知られているであろうボビイに代わり、好奇心旺盛なフランキーが先頭に立ち、身分を大いに利用しつつ行動を起こしていく。しかし、危なっかしい探偵ごっこはやがて……。

おなじみの名探偵は登場しないが、軽妙な二人のやりとりが楽しい冒険ミステリ。

16　三幕の殺人

Three Act Tragedy［米版 *Murder in Three-Acts*］（一九三四）長野きよみ訳 ⑨——ポアロ

〈カラスの巣〉と呼ばれる海辺のバンガローで、元俳優チャールズ・カートライトが主催するパーティが開かれ、医師や女優など多彩なゲストが招待される。教区牧師のスティーヴン・バビントンも到着し、早速メイドからカクテルを受け取る。ところがバビントンはカクテルを口にした瞬間に痙攣をはじめ、その数分後に息を引き取った。チャールズは毒殺ではないかと疑うが、グラスから毒物は検出されず、結局バビントンは自然死として処理された。

それから数カ月後、神経科医のサー・バーソロミュー・ストレンジが、自宅で開いたパーティーの席上でポートワインを飲んだ直後に発作に襲われ、息を引き取ってしまう。バビントンの時とまったく同じ状況で、やはり毒物は検出されなかった。多くの人は以前のパーティにも出席しており、二つの事故には関連があると考えられた。モンテカルロに滞在していたカートライトは、ストレンジの死を新聞で知り、自分に恋心を抱く若い女性エッグらとともに二つの事故を独自に再調査し始める。そしてポアロも後にその調査団に合流するのだった。

本書は物語の背景に〝演劇〟を利用しているが、そのような背景があるからこそ、独創的なプロットや一人二役のトリックが十分な説得力を持っている。また最後の一行の衝撃度は、クリスティー作品のなかでも最高のものであろう。

17 雲をつかむ死 *Death in the Clouds*［米版 *Death in the Air*］（一九三五）加島祥造訳⑩――ポアロ

パリ発クロイドン空港行きの定期旅客機プロメテウス号は、二十一人の乗客と操縦士二人、スチュワード二人を乗せて、飛行を続けていた。乗客十一人のいる後部座席を一匹の黄蜂が飛び回り、乗客の一人が手際よく殺した。英仏海峡上空、空港到着三十分前にスチュワードが、老婦人が死んでいるのを発見する。乗り合わせていたポアロは、死者の足元から黄蜂に似た羽根のついた矢針を拾い上げた。死んだのは金貸し業のマダム・ジゼルで、首筋には針のようなもので刺された痕があり、少し離れた座席の下には吹矢筒が隠されていた。

検死審問が開かれ、毒矢の先を拾い上げたためにポアロは陪審員たちによって犯人と名指しされたが、検視官は判決を受理せず、被害者は毒により殺害されたが犯人は不明との結論になった。ポアロは英仏両国の警察の警部と捜査を開始する。やがてマダム・ジゼルは金貸しを兼ねて人の弱みを握り恐喝も行っていたことが明らかになったのだ。

飛行中の機内で殺人が起きたため、後部座席の乗客・乗員の中に犯人が必ずいるという完璧な密室空間の殺人を扱った謎解きミステリ。なお本書に登場する飛行機は、英国のインペリアル航空が所有していたハンドレページ H.P.42 と思われる。エンジンを四基取り付けた複葉機で、当時の他の飛行機に比べると胴体は幅広で、巡航速度は時速百マイルであった。

18　ABC殺人事件
The ABC Murders〔別名 *The Alphabet Murders*〕（一九三六）堀内静子訳 ⑪——ポアロ

一度は引退したものの再びロンドンに舞い戻り、事件の依頼を受けて活躍するポアロのもとに、挑戦状のような事件を予告する手紙が舞い込んできた。差出人はＡＢＣ。そして予告日時に予告されたアンドーヴァーで、アリス・アッシャーという名前の老婆が殺されたのだ。そばには〝ＡＢＣ鉄道案内〟が置かれていた。

一ヵ月後、次なる予告の手紙には「ベクスヒル・オン・シーに注目せよ」と書かれていた。警察は警戒を強めるものの、それをかい潜るようにエリザベス・バーナードという若い女性が殺され、死体の下からは〝ＡＢＣ鉄道案内〟が見つかった。だが警察は、二人の被害者になんの因果関係も発見できない。無差別殺人ではないかとみなす警察に対して、ポアロはなぜ自分宛に殺人予告の手紙を出すのか、なぜアルファベットにこだわるのかを考える。そしてついに、Ｃの地でＣの頭文字の紳士が殺される。謎の男Ａ・Ｂ・カスト氏が浮かび上がり……。

一見無関係な被害者たちを結びつける共通項を探すというミッシング・リンク（失われた環）テーマのミステリの中では最高峰と評される作品。クリスティーがもっとも脂の乗りきっていた時期に書かれている。アルゼンチンから久しぶりに一時帰国したヘイスティングズが語り手になっているが、一部三人称の記述が含まれている構成がユニークである。

19 メソポタミヤの殺人 *Murder in Mesopotamia*（一九三六）石田善彦訳 ⑫――ポアロ

イラクの僻地で遺跡調査隊を率いるライドナー博士は、二年前に結婚した妻ルイーズを溺愛していたが、妻の精神状態が最近すぐれないことを心配し、付添いの看護婦を頼むことにした。着任したばかりの看護婦レザランは、非常に魅力的な夫人が隊員たちにさまざまな影響を与えているだけでなく、夫人自身が過去の結婚に神経質になっているために、宿舎内にはある種の緊迫感が満ちていることに気づいたのである。

ところが驚くことに、ルイーズは、死んだはずの先夫から謎の脅迫状が届いたとレザランに告白したのだ。そして翌日の午後、夫人は自室で殴殺されているのが見つかった。発見者は夫のライドナー博士。室内の窓は内側から鍵がかかっており、調査の結果、外部から他人が侵入することは不可能であった。犯人は調査隊の一員としか考えられない。折しも、バグダッドに向け旅行中であったポアロは、この不可解な事件の調査を依頼されたのである。

一九三〇年クリスティーは、再訪したウル遺跡で若き考古学者マローワンと知り合い、結婚する。以後二人はメソポタミヤ地方の数々の遺跡調査を手掛けることになった。本書は、クリスティーが熟知している発掘現場を舞台にした作品で、大胆なトリックと発掘調査隊のリアルな描写などは、まさにクリスティーでなければ書けないミステリ。

20　ひらいたトランプ

Cards on the Table（一九三六）加島祥造訳⑬——ポアロ

金持ちだが、陰湿で悪名高いシャイタナ氏は、ポアロを含む八人の客を自宅に招いてパーティを開いた。食事のあとブリッジをやることになり、医者ロバーツと美しい娘メレディス、ブリッジ好きのロリマー夫人、デスパード少佐の四人が客間のテーブルについた。一方、探偵小説家オリヴァ夫人とバトル警視、レイス大佐、ポアロの四人も隣の喫煙室でブリッジを始めるが、主のシャイタナ氏はどちらにも参加せず、客間の隅の暖炉のそばでじっと座っていた。

午前零時を過ぎ、客の一人がお暇しようとシャイタナ氏に声をかけたが、ぐっすりと眠っているのか返事がない。彼は死んでいたのだ。ブリッジのあいだ中、客間の四人は飲物を取りにテーブルに行くくらいで、部屋からの出入りはない。静寂の中での完全密室殺人。犯人は客間にいた四人の誰かなのだが、証拠物件もなく手がかりがつかめない。ポアロはブリッジ点数表の特徴や四人に対する心理テストから何とかヒントを得ようとするのであった。

クリスティーは夕食後、よくブリッジに興じていたそうだ。本書はそのブリッジ・パーティを舞台にした謎解き小説で、ブリッジを知らなくても楽しめるが、ブリッジを知っていればより一層楽しめる。なお『ＡＢＣ殺人事件』の第三章で、冗談混じりながらポアロは本書のような犯罪を希望していたから、熱心に犯人を追い詰めていったのは当然のことか。

21 もの言えぬ証人

Dumb Witness〔米版 *Poirot Loses a Client*〕（一九三七）加島祥造訳 ⑭――ポアロ

田舎町マーケット・ベイシングの小緑荘の女主人エミリイ・アランデルは五月一日に死んだ。彼女の巨額な遺産は甥チャールズと二人の姪テリーザとギリシャ人医師の妻ベラに遺されることになっていたのだが、死の十日前、新たな遺言がパーヴィス弁護士立会いのもと作成され、家政婦ミニー・ロウスンに遺されることになった。ミニーは一年ほどミス・アランデルの付き添い婦として献身的に尽くしたとはいえ、この遺産の内容には驚き、狼狽する。

実は、遺言が書き換えられるきっかけとなったのは、四月十四日の夜に起きたエミリイの転落事故。原因は、愛犬ボブが階段に置き放しにしたゴムボールに躓いたためと思われたが、三日後、エミリイは遺産を当てにしている親族達に強い不安を覚え、一面識もないポアロに手紙で相談を持ちかけたのである。彼女の死後二カ月たってこの手紙を受け取ったポアロは、アルゼンチンから帰国したヘイスティングズとともに彼女の死の真相を探ることにした。伝記作家になりすましたり、親族には遺言状を無効にすることが出来るなどとほのめかして……。

クリスティーが愛犬ピーターに捧げた作品。ピーターは『青列車の秘密』の献辞にも登場するほど、彼女のお気に入りの犬であった。またマーケット・ベイシングという町は『チムニーズ館の秘密』や『七つの時計』の舞台となったところでもある。

22 ナイルに死す

Death on the Nile（一九三七）加島祥造訳 ⑮――ポアロ

莫大な遺産を相続し、若く美貌にも恵まれた女性。天が二物も三物も与えたような存在であるリネット・リッジウェイは、親友ジャクリーンの婚約者サイモン・ドイルまで自分のものにしてしまう。そして新婚旅行でエジプトに行くのだが、サイモンを諦めきれずに二人をつけまわすジャネット、リネットの財産管理人、昔リネットの父親が破産させた一家の娘など、さまざまな関係者もエジプトに集まってきた。

彼らが乗り込むナイル川周遊の観光船カルナク号には、他にも思惑たっぷりの人々が乗り合わせる。気難しいアメリカの大富豪夫人、女流作家とその娘、そしてポアロ。やがて船上で事件が起こる。酔ったジャクリーンがサイモンの脚を銃で撃ち、翌朝同じ銃で殺されたリネットの死体が船室で発見されたのだ。船という閉じられた世界で起こる殺人と、さまざまな動機をもつ容疑者たちが描かれ、ポアロはひとつひとつの謎を解いていく。

中近東を舞台にしたクリスティー作品の最高峰で、まさに本格推理小説の王道をゆく名作。一九七八年ジョン・ギラーミン監督によって映画化され（日本題名は《ナイル殺人事件》）、ポアロをピーター・ユスティノフが演じ、ミア・ファローやデヴィッド・ニーヴンの名優が出演するオールスター映画で、ミステリ映画としても高い評価を得た。

23 死との約束

Appointment with Death（一九三八）高橋豊訳 ⑯――ポアロ

エジプト旅行に来ていたイギリス人医学士サラ・キングは、金持ちのアメリカ人ボイントン一家と出会う。後妻で未亡人のボイントン夫人は、執拗に子供たちを束縛していた。子供たちは、拘束からの自由を切望していたが、その精神は極度の緊張状態におかれ、今では逃れる力を失っていた。その上、初めての旅行で知った、一家と外界との相違が、彼らを更なる精神緊迫状態へと追いつめていた。以前から心理学に興味を感じていたサラは、一家に対して徐々に興味以上のものを感じ、彼らを救うことを決意する。

そんな中、ボイントン夫人が死亡した。

「いいかい、彼女を殺してしまわなきゃいけないんだよ」――エルサレムを訪れた最初の夜、ふとしたことからこの言葉を耳にしていたポアロは、アンマンの警察署長カーバリ大佐の依頼を受ける。夫人の死に関して、どのようなことが、どうして起きたのか？

クリスティー夫妻が何度か訪れたことのあるヨルダンの古都ペトラを舞台にした謎解き小説。アリバイ・トリックや犯人設定も巧みだが、それ以上に冒頭の一句と被害者ボイントン夫人の強烈な個性が作品を忘れ難いものにしている。クリスティー自身の手で戯曲化され、一九八八年には《死海殺人事件》として映画化もされた。

24　ポアロのクリスマス

Hercule Poirot's Christmas［米版 *Murder for Christmas, A Holiday for Murder*］

（一九三八）村上啓夫訳 ⑰——ポアロ

専制的な老富豪シメオン・リー。彼に反発した子供たちは、長男アルフレッドを除いて家を出て行ってしまった。しかしある年のクリスマス、シメオン・リーは突如として、長年疎遠になっていた子供たちを呼び集める。

当惑するアルフレッドとその妻。そして招待状を受け取った子供たちも、ある者は嫌々ながら、ある者は面白がりながら、古い館に集まってくる。国会議員として活躍するジョージと画家を志しながら挫折したデヴィッドは、それぞれの妻を伴って。放蕩息子のハリーは単身で。そして亡き娘の遺児ピラールは、スペインから。

二十年近い歳月を経て、再会した家族たち。それぞれの思惑と感情が複雑に交差するなか、クリスマス・イブに、シメオン・リーが他殺死体となって発見される。田舎の古い大きな屋敷、いわくありげな登場人物たち、そしてクリスマス。ミステリに最適の舞台装置の中で行われた犯罪に、ポアロが挑む！

クリスティーが、義兄ジェームズ・ワッツの「最近の作品は、あまりにも洗練されてきた。もっと血にまみれた、思いきり凶暴な作品」をというリクエストに答えて書いた作品。クリスティーは、この作品の献辞をジェームズ・ワッツに捧げている。

25 殺人は容易だ

Murder Is Easy［米版 *Easy to Kill*］（一九三九）高橋豊訳 ⑦⑨――バトル警視

何年かぶりでイギリスに帰ってきた元警察官ルーク・フィッツウィリアムは、ロンドン行きの列車で同席した老婦人から、ある話を聞かされる。「殺人はとても容易なんですよ――誰にも疑われなければね」この一年、彼女の住む村で続けざまに起こった不慮の死の全てが、実は一人の人物によって起こされた大量連続殺人事件であると言うのだ。彼女はその犯人を知らせに、これから警視庁へ行くのだと。

のどかな田舎暮らしに飽きた老人の他愛のない空想だろうと聞き流したルークだったが、翌朝の新聞で、彼女が何者かによって車で轢き殺されたことを知る。さらにその一週間後、彼女が事件の次の犠牲者としてあげた村人の名前を、死亡欄で見つける。奇妙な偶然の一致か、それとも、本当に密かなる大量連続殺人事件が起きているのか。警察官根性が抜け切らないルークは早速現地へ乗り込んだが、彼を待ち受けていたのは、村全体に漂う不吉な予感と、新たな死による不可解な啓示だった。明確な証拠がないまま、ルークは謎の解明に挑んでいく。

村を舞台にした犯罪物語だが、探偵役をミス・マープルではなく、本書にしか登場しないルークに設定した点が、クリスティーの小説作りの巧みなところであろう（バトル警視はチョイ役で出ているが）。巻き込まれ型のサスペンス小説としても楽しめる。

26 そして誰もいなくなった

And Then There Were None（一九三九）青木久惠訳 ⑳

『アクロイド殺し』とともに、翻訳ミステリの各種歴代ベストテンの上位に常にランキングされる必読の作品。文字通りの傑作だが、童謡ミステリの最高峰でもある。

U・N・オーエンと名乗る人物からの招待で、デヴォンシャー沖の兵隊島に十人の男女がやって来た。招待客は、高名な元判事、秘書、元陸軍大尉、信仰のあつい老婦人、退役老将軍、医師、遊び好きの青年、元警部、オーエン家の執事夫婦であり、これまで互いに会ったこともなく、十人ともオーエン氏が何者であるかを知らなかった。そして、なぜか食堂のテーブルには十体の兵隊人形が置かれていた。

晩餐となったがオーエン氏は姿を現さなかった。突然、どこからともなく声が聞こえ、十人が過去に犯した、裁かれることのなかった罪を告げた。その夜から招待客が一人ずつ、童謡の歌詞になぞらえた方法で殺されてゆき、人形も一体ずつ減っていった。残った者たちは、互いが殺人犯ではないかと疑心暗鬼にとらわれるが……。

クリスティーは自伝の中で「率直、明快でうまく裏をかき、しかも完全に理にかなった解明がある――（中略）本当に満足していたのはわたし自身だった、というのはどんな批評家よりもわたしのほうがそのむずかしさがよくわかっていたからである」と述べている。

27 杉の柩

一九四〇年代

Sad Cypress（一九四〇）恩地三保子訳⑱——ポアロ

……私はあの人と結婚して、この美しいハンターベリイに住むはずだったのだ、あの娘さえ現れなかったら……。

エリノアは幼なじみの従兄ロディーに恋い焦がれていた。激しい感情を嫌う淡泊な彼の前では、超然とした冷静な態度を装わざるを得ないのだが、子供の時から熱烈な愛情を抱き続けてきたのだ。二人はやがては結婚して、叔母の財産とハンターベリイを相続し、慣れ親しんだこの美しい館で平穏で幸せな人生を送ることになっていた。

ことの発端は、エリノアに送られてきた匿名の手紙。二人が叔母の屋敷を訪ねて行くと、そこには野性の薔薇の美しさを持った門番の娘メアリイがいて、ロディーは魅入られたように恋に落ちてしまう。メアリイへの激しい憎悪を懸命に自制するエリノア。突然の叔母の死でエリノアはその全財産を相続するが、傷心の彼女は婚約を解消し、ハンターベリイを売りに出してしまう。やがて事件が起こる。エリノアの作ったサンドイッチを食べてメアリイが死に、遺体からモルヒネが検出されたのだ。殺人の動機と機会があったのは、エリノアただ一人だった。

身を焦がす愛を心に深く秘めた誇り高い娘の無実を証明するために、ポアロが調査に乗り出す。意表をつくプロットも見事だが、これは真の人生と幸福を模索する愛の物語でもある。

28 愛国殺人

One, Two, Buckle My Shoe［米版 *The Patriotic Murder, An Overdose of Death*］

（一九四〇）加島祥造訳 ⑲――ポアロ

午前十一時にポアロが歯の治療に訪れた際には、歯科医ヘンリイ・モーリイに変わった様子は見られなかった。ところがその数時間後、ポアロはジャップ主任警部からモーリイが自分の治療室内で自殺したと告げられる。モーリイは右のこめかみに穴をあけて死んでおり、投げ出された右手の近くの床には拳銃が落ちていた。

その日はたまたま秘書が仕事を休んでおり、モーリイはひとりで患者に対応していた。ポアロ以外にも大金持ちの銀行頭取や世界巡演をしてきた元女優など、数人が患者として訪れていた。モーリイの妹やパートナーの歯科医に聞いても、モーリイが自殺する動機は見当たらない。そしてジャップ主任警部とポアロは、モーリイを訪れた患者たちと面会しているうちに、その日の唯一の初診患者でギリシア人のアムバライオティスが三十分前に亡くなったことを知らされる。彼は、歯科医が用いる局部麻酔薬の投与過量で死んでいたのだ。さらにその後、元女優でその日の患者のひとりメイベルが突然何の連絡もなしに行方不明となり……。

江戸川乱歩は本書と『白昼の悪魔』を「惜しげもなく大きなトリックを幾つも織りこんだ、よく考えた複雑な筋」と絶賛している。第二次世界大戦直前に執筆されたためか、謎解き小説にもかかわらず、時事的な問題にも触れていることが、クリスティーとしては珍しい。

29 白昼の悪魔

Evil Under the Sun（一九四一）鳴海四郎訳 ⑳――ポアロ

海をこよなく愛したアンメリング船長がレザーコム湾に浮かぶ小さな島スマグラーズ島に建てた邸宅は、今や夏期には海水浴客で超満員になるジョリー・ロジャー・ホテルへと変貌していた。陸地と島の間にはコンクリートでかためた渡り道がつくられ、島には遊歩道やテニスコートが整備された。ポアロも夏の休暇をそのホテルで過ごしており、デッキチェアに座りながら、ホテルの滞在客たちとスマグラーズ島の美しさについて語り合っていた。

そのとき、アリーナ・マーシャルが現れた。元女優のアリーナは誰しもが振り向く美貌で、夫ケネスとその娘リンダとともにこのホテルに滞在していた。その彼女のもとに、パトリック・レッドファンが歩み寄り、二人は微笑みながら一緒に歩き出す。すると、それを見ていたパトリックの妻は席をたってホテルに駆け込んでしまった。翌朝ポアロはアリーナが一人で海に出て行くところを目撃する。まるで誰かと逢引きしにいくかのようだった。そしてその数時間後、ピクシー湾と名づけられた入り江で、アリーナが扼殺死体となって発見される。

大胆なトリックはクリスティー自身の先行作に似ているものの、言葉の二義性を巧みに利用した欺しのテクニックが冴えている。なお《地中海殺人事件》と題して映画化されたが、なんといってもポアロを演じたピーター・ユスティノフの水着姿がユーモラスである。

30　NかMか

N or M ?（一九四一）深町眞理子訳 ㊽——トミーとタペンス

第二次大戦中、四十六歳になったトミーは仕事を探していたが、今日も空振り。溜息をつきながら、傍らで昔の冒険の数々を思い出すタペンス。そこへミスター・グラントと名乗る男が現れた。どうやら引退したイーストハンプトン卿の友人らしい。

トミーが依頼された仕事は、亡くなった情報部員になりすまし、ナチスの大物スパイ〈NかM〉の正体をつきとめるというもの。性別も不明な上、今度ばかりは長年の相棒であるタペンスにも、絶対内緒にしなくてはならない。獅子身中の虫〝第五列〟が情報部の中にもいるかもしれないのだ。気の毒に思いながらもトミーは、いまわの際に残された言葉「ソング・スージー」に繋がる、南イングランドの〈無憂荘《サン・スーシー》〉へと向かった。

そこには、経営者母娘とドイツからの亡命者を含む八人の男女、そして小さな女の子が宿泊していた。皆に挨拶するトミーが見たものは、騙されたふりをして先回りしていたタペンスの姿だった。だが、情報部も舌を巻くタペンスの機転。かくして、再びおしどり探偵の冒険が始まった。果たしてスパイの正体とは？

スリル満点のスパイ小説。前作で妊娠したタペンスは、無事、双子の兄妹を出産している。若き日の両親の冒険を知らない彼らが、二人を老人扱いして心配する様子が微笑ましい。

31 書斎の死体

The Body in the Library（一九四二）山本やよい訳㊱――ミス・マープル

セント・メアリ・ミード村のバントリー家の書斎に死体がころがっていた。白いサテンの安物のイヴニングドレスを着て、どぎつい化粧の金髪の若い女。早速、バントリー夫人の友人ミス・マープルが電話で呼ばれ、死体を検分する。間もなく、デーンマスのホテルから、十八歳のダンサーのルビー・キーンが失踪したという連絡が入った。届け出たのはルビーを寵愛しているコンウェイ・ジェファースン。飛行機事故で妻と息子、娘を失い、彼自身も車椅子生活をしている。同居中の息子の嫁アデレードは舅から独立の気配を見せ、娘婿のマークはギャンブル好き。警察は二人が金に困っていることを突き止める。コンウェイはルビーを養女にし、五万ポンドを遺贈する遺言を書き換える寸前であった。一方ルビーは、バートレットという男と踊っていたところを最後に目撃された。やがて十六歳のパメラ・リーヴスが帰宅していないと届け出があり、焼けただれたバートレットの車の中で顔を潰された若い女の死体が発見される。二つの遺体は、なにかの関係があるのか？マープル物の長篇としては『牧師館の殺人』に続く第二作。クリスティーは〝書斎の死体〟という探偵小説のおきまりの素材を、いかに変化をつけて利用できないかと考えていたそうだが、本書はその見事な成功例といってよいだろう。

32　五匹の子豚

Five Little Pigs〔米版 *Murder in Retrospect*〕（一九四二）山本やよい訳 ㉑——ポアロ

「母は父を殺してはいません。母の潔白を明らかにしていただきたいのです」

十六年前、カーラの母親は夫を毒殺した罪で有罪となり、一年後に獄中で病死した。当時五歳だったカーラに事件の記憶はほとんどない。ただ、自分は無実であると書かれた母の手紙が残されているだけだ。両親の事件ゆえに結婚に踏み切れないでいる娘の懇願に心動かされたポアロは、疑う余地もなく有罪判決が下された過去の殺人事件の真相に挑む。

著名な画家であるエイミアス・クレイルは、女性遍歴を繰り返し、激しい気性の妻キャロラインとの間に諍いが絶えない。若く美しい財産家の娘エルサをモデルに絵の制作に没頭しているが、驕慢なエルサはエイミアスとの結婚を宣言し、三人の間の緊張が高まってゆく。晴れ渡った九月の午後、海を見下ろす小庭で悲劇は起こった。ポーズを取っていたエルサが座をはずした間に、エイミアスが死に、遺体から毒薬のコニインが検出される。前日にキャロラインが夫に向かって「きっとあなたを殺してやる」と叫んだのが聞かれており、庭にビールを運んできて夫のコップについだのはキャロライン。さらに、キャロラインの部屋からコニインの瓶が発見される。

マザーグースの〝五匹の子豚〟になぞらえられた五人の事件関係者。ポアロはその一人一人を訪ね、彼等の回想と手記から過去の事件の真実の姿を浮かび上がらせてゆく。

33 動く指

The Moving Finger（一九四三）高橋豊訳 ㊲——ミス・マープル

傷痍軍人のジェリー・バートンは療養のため、妹ジョアナとともに小村リムストックに居を構えることにした。二人は一度も住んだことがなく、そこが平和な田舎の村と考えたためであったが、日ならずして彼のもとに悪意と中傷に満ちた匿名の手紙が届く。週に一度往診にくる医者に、ジェリーがそのことを話題にすると、村では最近、同様の被害が頻発していることがわかった。そして、ついに村の名士である事務弁護士シミントンの妻が、手紙が原因と思われる服毒自殺を遂げたのだ。いったい手紙の送り主は誰なのか？　なにを意図しているのか？　村の異邦人といってよいジェリーは、シミントンの継子ミーガンに惹かれるものを感じたこともあり、この事件に巻き込まれるが、やがてシミントン家のお手伝いが殺される事件が起きた。村の牧師カルスロップの館に泊っていたミス・マープルは、カルスロップ夫人からその話を聞き、ひどく興味をそそられたが……。

全編ほぼ主人公ジェリーの一人称で語られ、彼とその妹ジョアナの日々を中心にストーリーが展開する。クリスティーの身上ともいえる「閉ざされた社会」での人間模様や心理描写の巧みさがいかんなく発揮され、事件の進展とともにおのずと各登場人物の性格的特徴を考えさせられる構成がすばらしい。クリスティー自身のお気に入りの作品でもある。

34 ゼロ時間へ

Towards Zero（一九四四）三川基好訳 ⑧②――バトル警視

「殺人は結果なのだ。物語はそのはるか以前から始まっている」老弁護士は言う。「すべてが集約されるある点、クライマックスにいたるその時が、ゼロ時間なのだ」その言葉を裏付けるかのように、ある人物が周到に殺人計画を立て、憎む相手を破滅させようとしていた。

九月、夏のリゾート地。ターン川の河口の屋敷に住む富裕な老未亡人の周辺に、さまざまな人々が集まってくる。それぞれの思惑を抱き、緊張感につつまれたなかで、未亡人の知人である老弁護士がホテルで死亡した。病死とされたが、時をおかずして、未亡人が殺害された。凶器とおぼしきゴルフクラブから検出された指紋などから、犯人逮捕は簡単だと思われた。

しかし、あまりにも明白な証拠の数々に不自然なものを感じ、バトル警視は、誰かの罠ではないか、と疑問をいだく。亡くなった老弁護士が話していた「昔、事故にみせかけて計画的に殺人をおこなった子ども」が成長して、今また、殺人を行おうとしているのか。老弁護士は本当に病死だったのか――そしてゼロ時間、殺人の起こるその時がやってくる。

この作品には、名探偵ポアロもミス・マープルも登場しないが、バトル警視は、ポアロを意識しつつも、独自の持ち味で事件を解決するのである。執筆当時としては珍しい、殺人にいたるまでの過程を詳しく描くというユニークな構成の謎解きミステリ。

35 死が最後にやってくる

Death Comes as the End（一九四五）加島祥造訳 ⑧③

時は紀元前二千年頃。所はナイル川のほとりにあるシーブズ（現在のルクソール）の墓所僧侶インホテプの邸宅。支配的な家長というのはしばしば登場するが、古代エジプトともなればその支配ぶりも徹底している。大勢の奴隷や召使いはもちろん、長男とその妻子、次男とその妻子、若くして寡婦となり子を連れて戻ってきた娘、まだ若い腹違いの末子、老いたりとはいえ舌鋒鋭い母親、家政に入り込むおべっか使いのヘネット、無口で有能な管理人ホリ。その全員を支配し、出先からもこまごまと指図を与える家長インホテプ。

北方の領地から帰館したインホテプを迎える一同に、若くて尊大な美しい女が紹介される。「さあ、さあ、ノフレトを歓迎するんだ。父親が愛妾を家に連れてきたとき、どうして挨拶するのか知らんのか？」屋敷内にひそかに発酵しつつあった不平不満が腐臭を放ち始める。それをあおるノフレト。ついに死人が出る。一人、また一人……。

クリスティーの友人であった高名なエジプト学者スティーヴン・グランヴィルの強い勧めで出来上がった作品（本書の献辞はそのグランヴィルに捧げられている）。書く上で一番困ったことは、普段の日の食事はどんな食材を使っていたのか、といった些細なことばかりであったらしいが、その困難を見事に乗り越えて完成させた歴史風俗ミステリといえる。

36 忘られぬ死

Sparkling Cyanide〔米版 *Remembered Death*〕（一九四五）中村能三訳 ㊹

六人の人間が彼女のことを考えていた。美しく、常にあらゆるものを持ち合わせ、人生を楽しんでいた彼女——ローズマリー・バートンは、一年前のあの日、フロアショーが終わり、再び明かりがついた時、テーブルにうつぶせに倒れ、死んでいた。

自殺として処理された彼女の死に、かすかな疑惑を感じていた夫のジョージ・バートンは、六カ月後に届いた匿名の手紙で確信を持つ——彼女は殺されたのだ。真相を解明するため、ジョージは、万霊節の夜、同じ場所で、前と同じメンバーによるパーティを開催した。顔ぶれがそろい、張りつめた空気のただよう中、フロアショーが始まった。再び明かりがついた時、緊張から解放された安堵の空気がテーブルの一同をおおう。恐れは杞憂に終わったのか。だが、誰もが過ぎし日の悲劇の影を忘却の中に消し去ろうとしたのも束の間、やはり悪夢は舞い戻ってきてしまう。チアノーゼで青くなった顔、引きつった指……新たな悲劇もまた、ローズマリーと同じ、青酸による服毒死だった。

ポアロ物の短篇「黄色いアイリス」をもとに長篇化した作品。ただし本書は、ポアロではなく、『茶色の服の男』に初登場し、四度目にして最後の登場となるレイス大佐が活躍する。もっとも本当の主役は、一年前に亡くなったローズマリーであろうか。

37 ホロー荘の殺人

The Hollow〔米版 *Murder After Hours*〕（一九四六）中村能三訳 ㉒——ポアロ

九月の週末、ヘンリー・アンカテル卿夫妻はロンドン郊外のホロー荘に親族ら六人を招いていた。ルーシー夫人の実家に住むエドワード、彫刻家ヘンリエッタ、ブティック店員のミッジ、オックスフォード出身のデイヴィッド、クリストウ夫妻である。だが彼らの人間関係は複雑で、ミッジはエドワードに、エドワードはヘンリエッタに、ヘンリエッタはハーリー街の開業医ジョン・クリストウに思いを寄せている。

彼らがブリッジに興じていた土曜の晩、近くの別荘に滞在している女優ヴェロニカが突然ホロー荘に現れる。実は彼女は十五年前ジョンと恋に落ち、結局は婚約を解消した仲であった。その一年後、ジョンはあらゆる点でヴェロニカとは正反対の女性ガーダと結婚した。だが、したたかなヴェロニカは一同の前でジョンを「初めて愛した男性」と紹介したのである。

その翌日、昼食に招かれたポアロは午後一時にホロー荘へやって来た。しかし、そこで彼が見たものは、広大な庭の一角にあるプールのそばでジョンが倒れており、妻ガーダはピストルを手に空ろな表情で夫を見下ろしている光景であった。

クリスティーは、ポアロを登場させたのは失敗だったと反省している作品だが（事実、戯曲化に際してはポアロを省略したが）、ロマンチック・ミステリとして大いに楽しめる。

38 満潮に乗って

Taken at the Flood［米版 *There Is a Tide*］（一九四八）恩地三保子訳 ㉓——ポアロ

大富豪ゴードン・クロードの庇護の下に暮らしてきた親族は、戦後の困難な時期に辛い試練をうけることになった。ゴードンがはるか年下の未亡人のロザリーンと結婚したうえに、これまでどおりの援助を親族に保証する遺言状を書く前に、空襲であっさり死んでしまったからだ。危うく助かった新妻は二度目の未亡人となり、ゴードンの莫大な遺産を相続した。

それから約二年後、ゴードンの親族の一人がポアロのもとを訪れ、ロザリーンの最初の夫アンダーヘイを見つけ出してほしいと依頼した。霊媒を通じて、アンダーヘイは生きていることが判明したからと。もちろんポアロは断わるが、ポアロには数々の疑問が浮かぶのだった。

人を苦しめるのは経済的苦境だけではない。考えることをやめれば楽に生きていかれる戦争というものを生き延びた記憶。婦人従軍部隊に入り広い世界を見てしまったあとの故郷の息苦しさ。男なのに銃後を守らされた鬱屈。巨額の遺産を独り占めする不安。妹にたかろうとする奴らへの怒りなどなど。そこにアンダーヘイの情報を持つ男が登場したのだ！

題名は、シーザーを斃した後アントニーとの決戦に討って出ようとするブルータスの台詞「うまく満潮に乗りさえすれば……」からとられている。誰が、なぜ、死ぬことになるのか。そして誰が満潮に乗ろうとしているのか。物語は緊迫感を保ったまま展開していく。

39 ねじれた家 *Crooked House*（一九四九）田村隆一訳 ㊲

東洋での勤務を終えて帰国したチャールズは、タイムズの死亡欄で恋人ソフィアの祖父アリスタイド・レオニデスの死を知った。老人は一代で莫大な財産を築いた「心のねじれた男」で、大勢の一族と一緒にロンドン郊外の「ちいさなねじれた家」に住んでいた。死因に不審を抱いてその家に赴いたチャールズに、ソフィアの妹で祖父そっくりの醜い顔をしたジョセフィンが話しかける。「おじいさまは毒を盛られたのよ。ねえ、面白いと思わない？」

老人より五十歳以上も若い二度目の妻ブレンダは、孫の家庭教師に熱をあげている。長男ロジャーの会社は破産寸前であり、次男フィリップは父から疎外されたと思い込んでいる。そうこうするうちに、ソフィアにほとんどの財産を譲るという遺言書が出てくる。

『ねじれた家』はミステリとしてだけみれば結末がややあっけないせいか、クリスティーの作品のなかではそれほどポピュラーではないが、作者自身は非常に気にいっていたようである。「自作の探偵小説の中で、わたしがもっとも満足している二作は『ねじれた家』と『無実はさいなむ』である（アガサ・クリスティー自伝）」、「ほとんどすべての方々が『ねじれた家』に好意をもってくださいました。ですから、この作品が私のベストの一つだという確信は、まちがっていないと思います（ペンギン・ブックス一九五三年版の序文）」

一九五〇年代

40　予告殺人

A Murder Is Announced（一九五〇）田村隆一訳　㊳——ミス・マープル

《チッピング・クレグホーン・ギャゼット》紙の個人広告欄に「殺人お知らせ申し上げます。十月二十九日金曜日、午後六時三十分より、リトル・パドックスにて、お知り合いの方のお越しをお待ちします」という一文を見つけて、村の住人たちは驚きを隠せない。そして興味津々の彼らは、その日の夕方、招待主レティシア・ブラックロックの屋敷にやって来たのだ。

リトル・パドックスには女主人レティシアの他に、彼女の学友だったドラ、遠縁にあたるパトリックと妹のジュリア、メイドのミッチー、美人の下宿人フィリッパが住んでいる。レティシアも同居人たちもこの広告に当惑するばかりであったが、いつもの平静さで客を迎えた。定刻の六時半、部屋の電気が突然消え、激しい音とともにドアが開き、懐中電灯の光が照らされた。「手をあげろ！」という男の声に続き二発の銃声がとどろき、三発目で男は倒れた。そして、この事件を発端に次々と殺人事件が起きるのであった。

ミス・マープル物の代表作。本書によって、マープルはポアロの完全なライバルになったといえる。クリスティー評論の最高作『欺しの天才』を書いた作家のロバート・バーナードは、「傑作見本三つ」の一つに本書を挙げている。興味深い点は、第二次世界大戦後の中流階級の生活の変化を丹念に描いていて、それが物語の中で巧みに生かされていることであろう。

41　バグダッドの秘密

They Came to Baghdad（一九五一）中村妙子訳 ⑱

国際社会の緊張緩和に向け、東西両陣営の首脳がバグダッドで秘密裡の平和会談を行うことになった。一方で、世界の闇ルートを通じて巨利を蓄え、謎の「第三帝国」を築き上げようと企む巨大組織の存在が判明。実態摘発に向かう各国情報機関と闇組織との戦いも、会談に向け激しさを増していた。〝誰も彼もバグダッドにやってくる〟（原題）状況である。

そんな折、ロンドンに住むタイピストのヴィクトリア・ジョーンズは浮かない顔でベンチに腰をおろしていた。天涯孤独な彼女は、常に冒険を好むという長所があるものの、つい嘘をついてしまう欠点も持っている。そしてその欠点のために、いま会社を解雇されたところであった。だが、持ち前の冒険心から、ベンチのもう一方の端に腰をおろしている青年に話し掛けたのだ。青年はバグダッドで文化活動をしている協会の秘書をしており、明日にもバグダッドに向かうという。ヴィクトリアは、なぜかバグダッドとその青年に憧れ、バグダッド行きを敢行。偶然の成り行きから、東西陣営vs闇組織の情報合戦に巻き込まれていく――。

第二次大戦後まもなく発表された、中東バグダッドが舞台の単発の冒険物。現在の情勢からは考えられない設定が興味深いが、バグダッドを熟知しているクリスティーらしく、バグダッドやその周辺の描写は勢いに満ち、読む者のロマンをかきたてずにはおかない。

42　マギンティ夫人は死んだ

Mrs McGinty's Dead［別名 *Blood Will Tell*］（一九五二）田村隆一訳㉔——ポアロ

ポアロの旧友、キルチェスター警察のスペンス警視がポアロを訪ね、事件の再調査を依頼した。その事件は、掃除婦のマギンティ夫人が後頭部を一撃で撲殺され、部屋から三十ポンドの現金が盗まれたというもの。間借人のジェイムズ・ベントリイの上着に付着していた夫人の血と毛髪が確かな証拠となって、ベントリイを容疑者として逮捕。評決は有罪、死刑が確定したが、彼が犯人とは思えない。凶器も見つかっていないし、事件があまりにも単純すぎる。

ポアロは、事件の起こったブローディニーに赴き、マギンティ夫人の姪や町の名士たちに会い、事件の真相を探し始める。ほどなくポアロは、手紙を書くことなどめったになかったマギンティ夫人が死の二日前、興奮した面持ちでインクを一瓶購入したこと、またインクを購入する前日には《日曜の友》紙の記事を切り抜いていたことを知った。記事は「往年の悲劇に登場した女主人公たちは今いずこに？」という四名の女性の話だった。

このことは、夫人の死に何か関係があるのだろうか？　また凶器は一体、どこにあるのか？　そして犯人は、評決どおりベントリイなのか、それとも真犯人は他にいるのか？

題名はマザーグースから採られているが、『そして誰もいなくなった』や『ポケットにライ麦を』のように、唄と事件とが直接関係しているという内容ではない。

43 魔術の殺人

They Do It with Mirrors［米版 *Murder with Mirrors*］（一九五二）田村隆一訳 ㊴

——ミス・マープル

ミス・マープルにも少女時代が！　色白で頬の赤いイギリス娘はフィレンツェの寄宿学校でアメリカ人姉妹と出会い、二人が数回の結婚を経験してゆく間も友情は続いてきた。理想病にとりつかれた変わり者と結婚するたちの妹キャリイ・ルイズの現在の夫ルイス・セロコールドは、二百人以上もの未成年犯罪者を屋敷に住まわせて、その更生に熱中している。ほとんど血縁のない家族、子どもの犯罪者、精神医学者、教師などに囲まれて、理想に生きる妹の身に、姉のルースは不安を覚えるのだった。

そこでルースのとった手段は、マープルを「とてもいま困っていて、三度の食事にもこと欠く」老婦人に仕立て上げ、ストニイゲイトの邸に招くようキャリイ・ルイズに勧めることであった。マープルはその偽装を受け入れてストニイゲイトに行くが、そこには確かに異様な雰囲気が漂っていた。そして、キャリイの最初の夫の長男が射殺される事件が起きたのだ。

原題にある“with mirrors”とは「魔術を用いて」であり、「やすやすと」あるいは「こっそり巧みに」ということだという。そのように行なわれた犯罪をミス・マープルが種明かししてくれるのだが、同時にそれは、謎をどのように読者という観客に見せるか、というクリスティーの手腕をも明かしているわけである。

44　葬儀を終えて

After the Funeral［米版 *Funeral Are Fatal* 別名 *Murder at the Gallop*］（一九五三）

加島祥造訳 ㉕――ポアロ

北イングランドの富豪アバネシー家の当主リチャードが、急逝した一人息子の後を追うように病死した。葬儀を終えて、リチャードの妹と弟の配偶者、甥、姪、その配偶者など相続の権利を持つ親類縁者が集まった遺言発表の席で、少し頭の弱い末妹のコーラ・ランスケネが小鳥のように首をかしげながら言う。「でも、うまくもみ消しちゃったわねえ。だってリチャードは殺されたんでしょう?」居合わせた人々の間に驚きと緊張が走る。

その日のうちにリチェット・セント・メアリーの自宅に帰ったコーラは、翌日、自室のベッドで手斧で顔をめちゃめちゃに砕かれた惨殺体となって発見される。果たして物盗りの仕業なのか、それとも、リチャードの死の真相を知っていたために殺されたのか……。

リチャードの古くからの友人で遺言執行人の老弁護士エントウイッスルは、殺されたコーラと同居していた家政婦、遺言発表の席に居合わせた人々らを尋ね歩いてリチャードとコーラの死の真相を探るが、謎は深まるばかり。そこで、旧知のポアロに事件の捜査を依頼する。

エントウイッスルの目を通して、葬儀に集まった人々の様子や人柄を活写する巧みな導入部、関係者一同をアバネシー家の客間に集めての堂々たる謎解き、そこで明らかにされる犯人と動機の意外性……黄金期の作風を踏襲した中期の傑作。

45 ポケットにライ麦を

A Pocket Full of Rye（一九五三）宇野利泰訳 ㊵――ミス・マープル

投資信託会社のオフィス。午前中のティータイム。いつもと変わらぬ風景は、異様なうめき声で一変する。社長のレックス・フォテスキューがデスクでお茶を飲んだ後、苦しみだしたのだ。病院で死んだ彼の上着の右ポケットには、たくさんのライ麦穀粒が入っていた。「水松荘《いちいそう》」と名づけられた、ロンドン郊外のフォテスキューの邸宅では、彼の若く美しい二番目の妻とその愛人、二人の息子とそれぞれの妻、娘とその恋人、彼の義姉、さらには使用人たちの人間関係が複雑に絡みあっていた。そして今度は、犯人と目されたレックスの妻アディールが、客間で、蜜のついたマフィンを片手にしたまま死体で発見される。前後して、姿を消していた小間使いのグラディスも、絞殺体で見つかった。

ミス・マープルは、悲しみと怒りを秘めてセント・メアリ・ミード村から汽車に乗り、二十マイル離れた「水松荘」へ向かった。グラディスは、かつてマープルが行儀作法を仕込んだ娘だった。邸の中へ通されたマープルは叫ぶ。「あの娘の死骸《こ》は、鼻を洗濯挟みでつまんであったそうじゃありませんか！」ニール警部に協力し、邸に滞在することになったマープルは、この連続殺人がマザーグースの唄に符合していることに気づく。冷酷無情な犯人が起こした悲劇にはやりきれないものがあるが、マープルの清々しい正義感で救われる作品。

46 死への旅

Destination Unknown［米版 *So Many Steps to Death*］（一九五四）奥村章子訳 ⑨⓪

頭髪が美しい赤毛のヒラリー・クレイヴンは家庭生活に絶望し、カサブランカのホテルで自殺しようとした。だがイギリス人の男性に助けられる。男は英国情報部員で、著名な科学者や医者が次々と行方不明になっている事件を捜査中という。そして彼から、死んだつもりで冒険をしてみないか、と捜査の協力をもちかけられたのだ。

その協力とは、失踪した原子科学者ベタートンの妻オリーヴの身代りになること。オリーヴはヒラリーと同じ赤毛の女性だが、飛行機事故で瀕死の重傷を負ってしまったからである。早速ヒラリーはオリーヴの名でモロッコのホテルに逗留すると、おしゃべりな旅行者ベイカー夫人や正体不明なフランス人、ギリシャの大富豪などが接近してくる。

やがて指令を受けてヒラリーはマラケシュへ向うが、乗った飛行機は砂漠に不時着。乗客一同が連れていかれたのは、どこにも逃げ場のない要塞のような療養施設であった。そして、そこにベタートンがいたのだ。ヒラリーは万事休すと覚悟したが、彼はヒラリーをオリーヴと認め、彼女の耳元で「芝居を続けろ。頼む。危険なのだ」とささやいたのである。

東西冷戦を背景に描かれたスパイ冒険小説であるとともに、ちりばめられた手掛かりによって、推理小説としての謎解きも味わうことが出来る作品である。

長篇

47 ヒッコリー・ロードの殺人

Hickory Dickory Dock［米版 *Hickory Dickory Death*］（一九五五）高橋豊訳 ㉖——ポアロ

ポアロの完璧な秘書ミス・レモンが、信じられない間違いをした。彼女の姉ハバード夫人の働く学生寮で起きている不思議な盗難事件のことで、頭がいっぱいだったのだ。盗まれたものは、夜会靴の片方や電球、浴用塩など、いずれも他愛のないものばかり。少なからず興味をおぼえ、学生寮へと出向いたポアロは、夫人に一刻も早く警察を呼ぶべきだと助言する。ポアロによって盗難事件の大半に片が付き、誰もが安心しかけた時、寮生の一人が服毒死した。一度人殺しをした人間は、二度、三度とくり返す——当初、自殺と思われたその死は、その後も続いていく事件の一部だった。ポアロの助力で尋問を開始したロンドン警視庁のシャープ警部は、しだいに寮関係者の秘密を明らかにしていく。が、事件は第二の殺人事件へと発展してしまう。被害者たちには、何かを知っていたらしい痕跡があった。その何かとは何なのか。盗難事件との関係は……。一見すると、すっかり理性を失っているように感じるこの事件には、目的も意図もあるし、筋道も立っていると、ポアロは言う。

題名はマザーグースの童謡によっているものの、内容は童謡に無関係な点が少し物足りないが、ミス・レモンの私生活の一部が明らかになったのは興味深い。なお学生寮の描写がきわめて写実的であったため、実在の寮母の関係者からクレームがついたそうである。

48　死者のあやまち

Dead Man's Folly（一九五六）田村隆一訳 ㉗——ポアロ

「パディントン十二時発の列車にちょうど間にあうわ、まだ四十五分はありますもの」電話をかけてきたのはオリヴァ夫人。探偵作家としてお祭りの余興の〈犯人探し〉のお膳立てを頼まれたのだが、なにか腑に落ちないおかしな雰囲気を感じて、強引にポアロを呼び出した。呼ばれた先はデヴォンシャーにあるナス屋敷。ご多分にもれず成金に買い取られたとはいえ、隣屋敷のようにユースホステルなどに身を落とすこともなく、往年の美しさをしのばせている。

　昔ながらの屋敷を開放して行なうお祭りも開かれることになった。半クラウンの入場料を払って敷地を歩き回り、出店をのぞいたり、九柱戯や籤、占いなどに小銭を投じて楽しんでいる大勢の村人や観光客たち。その最中に、オリヴァ夫人が考えたゲームで死体役を演じることになっていた少女が本当に絞殺されてしまったのだ。さらに屋敷の女主人の姿もいつのまにか消えていた。容疑者は、お祭りにやってきた二百人以上の入場者に、収容人員百名を越える隣のユースホステルからさ迷い出てくる外国人旅行者というのでは——。

　舞台となるナス屋敷は、クリスティーの別荘グリーンウェイ・ハウスをモデルにしており、ファンには興味が尽きない。なお原題は「死者のあやまち」であり「死者の阿房宮《フォリィ》」ともとれ、読後にはこの題名がしみじみと心に染みるだろう。

49 パディントン発4時50分

4.50 from Paddington［米版 *What Mrs. McGillicuddy Saw!* 別名 *Murder She Said*］（一九五七）松下祥子訳 ㊶——ミス・マープル

ミセス・マギリカディは、一日をロンドンでのクリスマスのための買い物に費やし、山ほどの戦利品を抱えて、パディントン駅に辿り着いた。パディントン発四時五十分の汽車は、彼女を平和な帰路につかせてくれるはずだった。ところが……。彼女が車窓から見たものは、彼女の汽車と並行に走る汽車の客室で、男が女を絞殺している場面だった！ ミセス・マギリカディは、即座に車掌に通報するとともに、ミス・マープルの元に駆け込む。二人は事件の記事を楽しみに待つのだが、翌日の朝刊にその記事はなく、警察に訴えても、犯罪の行われた痕跡すら発見されない。

ミセス・マギリカディの見たものは幻だったのか？ もしそれが本当に起こったことであったなら、死体はどこにいったのか？ 客室内に残しても、汽車から放り出しても、死体は発見されるはず。警察は老婦人の妄想と考えるが、ミス・マープルは、ミセス・マギリカディの言葉を信じた。そして超優秀家政婦ルーシー・アイルズバロウを助っ人に、見えない死体を追って、ミス・マープルの推理が開始される。

殺人を目撃するという導入部が鮮やかな謎解き小説。二年前の肺炎のためか、マープルの行動は控え目だが、ルーシーはマープルに勝るとも劣らない魅力的な活躍をしている。

50　無実はさいなむ

Ordeal by Innocence（一九五八）小笠原豊樹訳 ㉜

ある秋の夕暮れ、南極から戻った男がある重大な知らせを携えてサニー・ポイントを訪ねてきた。その情報はアージル家の人々に感謝の念を持って迎えられるはずであった。

事件は二年前のこと。慈善事業に熱意を注ぐ女主人が撲殺され、一家の厄介者ジャッコが逮捕された。ジャッコは無罪を主張し続けたがアリバイが証明されず、無期懲役の判決を受け獄死していた。キャルガリは、ジャッコの無実を告げに来たのだ。犯行時刻に、確かにジャッコをドライマスまで車に便乗させて行ったと。しかし、アージル家の人々の反応は冷淡だ。

アージル夫人は、戦災孤児など五人の子供を養子にしていたが、素行の悪いジャッコに手を焼いていた。一家にとってジャッコは最も都合の良い犯人であったのだ。しかし、ジャッコが無罪だとすると、一体他の誰が犯人なのか……。真犯人が明らかにされない限り、アージル家の人々は互いに疑惑を抱きながら、疑心暗鬼で暮らしてゆかねばならない。自分の行動に責任を感じたキャルガリは、無実の人間を疑惑の闇から救い出すために、独自の調査を開始する。そして、実は家族の誰もが老婦人殺害の動機を持っていたことが明らかになっていく。

独善的な慈善事業のもたらした愛憎と悲劇を描いた、自選のベストテンにも入っているクリスティーお気に入りの作品である。

51 鳩のなかの猫 *Cat Among the Pigeons*（一九五九）橋本福夫訳 ㉘——ポアロ

新興の私立校だが、恐ろしく高い授業料に見合うだけのものは得させてくれるところとして、英国でも最も成功している学校に数えられるメドウバンクが舞台。全国から生徒を集められるほどの学校の教師や生徒、父母には、さまざまな背景を持ち、だが本当に名乗っているとおりの人物であるのか、疑えば疑える人間が数多くいる。しかもそこは一種の閉鎖空間という、ミステリにおあつらえ向きの場所でもあったのだ。

メドウバンクの夏季学期が始まった。革命騒ぎの起きたラマット国のお姫様から金持ちの親戚の援助を受ける娘まで、性格も家庭環境もさまざまな少女たちがいるとはいえ、そこは女性ばかりのスタッフが暮らす一流校である。いつもと同じ平穏な学期の始まりであったが、やがてこの女学校に騒ぎと混乱が起き、ついに新任の体育教師が射殺されたのだ！一方、この夏季学期の始まる二カ月前、ラマット国の国王は革命を恐れて、密かに莫大な宝石を国外に持ち出すことを友人に頼んだ。だが国王は逃亡中に飛行機事故で亡くなり、宝石はどこかに消え失せてしまった。二つの事件には何か関係があるのか？

クリスティーの学園物と呼びたい作品。鳩のなかに猫を置くとは騒ぎや面倒を起こすことを意味するそうだが、猫はなぜ置かれたのか。その猫は誰なのか。ポアロの謎解きが冴える。

一九六〇年代

52 蒼ざめた馬

The Pale Horse（一九六一）高橋恭美子訳 ⑬

死に瀕したデイヴィス夫人を看取った帰り道、ゴーマン神父は撲殺された。人望があり、教区民からも慕われていた神父に敵はひとりもいなかった。警察は神父の靴の中に九人の名が記された紙片を見つける。警察医コリガンの旧友で学者のマークは、その九人のうち数人が死亡しており、その中に知人も含まれていたことから調べ始める。

マークは慈善バザーで知り合い、意気投合したジンジャーと一緒に、郊外の村にある古い館〈蒼ざめた馬〉に住む三人の女性に迫っていく。三人は村の魔女とも呼ばれており、魔術で人を呪い殺すことができるという。魔術による遠隔操作で人を死に至らしめることなど、現実にありえるのか。そしてゴーマン神父の死との関係は……。マークとジンジャーは謎を解くために危険な賭けを試みるのだった。

〈蒼ざめた馬〉とは、キリスト教の新約聖書「ヨハネ黙示録」第六章第八節に出てくる有名な一節にある言葉で、〈蒼ざめた馬〉はその背中に死を乗せている、という。オカルト趣味を巧みに取り入れた作品だが、クリスティーの毒薬知識の正確さがよくわかる作品としても有名である。なにしろ本書を読んだ実在の看護師が、患者の中毒はタリウムが原因に違いないと気づいたというエピソードが残っているからである。

長篇

53 鏡は横にひび割れて *The Mirror Crack'd from Side to Side*［米版 *The Mirror Crack'd*］（一九六二）

橋本福夫訳 ㊷――ミス・マープル

セント・メアリ・ミード村にあるヴィクトリア朝の屋敷ゴシントン・ホールに、アメリカの美人女優マリーナ・グレッグが映画監督である夫ジェースン・ラッドとともに引っ越してくる。ある日の午後、夫妻は金をかけて改装をほどこした屋敷を開放し、客をカクテルでもてなすことになった。その客の一人、バドコック夫人は、善人ではあるが思慮にかけるおしゃべりな女性で、接待するマリーナに十年以上も前に会ったことがあると話しかける。延々と続くおしゃべりの最中、マリーナはバドコック夫人の肩ごしをふいに見つめ、凍りついたような表情を浮かべる。これが題名の由来となっているテニスンの詩の一節を連想させるシーンだ。

やがてホステス役に戻ったマリーナは、カクテルをこぼしてしまったバドコック夫人に自分の分を渡してやるが、ほどなく彼女は死亡する。死因は鎮静剤の致死量摂取。カクテルを飲んだときの状況から、狙われたのはマリーナとみなされるが、その場には動機をもった関係者が何人かいたことが判る。夫のほか、マリーナの秘書、ジェースンの元妻、マリーナの養子など。ミス・マープルは、隣人たちの噂話を聞きながら、意外な事件の真相を探り当てる。

誰が犯人かという謎とともに、なぜ殺したのかという謎がユニークなミステリ。人間性というものを知りつくしたミス・マープルの推理が真骨頂を発揮している。

54　複数の時計

The Clocks（一九六三）橋本福夫訳 ㉙――ポアロ

速記タイピストのシェイラ・ウエッブは、所長のミス・マーティンデールから、ウイルブラーム新月《クレスント》通り一九号の家に行くよう指示を受ける。指定された時刻に、指定の場所に行くと、男の死体を発見する。家の主である眼の見えない教師ミリセント・ペブマーシュは、被害者の男は知らないし、シェイラに仕事を依頼した覚えもないという。さらに現場には、備え付けの柱時計、カッコー時計のほかに四つの置時計があった。

現場に来合わせた秘密情報部員コリン・ラムは、旧知のハードキャスル警部とともに近隣の訊き込みに回る。だが、誰も被害者に心当たりはないという。コリン・ラムは、訊き込みの記録を持って、「死んではいないが、退屈している」ポアロを訪ねる。

ポアロは現実の事件に失望し、犯罪小説を読みふけっている。ラムの事件の説明を聞き、ポアロは「複雑そうに見せかける必要があるとすると、単純な犯罪に相違ない」と指摘する。検屍審問の日、何かに気づいたシェイラの同僚が、誰にもその疑問を話さぬまま殺される。さらに被害者は昔別れた夫に違いないと名乗り出た女性も失踪し――。

プロットには直接関係しないが、ポアロの口を借りて語られる各種ミステリの評価が楽しい。クリスティーのミステリに対する考え方が、明確に示されている。

55 カリブ海の秘密

A Caribbean Mystery（一九六四）永井淳訳 ㊸――ミス・マープル

カリブ海に浮かぶサン・トノレ島に静養にやってきたミス・マープル。前年の冬にひどい肺炎を患い、医者から南への転地療養をすすめられていたからだ。そして甥で流行作家のレイモンドが予約してくれたホテルは快適であった。天気も景色もいいし、いたりつくせりなサービスもある。おしゃべりを楽しむ滞在客にもことかかない。

そのような滞在客の一人にパルグレイヴ少佐がいた。マープルが少佐の昔話に耳を傾けていると、ふと彼は妻殺しの疑いがある男の話をしゃべりだし、紙入れから取り出した写真を見せようとしたのだ。しかしマープルの右肩ごしになにかを見ると、急に話題を代えてしまった。そして翌朝、少佐は死体で発見されたのである。

死因は高血圧のためとされたが、何故か写真は紛失していた。マープルは少佐の急変した態度が気になっていた。その疑問を解き明かそうと、マープルは調査に乗り出した。

晩年のクリスティーが得意とした「肩ごしの視線」の謎と「古い罪は長い影を落す」というプロットをもつ作品。本書と『復讐の女神』、未完の*"Woman's Realm"*で三部作の構成を予定していたらしい。当初はセント・メアリ・ミード村から出るのを渋っていたマープルだが、西インド諸島のホテル暮らしも大いに楽しんでいる様子がよくわかる。

56 バートラム・ホテルにて

At Bertram's Hotel（一九六五）乾信一郎訳 ㊹——ミス・マープル

ミス・マープルは、彼女の姪で画家のジョーン・ウエストの招待で、少女時代に投宿したロンドンのバートラム・ホテルに数十年ぶりに滞在することになった。ホテルの大きな中央ラウンジにはすばらしい石炭の暖炉が二つある。そしてお茶の時間のラウンジでは昔ながらのシード・ケーキやマフィンが食べられる。エドワード王朝時代そのままの雰囲気に懐かしさを覚えるマープルだったが、その反面、腑に落ちないものも感じていた。

そのホテルの宿泊客に、有名な女流冒険家で、私生活でも噂の絶えないセジウィックがいた。また偶然にも、彼女の実の娘エルヴァイラとエルヴァイラの後見人も投宿していたのだ。さらに常連客のペニファザー牧師も泊っていた。牧師はその日、スイスでの会議に出席するためにホテルを出発するが、物忘れのせいで日にちを間違えていることに気づき、夜になってからホテルの部屋に戻ってみると、頭に衝撃を受けて意識を失った。

一方ロンドン警視庁は、大規模な強盗事件の増加に頭を痛めていた。バートラム・ホテルもなんらかの関係がありそうと思われたが——といった展開で、なにが起こっているかはっきりさせないまま物語は終盤に突入し、一気に盛り上がる。なおバートラム・ホテルのモデルは、実在のブラウンズ・ホテルかフレミング・ホテルといわれている。

長篇

57 第三の女

Third Girl（一九六六）小尾芙佐訳 ㉚——ポアロ

ポアロは、朝食の席でチョコレートをすすっていた。今のポアロは、もはやベルギーの難民ではない。悠々自適な毎日だ。そこに突然訪れた当世風の若い娘は、「殺人を犯したらしい」と打ち明けた後、ポアロのことを、歳を取りすぎているから、と言って帰ってしまう。憤慨しながらもポアロは、友人の探偵作家オリヴァ夫人によって、この娘の名前がノーマ・レスタリックで、女友達二人と部屋を分け合う「第三の女《サード・ガール》」であり、さらには実業界の大物の一人娘であることを知らされる。だがそのノーマは行方不明になってしまう。どこかで死体が出たという話も一向に聞かない。ポアロは独り心配する。

死体のないまま調査をするポアロだが、調べれば調べるほど、ノーマ自身とそれを取り巻く環境が、複雑でミステリアスなことがわかる。ノーマは本当に「頭がおかしい」のか？　娘三人が暮らすマンションで飛び降り自殺した女は、事件に関係があるのか？　そしてついに、ノーマの男友達が刺殺体で発見される。そばにはナイフを持ち、手を血に染めたノーマが……。

クリスティーの分身とも言えるオリヴァ夫人の登場のおかげで、暗くなりがちな物語にユーモアが添えられている。彼女は原稿を書き上げた直後の開放感からか、ポアロの警告も聞かずに探偵もどきで尾行をし、果ては頭をこん棒で殴られ病院行きという冒険談のおまけつき。

58　終りなき夜に生れつく

Endless Night（一九六七）矢沢聖子訳 ㉟

ウィリアム・ブレイクの詩の一節「朝ごと夜ごと　幸せとよろこびに生れつく人あり……終りなき夜に生れつく人もあり」をモチーフに、緻密な構成と巧妙な語り口で、ゴシック・サスペンスと至高のラブ・ストーリーを融合させた異色作。

競売に出された〈ジプシーが丘〉は、ジプシーに呪われた土地と噂されていたが、海の見える美しい場所でもあった。本篇の語り手マイク・ロジャーズは、いつの日か愛する女性とすばらしい家に住むことを夢みる青年。〈ジプシーが丘〉に強く心を惹かれ、競売の日に再訪した彼は、エリー・グートマンと出会って恋に落ちた。貧しいマイクとアメリカの大富豪の相続人エリーは、世話係の美女グレタの助けを借りて結婚。ジプシーの老婆の「ここからすぐに立ち去れ」という警告を無視して、エリーは〈ジプシーが丘〉を買い取り、天才的な建築家サントニックスが建てた家で、二人は幸せな新婚生活を始めた。

だが「呪われた地」という伝説は本当だったのだろうか。さわやかな九月の朝、愛馬で出かけたエリーは恐ろしい事故に遭ってしまう。マイクの独白は、すべての謎を解き明かした後、愛に満ちた感動的な結末へと至る。クリスティーが自選ベストテンに挙げ、「私のお気に入りの作品」とコメントしているのもうなずける。

59 親指のうずき

By the Pricking of My Thumbs（一九六八）深町眞理子訳 ㊾――トミーとタペンス

「その後トミーとタペンスはどうしました」という世界中の読者からの問いに応え、前作『NかMか』から二十七年を経て書かれたトミーとタペンス物の四作目。題名はシェークスピアの「マクベス」からとられた。二人は老いたが、相変わらず好奇心旺盛で活発である。

老人ホームに叔母の遺品の整理に訪れたトミーとタペンスは、叔母の友人の老女が突然ホームを去り消息不明となったことを知る。その老女が叔母に贈った〝運河のほとりの家〟の風景画を見たタペンスは、この家をどこかで見たことがあると思う。

トミーが諜報部のOB会出席のため旅行に出ると、タペンスは風景画の家のありかと老女の行方を探り始める。捜し当てた家には奇怪な言い伝えがあり、その近くの村では昔、幼児連続殺人事件が起こり未解決のままであるという。一方、OB会から帰ったトミーは、老人ホームで何件かの毒殺事件が起きていたことを顧問医師から聞かされる。互いの得た情報を交換したトミーとタペンスは、昔のように力を合わせ時代を隔てた二つの連続殺人の謎に挑む。

大きなトリックはないが、入り組んだいくつもの謎が終章で鮮やかに繋がり解明される。作家の小林信彦氏はこの作品を、クリスティーが「老境に入って考え出したミステリの新しい型」と評している。

60 ハロウィーン・パーティ

Hallowe'en Party（一九六九）中村能三訳 ㉛――ポアロ

友人ジュディスの家に滞在していた探偵作家アリアドニ・オリヴァは、近所の子供たちを集めて開かれるハロウィーン・パーティの支度を手伝うことになった。会場ではリンゴ食い競争やらダンスが行なわれ、パーティは無事終了と思われたが、ジョイスという十三歳の少女がいなくなっていることがわかった。なんと図書室で、リンゴ食い競争に使った、水の入っているバケツの中に頭を押え込まれたらしく、溺死状態で殺されていたのだ。

実はジョイスは、パーティが始まる前、「殺人事件を見た」と広言していた。しかし虚言癖のある少女であったためか、警察はそのことをあまり重要視しなかった。困り果てたオリヴァ夫人はポアロに相談をすることにした。相談を受けたポアロは、事件現場がロンドン近郊のウドリー・コモンであることを知る。そこは、退職した元警視スペンスが一年ほど前に移り住んだところだった。ポアロはスペンスを訪れ、スペンスから近隣で起きた犯罪などの情報を聞き出す。やがて遺産相続に関するトラブルが浮き上がるが……。

ポアロ物三十三作のうち、最末期にあたる三十一番目の作品。ポアロは現実の事件と、その背後に見え隠れする「過去の事件」とを絡めあわせながら真実を追究していく。ミステリそのものに派手さはないが、巧みな性格描写によって小説としての完成度は高い。

一九七〇年代

61 フランクフルトへの乗客

Passenger to Frankfurt（一九七〇）永井淳訳 ⑯

スタフォード・ナイは、才気煥発ながら、信頼を得るよりは持ち前のいたずら心を満足させる方がまし、と考えている四十五歳の外交官。人生に少々退屈していた彼は、フランクフルト空港で一人の美女に出会った。この女性は彼の亡くなった妹に似ていることもあり、興味をもった。彼女が言うには、自分には危険が迫っている。パスポートとマントを貸して欲しいと。

この奇妙な提案を、ナイは持ち前の好奇心で承諾することにした。

しかし、その後英国に帰国した彼は、何者かに命を狙われることになる。ある時、ロンドンでこの謎の女性と再会し、音楽会の切符をもらうことになった。その音楽会では、ワグナーの《ジークフリート》が公演されていた。謎の女性はメアリ・アン、またの名をゼルコウスキ伯爵夫人といい、亡命作家の受け入れなど政治的活動をしている人物であった。こうして、ナイは、知らず知らずに国際的大陰謀の渦中に巻き込まれていくことになる。

クリスティー自身が前書きで、この物語の本質はファンタジーと述べているように、現代社会への風刺がきき、奇想に富んでいるスパイ・スリラー物。クリスティーを彷彿とさせるナイの大伯母マチルダ（ヴィクトリア時代人の立場で現代社会を批判する）や、お気に入りのワグナーの音楽を登場させ、八十歳の誕生記念作にふさわしい趣向を凝らしている。

62　復讐の女神

Nemesis（一九七一）乾信一郎訳 ㊺——ミス・マープル

旧知のラフィール氏の死亡記事を見た数日後、「何かを解決してくれたら、二万ポンドを遺贈する」というラフィール氏の申し出が、弁護士を通じてミス・マープルに届く。「生まれながらにして捜査の才能をもっている」と認め、彼女の〝勘〟に信頼を寄せているラフィール氏に報いるため、彼女は申し出を受け入れる。二人の合言葉は〝復讐の女神《ネメシス》〟。

解決すべき「何か」については示唆もなく、情報もない。氏が手配した〈大英国の著名邸宅と庭園〉見物のバス旅行に出発した時、わかっていたのは氏の息子マイクルが何か問題を抱えているということだけ。だが同行者の一人、元校長エリザベス・テンプルは、マイクルと婚約していたヴァリティという少女の先生であったことがわかる。

かつてヴァリティは本人と判定できないほど顔を損壊されて殺され、マイクルは逮捕された。エリザベスは、彼女を殺したのは〝愛〟だとつぶやく。旅の途中でラフィール氏を知っているという姉妹に誘われ、ミス・マープルは彼女たちの屋敷に数日滞在するが、その間にエリザベスは落石によって重傷を負ってしまった。単なる事故なのか、誰かの犯行なのか？

『カリブ海の秘密』の続篇。ミス・マープル最後の事件『スリーピング・マーダー』は第二次大戦中に脱稿されたから、本書はマープル物の実質的な最後の作品である。

63 象は忘れない

Elephants Can Remember（一九七二）中村能三訳 ㉜――ポアロ

文学者の集まりで、探偵作家のオリヴァ夫人はある未亡人から息子の結婚相手について相談をもちかけられた。相手の娘の両親というのは十数年前に、同じ場所、同じ時間にピストルで撃たれ非業の死を遂げたのだが、その真相は不明のままだった。自殺か、他殺か、それとも心中か？　動機は何なのか？　そんな親の子を嫁にするのは心配だというわけである。

困ったオリヴァ夫人はさっそくポアロに助けを求める。事件は遥か昔のことゆえ、捜査は困難を極めるが、当時の医者や家庭教師、情報屋などから話を聞くと、さまざまな事実がわかってきた。死んだ母親には双子の姉がいて、実は彼女もピストル事件の数週間前に崖から転落し、悲劇的な死に方をしたというのだ。このことはピストル事件と何か関係があるのか？　さらに調べがすすむにつれ、妹の姉に対する献身的ともいえる愛情とは裏腹に、姉の方は妹に対して常に憎しみと嫉妬を抱いていて、精神の異常も認められていたこともわかってきた。

『五匹の子豚』に代表される、証言をもとに過去の事件を解決していくクリスティーが得意としたミステリ。ポアロ最後の事件『カーテン』は、実際は第二次世界大戦中に執筆されており、本書がポアロ・シリーズの実質的な最後の作品である。なお蛇足ながら、象とは事件当時のことを覚えている記憶力のよい人のことで、動物の象はストーリーには登場しない。

64　運命の裏木戸

Posterm of Fate（一九七三）中村能三訳 ㊿——トミーとタペンス

本書は、実質的にクリスティーの絶筆とされる作品である。

トミーとタペンスは、一九二二年に『秘密機関』で初めて登場してから半世紀を経て、ともに七十五歳前後になっている。悠々自適の隠居生活を願って、デヴォンシャーの古い邸宅〈月桂樹荘〉に従僕のアルバートとマンチェスターテリアの愛犬ハンニバルを伴って引っ越してきた。ちなみにこのハンニバルは、クリスティーの愛犬ビンゴがモデルである。

タペンスは、さっそく古い本棚を整理し、昔読んだスティーヴンスンの『黒い矢』をみつけて、夢中になって読み始めた。頁を繰るうちに、そこらじゅうに赤いラインが引いてあるのに気づく。それをつなぎ合わせると、思いがけない文章になった。「メアリ・ジョーダンの死は自然死ではない。犯人はわたしたちの中にいる」本にはアレクザンダー・パーキンソンという、たどたどしい署名があった。五十年以上も前にここに住んだパーキンソン家の一員らしい。タペンスは生来の好奇心から過去の殺人の発掘という新たな冒険に乗り出す。そして、調査を始めた夫妻に危険が迫り始め、ついに意外な殺人事件が……。

クリスティーの生家アッシュフィールドを彷彿させる〈月桂樹荘〉が物語の舞台で、子供時代を懐かしむクリスティーの筆致には、探偵小説とは違った興趣をそそられる。

65 カーテン

Curtain（一九七五）田口俊樹訳 ㉝——ポアロ

ポアロ最後の事件。刊行はクリスティーの死の前年だが、執筆されたのは第二次大戦中で、『書斎の死体』の後。同じ年に書かれたマープル最後の事件『スリーピング・マーダー』とともに死後発表する予定で保存されていたが、本作のみ生前の刊行に変更された。

ヘイスティングズはポアロの招きで、今はゲストハウスとなっているスタイルズ荘に赴く。懐かしい最初の事件の場で再会したポアロは、老いと病いにやつれ立居もままならず、車椅子の厄介になっていた。黒々とした髪はかつらで、自慢の髭もつけ髭らしい。

ポアロはヘイスティングズに、「過去に起きた別個の五件の殺人事件には同一の真犯人がいる。その犯人Xは今スタイルズ荘の中におり、新たな殺人を目論んでいる。それを捕らえる手伝いをして欲しい」と依頼する。二人の必死の捜査にも係わらず、スタイルズ荘内で一件の殺人未遂と二件の不審な自殺が相次いで起こり、直後にポアロも心臓発作を起こし急逝した。

その四か月後、悲嘆にくれるヘイスティングズのもとに法律事務所からポアロの手記が届けられる。死を覚悟したポアロは、自分の死後四か月を経たらこの手記を届けるようにと指示していたのだ。手記には真犯人の名と、ポアロがヘイスティングズに手助けをもとめた真意、そして事件の驚愕の真相が綴られていた。

66 スリーピング・マーダー

Sleeping Murder（一九七六）綾川梓訳 ㊻――ミス・マープル

〝ミス・マープルの最後の事件〟として、クリスティーの死後に出版されたが、実際に執筆されたのは、三十年以上前の第二次世界大戦中のこと。執筆の動機は、クリスティー自身に万一のことがあって働けなくなった場合でも家族が困らないように、本書の著作権を夫に贈与するためであり、原稿は戦火を逃れてニューヨークで保管されていたという。

ニュージーランドで結婚し、南イングランドで新婚生活を送るべく、夫より一足先に渡英し、家探しを始めたグエンダ。彼女がディルマスで偶然みつけたヴィクトリア朝風の家ヒルサイド荘は、まさに彼女の望みどおりの「私の家」といえる家だった。大きすぎず、少し古風なその家は、グエンダにとっては初めての家のはずなのに、何故か隅々まで知り尽くしているような気がするのだった。古い戸棚の中からは、彼女が思い描いたまさにその柄の壁紙が出現する。どうして？　動揺するグエンダ。夫ジャイルズのいとこレイモンドとその伯母ミス・マープルとともにロンドンへ観劇に出かけたグエンダは、芝居「マルフィ公爵夫人」の中のある台詞を聞いた途端、恐怖にかられて悲鳴をあげ、劇場から飛び出してしまったのだ。

初めてのはずの場所で、しだいに甦る昔の記憶。幼い頃に体験したらしい恐怖。回想の殺人を扱った作品で、最後の事件とはいえ、マープルは生き生きとした活躍を見せている。

江戸川乱歩に脱帽

数藤　康雄

日本で最初に翻訳されたクリスティー作品は、雑誌「新青年」の大正十三年五月号に載った「メンタルテスト」（現在の訳題は「マースドン荘の悲劇」）と思われる。訳者は河野峯子だが、文芸評論家の長谷部史親氏の調査によれば、ホームズ物の翻訳で高名な延原謙の別名であるらしい。「マースドン荘の悲劇」は英国では一九二三年四月の雑誌「スケッチ」に発表されているから、一年後には訳出されたことになる。また彼女の代表作『アクロイド殺し』や『オリエント急行の殺人』も、すでに戦前に翻訳されていることから判断すると、クリスティーは、デビュー直後から日本では結構注目されていたのだろう。

しかしクリスティーの真の実力を見抜き、日本でのクリスティー人気を確実なものにした功労者は、やはり江戸川乱歩であろう。乱歩は「類別トリック集成」を執筆するために、クリスティーが六十歳で書いた『予告殺人』までの作品群を集中的に読んだ結果として、一九五一年の雑誌「宝石」に「クリスティーに脱帽」という評論（のちに『続幻影城』に収録された）を発表しているが、その影響が大きかったからである。そこではクリスティーの特徴として

・同時代のクイーンやカーと違い、晩年になるほど優れた作品を書いている
・既存トリックの巧みな組合せで、独創性を出している
・気の利いたメロドラマとトリックの驚異の組合せで読ませる

などを指摘し、大いに面白かった作品として『アクロイド殺し』や『予告殺人』を含む八冊を挙げている。

　すべてもっともな指摘で（もし異論があるとすれば、クリスティーの代表作に『そして誰もいなくなった』ではなく『アクロイド殺し』を推していることぐらい）、本邦ではこれ以上の内容を持つクリスティー論はいまだに出ていない。乱歩が監修していた初期の早川ポケット・ミステリにクリスティー作品が数多く入っているのも、乱歩自身のその評価によることは間違いないだろう。

　このように、クリスティーに脱帽したのは乱歩だが、乱歩評論のおかげで手軽にクリスティーの翻訳を読めるようになったのだから、クリスティー・ファンも、乱歩に脱帽すべきだろう。もっとも晩年の乱歩が脱帽するのを想像すると、ついついポアロの卵型の頭を思い浮かべてしまうのだが、これは不謹慎すぎるか?!

1 ポアロ登場

Poirot Investigates（一九二四）真崎義博訳 ㉛

卵形の頭にぴんと上がった口髭、小柄できれい好きな名探偵エルキュール・ポアロが、毎回、心理学の重要性を説きながら、自慢の灰色の脳細胞を駆使して難事件を解決する記念すべき第一短篇集。本書以前のポアロ物は『スタイルズ荘の怪事件』と『ゴルフ場殺人事件』のみであり、『アクロイド殺し』の直前にあたる。クリスティーは当初、ポアロをあまり好きではなかったと言われるが、後期の長篇に比べるとポアロの一見鼻持ちならない性格が色濃く出ている。

「〈西洋の星〉盗難事件」 'The Adventure of 'The Western Star''

人気映画スター夫妻が、所有する有名なダイヤモンド〈西洋の星〉を奪うという脅迫状を受け取ったので、守ってほしいと頼まれる。ポアロは一旦断るが、独自に調査を始める。〈西洋の星〉は〈東洋の星〉と一対をなし、かつて中国寺院の神像の右眼と左眼であり、いずれ二つのダイヤモンドは出会い、神のもとへ戻るという。伝説が絡んだおとぎ話のような事件。

「マースドン荘の悲劇」 'The Tragedy at Marsdon Manor'

突然の内出血で死亡したとされた資産家には、数週間前に多額の保険金がかけられていた。ところが故人は実は破産寸前で、若く美貌の妻のために自殺したのではないかと疑いが持たれた。保険会社の依頼でポアロが調査に乗り出す。死の直前にマースドン荘に宿泊した夫妻の友人の青年士官に対して、ポアロは言葉の連想実験をして真相に接近する。

「安アパート事件」 The Adventure of the Cheap Flat
アパート探しをしていたヘイスティングズの知人であるロビンソン夫妻は、先客に決まっていた高級アパートを、異常に安い賃料で借りることができた。入居は即日。事情を聞いて事件として興味を持ったポアロは、スコットランド・ヤードのジャップ警部から情報を聞き出し、ヘイスティングズとの冒険が始まる。

「狩人荘の怪事件」 The Mystery of Hunter's Lodge
ダービシャーで叔父が射殺されたというヘイヴァリングが調査の依頼に現れた。インフルエンザに罹ったポアロを残して、ヘイスティングズが単身ダービシャーの別荘〈狩人荘〉に赴く。金に困っていたヘイヴァリングが遺産相続することになるのだが、彼には鉄壁のアリバイがあった。ポアロはヘイスティングズの報告をもとに電報で指示を出し、真相を究明する。

「百万ドル債券盗難事件」 The Million Dollar Bond Robbery
ロンドン・スコットランド銀行が発行する百万ドルの債券が、豪華客船でニューヨークに到着直前に盗まれた。債券の入ったトランクにはこじ開けようとした形跡があったが、鍵で開けられていた。銀行の輸送責任者リッジウェイの話では、銀行本店で二人の共同支配人と確認してトランクに入れて鍵をかけたという。犯人は合鍵を持っていたのか？

「エジプト墳墓の謎」 The Adventure of the Egyptian Tomb
古代エジプトのメンハーラ王のものと思われる墓を発掘した関係者のうち四人が、次々と心臓発作、敗血症、破傷風、自殺とそれぞれ違う死因で亡くなる。リーダーの甥の青年は発掘作業を続けるが、その母親の依頼でポアロとヘイスティングズはエジプトに渡った。ポアロが犯人を想定して芝居を仕組み、自らも危険にさらしながら行動する。

「グランド・メトロポリタンの宝石盗難事件」 The Jewel Robbery at the Grand Metropolitan

ブライトンのグランド・メトロポリタン・ホテルで、休暇中のヘイスティングズは知人夫妻に出会う。夫人は有名な真珠のネックレスを所有しているが、ホテルの部屋で鍵をかけていた宝石箱からそのネックレスが盗まれた。盗む機会がある者は夫人のメイドとホテルのメイドの二人。ポアロは犯人に罠を仕掛け、そこから得た情報を携えてロンドンへ出向いていく。

「首相誘拐事件」 The Kidnapped Prime Minister

イギリス首相が暗殺未遂事件に遭った直後、今度は首相が誘拐されたと言う。しかも、翌日にはフランスで連合国会議が開催されるため、欠席すればイギリスとしても重大な結果を招きかねない。タイムリミットは二四時間十五分。ポアロとヘイスティングズは、スコットランド・ヤードの刑事と軍の士官とともにフランスへ行くが……。

「ミスタ・ダヴンハイムの失踪」 The Disappearance of Mr. Davenheim

銀行の頭取ダヴンハイム氏が失踪した。夫人に「手紙を出してくるが、仕事の用事でロウエン氏という男が来る予定なので、先に見えたら通してくれ」と言い残し、邸から出たきり帰ってこなかった。待ちぼうけを食わされロウエン氏は去るが、その後、金庫が壊され、債券や現金、高価な宝石類が盗まれていたのだ。

「イタリア貴族殺害事件」 The Adventure of the Italian Nobleman

ポアロとヘイスティングズの共通の友人である医師に、患者であるイタリアの伯爵から「助けて、殺される」と電話があった。三人で駆けつけ、マスター・キーを借りて部屋に入ると、貴族は大理石の像で頭を強打され、すでに死んでいた。あるイタリア人が逮捕されるが、イタリア大使によりアリバイが証言され——。

「謎の遺言書」The Case of the Missing Will

資産家の伯父に引き取られた若い女性がポアロに相談に来た。彼女は仕事での成功を望み、保守的な伯父と意見が合わず、自立する。伯父には親戚もなく姪に全財産を残したいが、姪の知識に対する挑戦とも取れる遺言を残して病死する。それは一年以内に頭の良さを証明しなければ、遺産はすべて慈善団体に寄付するというものだ。珍しいパズル物である。

「ヴェールをかけた女」The Veiled Lady

ポアロとヘイスティングズのもとに、ヴェールを深くかけた貴婦人が現れた。彼女は貧乏貴族の五女で、公爵との婚約が決まっているのだが、昔恋人に書いた軽率な手紙のためにある男から恐喝されており、これが公表されると婚約は破棄されるだろうという。ポアロとヘイスティングズはその男の家に侵入し、手紙の入った中国の木箱を発見するが……。

「消えた廃坑」The Lost Mine

一八六八年に廃坑になったビルマの鉱山は、価値がありながら鉱脈がわからなくなっていた。鉱山の位置を記録した書類を持っている中国人ウー・リンは、調査企業と交渉するためイギリスまで来るが、当日の役員会に現れなかった。翌日、ウー・リンはテムズ川で死体となって発見される。鉱山に関する書類は見つからず、企業の役員がポアロに相談に来たのだ。

「チョコレートの箱」 The Chocolate Box

ポアロはただ一度、自身のミスによる失敗があるという。それはベルギーの警察官時代の事件である。病死したとされる代議士の元夫人の若い従妹から、代議士の死は他殺だったのではないかと、内密に調査の依頼を受ける。故人が好物であったというチョコレートの箱本体とふたの色が違うことに注目し、ポアロは解決に至ったと思われたが……。

2　おしどり探偵

Partners in Crime（一九二九）坂口玲子訳 ㊷

『秘密機関』で素人スパイとして活躍したトミーとタペンスのベレズフォード夫妻が、素人探偵を演ずる短篇集。ホームズからポアロまで、一九二〇年代の読者に良く知られた名探偵に倣って、さまざまな事件に立ち向かう。以後長篇三作に登場するが、登場作品が少ないにもかかわらず、多くのファンから愛されているキャラクターである。TVシリーズ化でも人気。

「アパートの妖精」 A Fairy in the Flat

タペンスは退屈していた。ドイツのスパイを追いかけた冒険の日々が懐かしい。トミーはアパートの部屋の写真を見せる。そこには妖精が写っていた。そこにトミーの上司、カーター長官が現れ、二人に「国際探偵事務所」の話をする。スパイの連絡場所となっているこの探偵事務所の所長になりすまし、内情を探れというのである。

「お茶をどうぞ」 A Pot of Tea

トミーは所長のブラント氏、タペンスは秘書になりすまし、国際探偵事務所の主となったものの期待するような事件は起こらない。最初の依頼人は上流階級の青年だった。帽子屋の売り子ジャネットが失踪したので探してほしいという。トミーが病院を探し回っているうちに、〝ママは何でも知っている〟というタペンスはその女性を連れてくる。

「桃色真珠紛失事件」 The Affair of the Pink Pearl

短篇

ウィンブルドンのエッジワース・ロードの〈月桂樹荘〉で高価な桃色真珠がなくなるという事件が起きる。捜査の依頼を受け、トミーは、この事件はソーンダイク博士流でいく、と宣言する。実際は新しいカメラを使いたい口実。しかし、カメラを使っての証拠集めで、見事に科学的捜査で真犯人を突き止める。

「怪しい来訪者」 The Adventure of the Sinister Stranger

カーター長官が届くかもしれないといった怪しい手紙が届く。その直後に、チャールズ・バウアーと名乗る医師が、奇妙なことが身の回りに起こっているので調査してほしいと依頼に来る。さらにディムチャーチ警部が現れ、バウアー医師の話は罠だという。活劇風の展開の中で、トミーとタペンスは機転を利かせ、危機を乗り切る。

「キングを出し抜く」 Finessing the King

《デイリー・リーダー》紙に掲載されている奇妙な広告に誘われて、二人はスリー・アーツ舞踏会に出かける。やがて仮装した参加者の中に広告どおりのカップルが現れ、殺人事件が起きる。被害者は愛人に刺されたと言って亡くなる。現場に居合わせたタペンスは、ホームズばりの推理力を駆使して、些細な手掛かりから、真犯人を指摘する。

「婦人失踪事件」 The Case of the Missing Lady

有名な探検家ガブリエル・スタヴァンソンは、二年ぶりに北極から帰国した。ところが、出発直前に婚約したハーマイオニ・クレインが行方不明になったので探してほしいと国際探偵事務所を訪れる。トミーはホームズを気取り、下手なヴァイオリンをかき鳴らしてタペンスを悩ます。失踪した婦人は果たしてどこに……。

「目隠しごっこ」 Blindman's Buff

盲目の探偵ソーンリー・コールトンになりきり、目隠しをしたトミーはレストランに出かける。すると、国際探偵事務所のシオドア・ブラントさんですね、と声を掛けられる。娘が奇妙な状況で誘拐されたので助けて欲しいという。それは敵の罠であり、そのまま監禁されたトミーは、機知に富んだ方法で危機を脱出する。

「霧の中の男」 The Man in the Mist

事件の解決に失敗し、鬱々とした気分でロンドンに帰ろうとしている二人は、旧友と出会う。その紹介で女優のギルダ・グレンと知り合う。助けを求められ指定の場所に行くと、ミス・グレンは殺されていた。しかも、どう考えても犯人は、現場から逃げることができない。チェスタトンのブラウン神父物の傑作「見えない人」へのオマージュ。

「パリパリ屋」 The Crackler

ロンドン警視庁のマリオット警部の依頼で偽札事件を追うことになった二人は、ギャンブル好きで有名なレイドロウ少佐夫妻が出入りする賭博クラブに潜入する。内偵の結果、偽札の製造現場を突き止めるが、罠にかかって捕まってしまう。エドガー・ウォレス流の活劇でギャング一味と対決するアクション編。

「サニングデールの謎」 The Sunningdale Mystery

〝隅の老人〟になりきり、ＡＢＣショップで食事をするトミーと、ポリー・バートン役のタペンスは、新聞記事を基に「サニングデールの謎」の解明を始める。有名なゴルフ場で無残な遺体が発見された事件である。事件の鍵を握る正体不明の女に関し、タペンスがファッションの知識で見破る。隅の老人なみに、推理のみで事件の真相に到達する。

「死のひそむ家」The House of Lurking Death

美人の依頼人に、トミーはフランス人のアノー探偵を気取る。依頼は、田舎の大きな古い屋敷〈サーンリー農場〉周辺で続けて起こった砒素中毒事件の捜査だった。翌日訪ねることにするが、間に合わず、毒殺事件が起きてしまう。戦争中、病院で看護婦として働いていたタペンスの毒薬の知識が事件を解決に導く。

「鉄壁のアリバイ」The Unbreakable Alibi

モンゴメリー・ジョーンズは、オーストラリア人女性ユーナ・ドレイクに夢中になる。モンゴメリーに対し、ユーナはある挑戦を行う。自分が同時に二つの場所に居た証拠を示すから、そのアリバイを崩せたら、欲しい物を上げるというものである。モンゴメリーは、アリバイ崩しを二人に依頼する。フレンチ警部物のパロディ。

「牧師の娘」The Clergyman's Daughter

牧師の娘モニカ・ディーンは、裕福な伯母から〈赤い館〉を相続した。ところが、裕福なはずの伯母には屋敷のほかに財産がなく、屋敷ではポルターガイスト現象が起き、人に貸すこともできない。トミーとタペンスは、屋敷に乗り込み、屋敷の謎を解き明かす。タペンスはロジャー・シェリンガムを気取り、アントニイ・バークリーに敬意を払っている。

「大使の靴」The Ambassador's Boots

アメリカ大使ランドルフ・ウィルモットが依頼に来る。アメリカからの帰国の船で、荷物を間違えられたという。何故、靴だけを入れた旅行鞄が持っていかれたのか、知りたいという。新聞広告の呼びかけで、同じ船に乗り合わせた女性が船内での不審な出来事を申し出て、事件は思わぬ展開を見せる。ベイリーのフォーチュン医師に言及。

「16号だった男」The Man Who Was No. 16

トミーとタペンスは、ポアロとヘイスティングスばりのコンビとなり、『ビッグ4』を思わせる冒険を繰り広げる。ブラントに接触してきたウラディロフスキー公爵とホテルに向かったタペンスが、忽然と姿を消してしまう。助け出されたタペンスは、スパイや探偵よりもっとわくわくする仕事を見つけたと明かす。

3 謎のクィン氏 *The Mysterious Mr Quin*［米版 *The Passing of Mr. Quin*］（一九三〇）嵯峨静江訳 ㊿

クィン氏は、古いパントマイムの道化役者ハーリ・クィンを思わせる謎の人物で、しばしば、七色の仮装衣装をまとまった姿として人々の眼に映ずる。彼は、社交界の通人サタースウェイト氏の観察眼を通じて、過去の事件を解明し、悲運の恋人たちに救いをもたらして、どこへともなく去ってゆく。ここには十二篇が収められている。

「クィン氏登場」 The Coming of Mr Quin

大晦日のパーティに集まった人々の間で話題になったのは、この邸の前の住人が謎の自殺をしたことと、その前に起った犯人不明の毒殺事件。そこへ車の故障のため訪れたクィン氏は、当時の事情をこまかく思い出すことを皆にすすめ、サタースウェイト氏にヒントを与えて、ほんのささいなことから真相を提示する。

「窓ガラスに映る影」 The Shadow on the Glass

成金夫妻のパーティに、高名な探険家とその新旧の夫人が一緒に招かれた。サタースウェイト氏ら他の招待客が案じたとおり、殺人事件が起こる。この邸に伝わるガラス窓の幽霊は、何を物語るか。主人に所用と称してふらりと現れたクィン氏は、愛と嫉妬について語り、事件を解明した上、素朴で純情な恋人に助言する。

「〈鈴と道化服〉亭奇聞」 At the 'Bells and Motley'

サタースウェイト氏が旅の途中、車の故障のためやむなく休憩した荒野の旅館〈道化荘〉。思いがけず来合わせたクィン氏とともに、宿の主人から、この近辺で起った花婿失踪事件について聞かされ、さらに、その犯人と目される男を恋人に持つ宿の娘の嘆きを聞いて、クィン氏の励ましで考察をめぐらし、真相に思いいたる。

「空のしるし」The Sign in the Sky

貴族の若妻が殺され、近くに住む青年が逮捕される。レストランで偶然、クィン氏に会って話し合ったサタースウェイト氏は、その示唆により、事件後ひまを取った被害者宅の召使いを訪ねる羽目になる。彼女は、大空にあらわれた神のしるしなどと、迷信めいたことを言うばかりだったが、実はそこに事件解明の重要な鍵が潜んでいたのだった。

「クルピエの真情」The Soul of the Croupier

モンテ・カルロのカジノで、華やかにふるまう伯爵夫人。彼女にあこがれるアメリカ青年と、心おだやかでないその恋人。一夜、カジノのルーレット係が、ベテランらしからぬミスをした。サタースウェイト氏は、クィン氏の計画によって、小さなパーティに四人を集めたが、そこでは男と女のプライドをかけた思いもよらぬドラマが展開する。

「海から来た男」The Man from the Sea

島のホテルに滞在中のサタースウェイト氏が、断崖の空き別荘の近くを散歩していて、病気のため自殺を志す男に会う。彼からこの地でのロマンスを聞き、クィン氏も昨日ここに来ていたことを知って、われともなく別荘の扉を開けると、美しい女性の姿がそこにあった。サタースウェイト氏は細心の注意を払って、あるドラマの演出を試みる。

「闇の声」The Voice in the Dark

気まぐれな男爵夫人に頼まれて、ちかごろ精神が不安定になっているというその娘に会いに行ったサタースウェイト氏は、途中、列車の中で会ったクィン氏に力づけられ、娘から委細を聞く。いつも耳元でささやく声がするという、その声の正体は？　クィン氏の示唆を得て、一つの陰謀の正体が明らかになる。

「ヘレンの顔」The Face of Helen

サタースウェイト氏は、クィン氏とともに、音楽会で美しい少女を見かけた。帰宅の途中、その少女をめぐって二人の青年が争っているのに出会い、少女を家まで送りとどける。あとで聞くと、その問題は解決がついて、失恋した方の青年も快く身を引き、プレゼントまでくれたというのだが……。サタースウェイト氏の胸騒ぎが、間一髪で少女の命を救う。

「死んだ道化役者《ハーリクイン》」The Dead Harlequin

ある新進画家の個展で気に入った絵を入手したサタースウェイト氏は、その画家を自宅に招待する。相客を交えて話しているうち、画家がモデルにした家で最近起きた不可解な自殺事件が話題になり、やがてその事件にかかわりのある女性たちが相ついで登場、クィン氏までもが参入して、事件は一気に解決に向かう。

「翼の折れた鳥」The Bird with the Broken Wing

降霊会の伝言によってクィン氏の指示を受け、知人の家のパーティに参加したサタースウェイト氏は、夢幻の中に生きるような魅惑的な女性に会う。夜更けまでウクレレを弾いて歌っていた彼女は、翌朝、死体で発見された。犯人は名指ししたものの、彼女を救えなかったことを悔やむサタースウェイト氏に、クィン氏は言う。〈死は最悪なものでしょうか？〉

「世界の果て」The World's End

公爵夫人につきあってコルシカ島へ来たサタースウェイト氏は、夫人の遠縁の娘だという若い画家に会う。彼女は何事か深く思い悩むことがあるらしい。偶然出会ったクィン氏とともに、寒さを避けて入った安食堂には、休暇旅行中の高名な女優が居合わせて、かつての盗難事件のことを語り出す。宝石を盗んだ男はもう一年も牢に入っているという……。

「道化師の小径」Harlequin's Lane

サタースウェイト氏の滞在先の邸では、今夜、仮装舞踏会が催される。ところが、特に招いた専門の舞踏家三人が自動車事故で来られなくなり、この家の夫人が代役として、クィン氏とともに踊ることになった。ハーリ・クィンとコランバインの迫真の踊り。何重にも渦巻く恋のゆくえをからめて、この最終篇の結末は、不思議な恐ろしい雰囲気に包まれる。

4　火曜クラブ　*The Thirteen Problems*［米版 *The Tuesday Club Mystery*］（一九三二）中村妙子訳 ㊹

この短篇集に収められた十三の事件によって、ミス・ジェーン・マープルは推理小説の世界へ登場する。この愛すべき老婦人は、作者の祖母にも似ていて、作者はこの作中人物であるミス・マープルに愛情を抱いていた。十三の事件のどれをとっても、ミス・マープルの頭脳は冴え、作品も輝いている。

「火曜クラブ」The Tuesday Night Club

ミス・マープルの古風な家には、作家である甥のレイモンドを始め、異なる職業の人々が集まっていた。彼ら六人は、毎週火曜日に集まって、自分には解答のわかっている迷宮入り事件を出題しあうことにする。最初の事件は、元警視総監のサー・ヘンリー・クリザリングが出題した食中毒を装った殺人。皆が驚いたことに、マープルが謎を解いたのだ。

「アスタルテの祠」The Idol House of Astarte

老牧師のペンダー博士が話すのは、大学時代の友人サー・リチャード・ヘイドンが殺された昔の事件。ダートムアにある古い屋敷で少人数のパーティがあった。敷地内の古代遺跡で伝説の儀式のまねごとをやっている最中、サー・ヘイドンは突然倒れて亡くなった。何か超自然的な力が働いたのか……。参加者は震え上がった。

「金塊事件」Ingots of Gold

レイモンド・ウェストは、彼にも結論のわからない二年前の事件を話し始める。コーンウォールのジョン・ニューマンの家に聖霊降臨節の休暇を過ごしに行った。ニューマンは昔の難破船と沈んでいる金塊の話に夢中だったが、ある夜、散歩に出たまま戻らなかった。一体ニューマンの身に何が起きたのか。レイモンドは懸命に探したが……。

「舗道の血痕」The Bloodstained Pavement

気が進まない、と言いながら女流画家のジョイス・ランプリエールが話し始めたのは、五年前の事件だった。コーンウォールの美しい小さな漁村へスケッチに行ったジョイスは、趣のある古い旅館で絵筆を握っていたが、スケッチの白い舗道に、あるはずのない血痕を描いたことに気づく。ジョイスの単なる錯覚なのか？

「動機対機会」Motive *v* Opportunity

弁護士ペサリック氏の場合は昔の依頼人に関する事件。息子も孫も失った財産家のサイモン・クロードは、貧乏のあげくに死んだ弟の子供たちを引き取って、暮らしていた。年月が過ぎ、サイモンは降霊術に夢中になっていた。健康が衰え、死期を感じた彼は多額の財産を霊媒に残すよう、遺言を書き換えようとするが……。

「聖ペテロの指のあと」The Thumb Mark of St Peter

最後に順番の回ってきたミス・マープルが語る事件は、平穏無事と思える村の暮らしの中に起こった殺人である。ミス・マープルの姪メイベルは、デンマンという男と結婚したが、あまり幸せではなかった。ところが、結婚十年でデンマン氏がぽっくり亡くなると、メイベルが夫を毒殺したという意地悪な噂が広まったのだ。

「青いゼラニウム」The Blue Geranium

バントリー家の晩餐会に招待された人は〈火曜クラブ〉の出席者とは四人異なっていた。バントリー大佐はミセス・プリチャードの事件を話すことになる。気難しく、いつも具合の悪いミセス・プリチャードは、心霊透視家ザリーダの不吉な言葉に動揺し、怯えきって一ヵ月後に亡くなった。検屍解剖では何も検出されなかったが、疑惑が残った。

「二人の老嬢」The Companion

初老のドクター・ロイドが、美貌の女優ジェーン・ヘリアに促されて話すのは、何年も前のグランド・カナリア島での事件。中年で上品な二人のイギリス人女性の旅行者。彼女たちの人生はごく平凡で平和に思えたが、到着翌日、その一人が溺死してしまう。事故と考えられたのだが、その裏に隠されていたのは……。

「四人の容疑者」The Four Suspects

サー・ヘンリーが今回語るのは、ドイツで秘密結社解体に功績のあったローゼン博士殺人事件。身を隠すため、イギリスの小さな村に移り住んだ博士は、姪や秘書、家政婦、庭師の四人とともに生活していた。四人とも、どこから見ても信頼に足る人間に思われたが、殺人者は外部の者ではありえなかった。

「クリスマスの悲劇」A Christmas Tragedy

男性三人に続く語り手はミス・マープル。健康のために滞在していた水療院《ハイドロ》で、サンダーズ夫人が砂袋で殴殺された。居合わせたミス・マープルは、最初夫のサンダーズを疑うが、彼にはアリバイがあった。警察は強盗説に傾いたが、現場で死体を見たマープルは、夫人の頭に置かれていた帽子が、いつの間にか死体の横にあることに気づく。

「毒草」The Herb of Death

上手に話せないというミセス・バントリーが話した事件。サー・アンブローズが後見人になっている美貌の娘シルヴィアが、ジギタリン中毒で亡くなった。晩餐の鴨料理の詰め物に使われたセージにジギタリンがたくさん混ざっていたのだ。しかし、ハーブを台所に届けたのはシルヴィア自身だった。

「バンガロー事件」The Affair at the Bungalow

イギリス一の美女とも評される美貌の持ち主、女優のジェーン・ヘリアは「友だちの身に起こった出来事」として話し始める。川ぞいのバンガローに泥棒に入ったとして若い男が警察に捕まったが、その青年は偽の手紙で呼び出されただけと言い張った。マープルでも解けない事件のように思われたが、マープルはジェーンにそっと忠告するのだった。

「溺死」Death by Drowning

セント・メアリ・ミード村の〈ブルー・ボア〉館の娘ローズ・エモットが川に身投げしたという事件で、村中が大騒ぎになる。身重だったことから自殺だと思われたが、ミス・マープルは殺人だと主張する。そして犯人もわかっていると言う。ミス・マープルの才能に敬意を抱くサー・ヘンリーは行動を開始した。事件が現在進行形で語られる唯一の作品。

5 死の猟犬

The Hound of Death［英版のみ］（一九三三）小倉多加志訳 ㊺

怪奇幻想をテーマにしたホラー・ゴシック色濃いノン・シリーズの短篇十一本と、名作短篇「検察側の証人」が収録された、超自然的恐怖や非合理的な出来事が楽しめる短篇集。「検察側の証人」は、のちに《情婦》（一九五七年）としてビリー・ワイルダー監督によって映画化された珠玉の一作である。

「死の猟犬」The Hound of Death

戦時中ベルギーの小さな村で、爆発物がなかったにもかかわらず、ドイツ兵が爆発により吹き飛ばされた。その爆発は村の若き修道女が起こした奇跡とされ、まるで大きな猟犬のような火薬痕を人々は「死の猟犬」と呼び、恐れたという。やがて戦争避難民として英国に渡った彼女は、ローズ医師の保護下で「死の猟犬」について話し始めた。

「赤信号」The Red Signal

ダーモットは精神病の権威である叔父のアリントン卿とともに親友ジャック・トレントの家で開かれた晩餐会に出席し、彼にとっての危険の予知であり、今日も密かに感じている「赤信号」の話をする。晩餐会の後ダーモットは、トレントの妻クレアへの愛情についてアリントン卿から釘を刺されたことで口論となり、その後アリントン卿は死体となって発見された。

「第四の男」The Fourth Man

汽車に偶然乗り合わせた宗教者と弁護士と医者の会話は、やがてフェリシー・ボウルという四つの人格をもった娘の話に移る。そして彼女の不可解な自殺を医者が語ったその瞬間、突如四人目の乗客は笑い出した。男は彼女を知っていると言い、彼女と彼女を語る上で欠かすことのできないもう一人の娘アネット・ラヴェルの話を語り出した。

「ジプシー」The Gipsy

ディッキーはジプシーを異様なまでに嫌っていた。彼によれば、夢にたびたび現れるジプシーを思わせるホワース夫人から忠告を受けると不幸が待っているというのである。果たして手術を受ける前に看護婦姿の彼女から「わたしだったら、手術なんかしてもらいませんけど」という忠告を受けたディッキーを待ち受ける未来とは……。

「ランプ」The Lamp

久しく住み手のついていない、妙に古めかしさと趣を携えた家を不動産屋にしきりに薦められたランカスター夫人。だが家賃がただみたいに安いのを不審に思った彼女は、不動産屋にそのことを問いただし、昔その家で小さな男の子が餓死したという話を聞く。結局彼女はその家を借りることにしたのだが、やがて家の中で不思議なことが起こり始め……。

「ラジオ」Wireless

心臓が少し弱っているハーター夫人は、医者に静かな生活を送り、屈託のない様にしていないとだめだという忠告を受ける。それを聞いた彼女の甥チャールズはラジオを取り付けたらどうかと提言した。最初はしぶっていた彼女も次第にラジオに夢中になり、そしてある晩不思議なことに、ラジオから亡くなったはずの夫パトリックの声が聞こえてきた。

「検察側の証人」 The Witness for the Prosecution

弁護士のメイハーン氏は、金持ちのエミリー・フレンチ殺害容疑で起訴されたレナードの弁護を引き受けることとなった。話を聞きながらメイハーン氏は被告の無実を信じ始めたものの、予審では検察側の証人として被害者のメイド、そして被告の妻ロメインまでもが被告に不利な証言をする。さて裁判はいかなる展開を見せるのだろうか。

「青い壺の謎」 The Mystery of the Blue Jar

毎朝欠かさずにゴルフの練習をしていたジャックが、いつものようにクラブを振り上げたその時、つんざくような悲鳴が彼の動きを止めた。その日から彼は「人殺し！……助けてえ！……人殺し……！」という女の叫び声を何度も聞くことになるが、なぜか彼以外誰一人としてその悲鳴を聞く者はいない。悩んだジャックは精神科医に相談するが……。

「アーサー・カーマイクル卿の奇妙な事件」 The Strange Case of Sir Arthur Carmichael

美しい婚約者をもつ愛すべき青年アーサーは、ある日突然記憶を失う。不思議なことにアーサーが口にする飲み物はミルクのみで、その動作はまるで猫のようであった。治療に訪れた医学博士はたびたび灰色の猫を目撃するが、アーサーの継母はこの家に猫などいないという。なぜ継母は嘘をついたのであろうか？

「翼の呼ぶ声」 The Call of Wings

百万長者で何不自由ない暮らしをしているサイラス・ヘイマーは、ある夜晩餐会から歩いて帰る途中で奇妙な音楽を聞く。両足のない男が吹く、その高く澄んだ音色には、ヘイマーの精神を昂揚させる何かがあった。それ以来彼は昂揚感と重圧感に襲われ、気が狂うのではないかという不安にさいなまれる。

「最後の降霊会」The Last Séance

フランス人技師ラウールの婚約者シモーヌはすばらしい霊媒であるものの、日に日に体調を崩していった。そのため最愛の娘を亡くしたエクス夫人の依頼を最後に、霊媒としての仕事は終わらせることにした。なぜかシモーヌはエクス夫人を恐れていたが、夫人の娘の霊魂を呼び戻すという最後の降霊会が始まると……。

「S・O・S」SOS

悪天候の夜、精神病学の権威であるモーティマーは道に迷い、最近越してきたばかりのディンズミード家に辿り着いた。ディンズミード氏の好意で、モーティマーは彼の家で一夜を過ごすことになるが、通された部屋の埃にまみれたテーブルに「S・O・S」の文字を見つけてしまう。一体この文字を書いたのは誰なのだろうか。

6 リスタデール卿の謎

The Listerdale Mystery〔英版のみ〕（一九三四）田村隆一訳 ㊻

ユーモア、サスペンス、ハッピーエンド、悲劇、冒険、ロマンスなどなど、多様な味わいを楽しめる短篇集で、クリスティーの才能の幅広さを物語る一冊である。ただしポアロやミス・マープルといったお馴染みのシリーズ探偵が登場する短篇は含まれていない。なお「ナイチンゲール荘」はさまざまな短篇アンソロジーに選ばれている傑作である。

「リスタデール卿の謎」The Listerdale Mystery

家賃に頭を悩ます未亡人の目についた不動産広告。見るだけでもいいから、と不動産屋に案内してもらった屋敷は、彼女の目には完璧に映った。幸運にも破格の家賃で借りることができた屋敷は、家具のみならず、使用人の給与までも家主の負担。息子はあまりにも好条件なのを怪しみ、何か裏があるのでは？　と失踪した家主の秘密をあばこうと行動する。

「ナイチンゲール荘」Philomel Cottage

アリクスは幸せだった。結婚したてで、新居に引っ越したばかり。一抹の不安は、結婚するつもりであった以前の恋人の存在だった。アリクスは今の夫と熱烈な恋に落ち、あっという間に婚約したのだ。以前の恋人から電話があった日、アリクスはふと、気づく。私は、夫のことをほとんど知らぬまま、結婚したのだ。

「車中の娘」The Girl in the Train

富裕な伯父の相続人であり、彼の事務所で働くジョージは、ささいなことで伯父と喧嘩をして事務所を飛び出し、家出（？）を敢行した。いいかげんに行き先を決めた列車の中で、追っ手からかくまった美しい娘に頼まれ、男を尾行することに。ジョージは、小王国の皇女をめぐる欧州第一級のスキャンダルに巻き込まれたのである。

「六ペンスの唄」 Sing a Song of Sixpence

金持ちの叔母が、自宅で頭を殴られて殺害された。外部からの侵入者はいないと考えられ、同居の家族四人が遺産目当ての容疑者とされた。犯人がつかまらない限り、お互いに疑心暗鬼の中で暮らさなければならず、マグダレンはパリサー卿に助けを求めた。六ペンス硬貨が真相究明のカギとなる、王室勅選弁護士のパリサー卿が探偵役の作品。

「エドワード・ロビンソンは男なのだ」 The Manhood of Edward Robinson

ロマンスと冒険の世界のヒーローを夢見るエドワード君は、分別のある少し口やかましい婚約者のいる平凡な青年。思いがけなく、応募した懸賞の賞金を手に入れ、倹約にうるさい婚約者に反発するように、婚約者には内緒で、高価な車を衝動的に購入してしまった。ヒーロー気分で、一人ロンドンを脱出したエドワード君を待ち受けていた冒険とは？

「事故」 Accident

夫を砒素で毒殺した容疑で裁判にかけられ、事故だったとして無罪放免となった過去をもつ女性が、元大学教授の妻となっていることに、元警部は気づいた。夫人の義父が事故死したことにも疑問をもっている元警部は、次の犠牲者は生命保険に入ったばかりの再婚した夫だと推測する。〝事故〟を防ぐべく、夫人に過去を知っているとほのめかしたが……。

「ジェインの求職」 Jane in Search of a Job

新聞の広告欄でみつけた求人情報は、年齢・容姿など細かな条件が付いていて、なんとなく怪しい。罠かもしれないと危惧しながらも、失業中のジェインは面接に出かけてみた。多数の希望者の中から運良く採用され、暗殺者にねらわれている皇女の身代わりをつとめることになった。首尾良く仕事を終えたジェインは、思わぬ騒動に巻き込まれ……。

「日曜日にはくだものを」 A Fruitful Sunday

日曜日の午後、手に入れたばかりの中古車で、エドワードとドロシーはドライブに出かけた。郊外の道端で売られていた、籠入りのさくらんぼを買い、小川の土手で食べた。籠の底には、赤いきらきら光る石が入っていた。折しも新聞は、ルビーのネックレス消失事件を報道している。かごに入っていたのは、無くなったルビーなのだろうか？

「イーストウッド君の冒険」 Mr Eastwood's Adventure

題名しか記されていない原稿を前にして、苦悩する小説家のイーストウッド君。そこにかかってきた間違い電話。女性の「助けて、殺される。合言葉はキュウリ……」の言葉に誘われ、小説の役に立つかと、その女性の告げた場所へ。すると、やってきた刑事に殺人容疑で逮捕されてしまうはめになる。彼は人違いを主張し、刑事を自分の部屋へ連れてゆく。

「黄金の玉」 The Golden Ball

金持ちの伯父と喧嘩をし、会社を追い出されたジョージは、社交界の花形女性にドライブに誘われた。女性からの冗談めかしたプロポーズを気楽に受け、郊外で二人の家を探し始める。だが見つけた理想的な家で、犯罪に巻き込まれた。ジョージの機転でうまく悪漢からのがれることはできたが……。二ペンスで、絶好のチャンスという黄金の玉をつかんだ男のお話。

「ラジャのエメラルド」The Rajah's Emerald

ジェイムズ・ボンドはいらついていた。避暑地の海岸にガールフレンドとやってきたが、彼女はホテルに泊まり、彼はさえない宿屋に。海岸の着替え小屋も、ホテル宿泊客専用が使えず、混雑の大衆用テントに並ばなければならないありさま。頭にきたジェイムズは、金持ちの個人用の着替え小屋にもぐり込み、そのため彼は、エメラルド盗難事件に巻き込まれる。

「白鳥の歌」Swan Song

きまぐれな芸術家気質のオペラ歌手マダム・ナツォルコッフは、気に入らないと歌わない。そのマダムが、貴族夫人の個人劇場での公演依頼は受諾した。頼まれた演目を「蝶々夫人」から「トスカ」に変更させるという条件付で。公演当日、マダムの相手役は急病で倒れ、たまたま近くに住んでいたバリトン歌手が代役に立つ。舞台の外での「トスカ」の物語である。

7 パーカー・パイン登場 *Parker Pyne Investigates*［米版 *Mr. Parker Pyne, Detective*］（一九三四）乾信一郎訳 ㊼

「あなたは幸せ？ でないならパーカー・パイン氏に相談を。リッチモンド街一七」

永年、官庁で統計収集の仕事をし、退職したパイン氏は、身についた経験をもって、不幸な人々を幸せにする仕事を始めた。パイン氏によると、不幸は五大群に分類できるそうである。この短篇集には、パイン氏の事務所に依頼人がやってくるのが六篇、パイン氏が旅行に出かけた先で事件を解決するのが六篇、合計十二篇収められている。パイン氏の人間関係に対する皮肉な見方、またひねった結末を楽しめる作品群となっている。

「中年夫人の事件」The Case of the Middle-Aged Wife

夫が職場の若い女性と出歩くことに不満をもっている夫人。「何も悪いことをしているわけではない」と夫は言い訳する。ようやく夫婦二人で楽しむ余裕ができたのに、ないがしろにされていると訴える夫人に、パーカー・パイン氏は、夫を〝びっくりさせ〟なければならない、と夫人に若い友人を紹介する。夫人は新しい友人と出かけるようになるが……。

「退屈している軍人の事件」The Case of the Discontented Soldier

退役した少佐は、刺激を求めてやってきた。少佐がパイン氏の指示する場所に向かう途中で、助けを求める女性の声が聞こえ、大男二人からその女性を救い出す。少佐は、パイン氏との約束を破ったまま、その女性と一緒に隠された宝物を捜すことになった。パイン氏の出る幕はないのか？　ポアロの友人の、探偵作家オリヴァ夫人が登場するのも楽しい。

「困りはてた婦人の事件」「The Case of the Distressed Lady」

浪費癖のせいでお金に困り、魔が差して知人のダイヤの指輪を盗んでしまった婦人が、パイン氏を頼ってきた。幸いなことに遺産が入って、質入れした指輪を取り戻すことはできた。しかし、ダイヤの持ち主と疎遠になり、指輪を戻せなくなったので、持ち主に気づかれずに、指輪を返して欲しいという。パイン氏は、念には念を入れ、見事な仕事ぶりをみせる。

「不満な夫の事件」「The Case of the Discontented Husband」

やさしそうで内気な夫というものは、妻にないがしろにされやすいものである。自分はスポーツしかとりえがない、妻の好む芸術が苦手だと引け目を感じているうちに、妻に離婚を要求された男性。何とか離婚を避けたいというので、「よその女性とつきあうお芝居をしなさい」と忠告する。妻に首ったけの夫を相手に、芝居相手に派遣された女性は苦労するはめに。

「サラリーマンの事件」「The Case of the City Clerk」

不幸せだとは思っていないが、なぜだかわからないが満足できない男性。決まり切った道筋からちょっと外れて、また元の道に戻るような冒険をしてみたいという。そこでパイン氏は、秘密の文書を運んでほしいと依頼した。男性はりっぱに任務を果たしたが、冒険といえるほどの危機もなかった。少し落胆していると、見知らぬ男から新たな任務を依頼され……。

「大金持ちの婦人の事件」「The Case of the Rich Woman」

「お金の使い方を教えてちょうだい！」亡夫と苦労して財産を築いた婦人は、はじめは楽しんでいたお金持ちの生活が慣れっこになって楽しめない、楽しむ方法を教えてほしいという。婦人は、東洋のマジックと称する催眠術をかけられた。目覚めるとそこは見知らぬ農家で、五年前からここで暮らしていると言われる。婦人は騙され、お金を横取りされたのだろうか。

「あなたは欲しいものをすべて手に入れましたか?」Have You Got Everything You Want?

夫に会いに列車でコンスタンチノープルへ行く途中で、旅行中のパイン氏に会った夫人は、悩みを打ち明ける。列車で旅行する妻に対し、夫が誰かに何かを依頼したような痕跡を見つけ、困惑していると。そして、列車の中で火事騒ぎが起き、どさくさの中で婦人の宝石が盗まれた。夫はこの盗難事件に関係があるのか。盗まれた宝石は取り戻せるのか。

「バクダッドの門」The Gate of Baghdad

ダマスカスから砂漠を横断してバクバダッドへ向かう車には、十二人の人々が乗りこんだ。夜半、車がぬかるみにはまって動けなくなったときには、皆眠り込んでいた。男たちの多くは車を降り、車輪を持ち上げる手伝いをしていたが、眠っていて降りてこない男がいる。起こしにいくと、彼は死んでいた。パイン氏は、他殺の可能性を追求する。

「シーラーズにある家」The House at Shiraz

ペルシャへ向かう飛行機のパイロットは、最初に乗せた二人の英国婦人の話をパイン氏にしてくれた。一人は大臣の娘で、ヨーロッパ人とは没交渉でシーラーズの屋敷に住み、もう一人の女性は死んだという。一人がもう一人を殺したのではないかとパイロットは疑っている。パイン氏はその婦人に会いに行き、元統計官吏として、面目躍如の活躍をみせる。

「高価な真珠」The Pearl of Price
パイン氏が、ヨルダンのペトラ遺跡でキャンプをしたときの事件。アメリカ人の事業家の娘は、八万ドルもする本物の真珠のイヤリングをいいかげんにはめるので、よく落としてしまう。一行で古墳めぐりに出かけた際も、イヤリングを落としてしまい、みんなで捜すが、見つからない。隠し持っている者もいない。娘はパイン氏に解決を依頼する。

「ナイル河の殺人」Death on the Nile
夫とその個人秘書、自分の姪、付き添い看護婦を連れて船に乗った婦人は、パイン氏が一緒に乗船すると聞いて、乗客は自分たちだけではないのかと不満を述べる。口やかましく、いつもがみがみと文句をいう婦人なのである。その婦人が、皆に内緒でパイン氏に相談をもちかけてきた。夫が自分を毒殺しようとしているのではないかと疑いを持っているというのだ。

「デルファイの神託」The Oracle at Delphi
古代ギリシャの芸術に興味を持っている十八歳の息子のために、デルファイに一緒にやって来た婦人は、あまり楽しんでいなかった。それで今朝は、息子に一人で出かけさせ、自分はホテルに残った。その息子が誘拐されたとき、パイン氏と名乗る、朝食の際に知り合った人物が事件解決の協力を申し出た。同宿のもう一人の男性が怪しい動きをしているが……。

8　死人の鏡　*Murder in the Mews*〔米版 *Dead Man's Mirror*〕（一九三七）小倉多加志訳 ㊽

　中篇三本と短篇一本から構成されている、クリスティーとしては珍しい作品集。すべてポアロ物のミステリである。英版と米版があり、米版では「謎の盗難事件」が省略されている。中篇三本はすべてもとになる短篇があるが、短篇に比べると枚数は三倍以上も増えているため、事件の発生から解決までがこと細かく描かれている。

「厩舎街《ミューズ》の殺人」 Murder in the Mews
　あちこちで爆竹が鳴り、花火が打ち上げられるガイ・フォークス・デイ。ジャップ主任警部は「殺人にはもってこいの晩だ」とポアロに言うが、翌日若い未亡人の射殺死体が見つかった。一見自殺のようであったが、不審な点も多く、ポアロの登場となる。基本プロットは「マーケット・ベイジングの怪事件」と同じだが、作品の狙いは異なる。

「謎の盗難事件」 The Incredible Theft
　兵器省の初代長官であるメイフィールド卿は、晩餐会の後で、空軍の首脳キャリントン卿と新型爆撃機について相談していた。ところが秘書が机の上に置いた爆撃機の設計図が、秘書のわずかな不在中に盗まれてしまった。どうやらスパイがいるらしい。キャリントン卿の要請で、早速ポアロが呼ばれたのだ。「潜水艦の設計図」を忠実に拡大した中篇。

「死人の鏡」 Dead Man's Mirror

ポアロのもとに、シェヴニックス＝ゴア卿から手紙が届いた。卿は謀略の犠牲となりかねない状況にあると訴えていた。ポアロが彼の屋敷を訪ねてみると、食事の時間に遅れたことのない卿が不在ということで家族らが騒いでいる。そして密室状態の書斎のドアを打ち破ってみると、卿はピストル自殺を遂げていた。「二度目のゴング」の拡大版である。

「砂にかかれた三角形」 Triangle at Rhodes

ポアロは十月末のロードス島に来ていた。休暇をゆっくり過ごすためであったが、なんとなく気になることがあった。チャントリー夫妻（妻は恋多き美女で、いま五度目の結婚をしている）やゴールド夫妻の行動である。ポアロは三角関係を憂いていたのだが、やがて殺人事件が——。プロットや舞台設定などは長篇『白昼の悪魔』に生かされている。

9 黄色いアイリス *The Regatta Mystery and Other Stories*（一九三九）中村妙子訳 ㊾

表題作を含むポアロ物五篇、パーカー・パイン物二篇、マープル物一篇、幻想小説一篇を収録する短篇集。『黄色いアイリス』は米版のみで、英版はない。探偵の登場しない幻想小説が入っていることが珍しいが、厳密にいえば、原書に入っていた「夢」をカットして別の短篇集にある「二度目のゴング」を収録した日本独自の短篇集である。

「レガッタ・デーの事件」 The Regatta Mystery

レガッタ観戦の午後、港のレストランの一室で奇妙な事件が起こった。いつもダイヤモンドを持ち歩くという男性から、それを盗んでみせると一人の少女が宣言した。だが彼女が盗む前に、宝石はその場から一瞬にして消えてしまったのである。疑惑の目が向けられた青年がパーカー・パインに相談する。苦悩する青年の心理をパインは見抜き、謎を解く。

「バグダッドの大櫃の謎」 The Mystery of the Baghdad Chest

友人のパーティに夫婦が招かれた。ところが、夫の方は置き手紙を残してパーティを欠席し、夫人だけが出席した。そして翌日、夫はパーティの催された部屋にある大櫃の中で死体となって発見されたのである。夫人と親密な関係である友人が逮捕された。ポアロは魅力的な夫人を巡る犯罪であると確信し、推理を展開する。

「あなたの庭はどんな庭？」 How Does Your Garden Grow ?

〝極秘親展〟と記された手紙がポアロ宛に届いた。彼の返事に対して連絡がなかったので妙だと思っていると、依頼主が手紙を出した後に亡くなっていたのがわかる。死因はストリキニーネの服用だが、誰がそれをどのように盛ったのか。その家を訪ね、素晴らしい庭にポアロは視覚的な何かを感じた。導入部は長篇『もの言えぬ証人』に利用されている。

「ポリェンサ海岸の事件」 Problem at Pollensa Bay

マジョルカ島のポリェンサで休暇中のパーカー・パインに降りかかった難題とは、滞在先が同じイギリス人親子の問題だった。息子がこの地で知り合い、婚約までした女性を母親は気に入らない。相談されたパーカー・パインは曖昧な態度をとったまま、一週間旅に出かけた。その間に思わぬ展開があり、収拾がついたのだ。彼の戦略はみごとな心理作戦である。

「黄色いアイリス」 Yellow Iris

黄色いアイリスを飾ったテーブルにすぐに来てほしいと電話が入った。芝居がかっていたが、声に籠もっている不安は本物だと見抜いたポアロはレストランに出かけた。ある富豪が四年前の晩餐会で死んだ妻の追悼のために開催したものだった。彼は四年前と全く同じ状況に設定したが、今度は死んだ妻の妹が同様に倒れていた。『忘られぬ死』の原型といえる短篇。

「ミス・マープルの思い出話」 Miss Marple Tells a Story

ホテルで妻が殺され、嫌疑を掛けられている夫がミス・マープルを訪れた。廊下に通じる二つの扉を出入りし、繋がった部屋を行き来できたのは、実際にはメイドと夫しかいない。人間の心理状態を計算に入れた巧みな犯罪だということを簡単に見破ったミス・マープルが、ち

短篇

ょっと自慢げに語っている。

「仄暗い鏡の中に」 In a Glass Darkly

親友の妹の婚約が決まったとき、私はその家に滞在していた。その時、女性が男性に首を絞められている幻を鏡に見た。そして幻の話を聞いた彼女は婚約を解除した。戦争を経て私は彼女と結婚したが、彼女を愛するが故に異常なほどに嫉妬した。嫉妬のあまり彼女の首を実際に絞めている自分が鏡に映っていた。過去の記憶を巡って、神秘的なストーリーが展開する。

「船上の怪事件」 Problem at Sea

エジプトへの船旅の途中、デッキは噂話でもちきりである。妻に隷属的な夫が妻を伴い乗船していたが、その夫婦の話題には事欠かなかった。ところが、ある港に夫が下船している間に、鍵の掛かった船室のベッドの上で妻が刺殺されていた。顔見知りの犯行と思われたが、夫にはアリバイがある。噂話やゴシップを手がかりに、ポアロがお得意の推理を展開する。

「二度目のゴング」 The Second Gong

異常なほどに晩餐の時刻に厳格な主人がいた。それを告げるゴングは二度鳴らされる。晩餐に招待されたポアロは、鍵のかかった書斎で主人が殺されている場面に遭遇した。主人の遺言状には養女の結婚が絡んでいた。財産を巡り、見せかけの恋、本物の恋、魅力的な彼女を取り巻く男性達の恋心が交錯する。彼らの言動を手がかりにポアロは事件を解決する。

10　ヘラクレスの冒険

The Labours of Hercules（一九四七）田中一江訳 ⑥⓪

ギリシャ神話中最大の英雄ヘラクレスの十二の難行を下敷きにした、クリスティー流の見立てによる十二の難事件。知のヘラクレス、エルキュール・ポアロの活躍が始まる。独特のユーモアと、妙味あふれる構成が楽しめるクリスティー中期の短篇集。

「ネメアのライオン」 The Nemean Lion

ホギン夫人の愛犬が誘拐され、身代金として二百ポンドが支払われた。公園を散歩中、夫人の相手役《コンパニオン》であるミス・カーナビイが乳母車の赤ん坊に気を取られているわずかの隙に犬はいなくなった。同じ手口で何人もの被害者が出ている。犯人は誰なのか？　どうやって犬を誘拐したのか？　ポアロが自らに課したヘラクレスの難行の第一幕がはじまる。

「レルネーのヒドラ」 The Lernean Hydra

チャールズ・オールドフィールド医師の病弱な妻が死んだ。遺産を手に入れ、若い女と結婚するために妻を殺したのではないかという噂が町に蔓延し、医師をじわじわと追い込んでいく。「レルネーのヒドラ」のように増殖し、完全に滅ぼすことのできない噂という怪物を、ポアロは滅ぼすことができるか。

「アルカディアの鹿」 The Arcadian Deer

素朴な修理工テッド・ウィリアムソンの依頼は、「夏の一日、たった一度会っただけの、正確な名前もなにも知らない、金の翼のような髪を持った女性を捜してほしい」だった。だがテッドの示した手がかりには有力なものはなく、この難業の解決には、多くの旅とインタビューを必要とすることがわかった。ポアロは、この青年の願いをかなえることができるのか?

「エルマントスのイノシシ」The Erymanthian Boar

ロシェ・ネージュは、外界との連絡がケーブルカーしかない雲上にある。そこでエルマントスのイノシシのように凶悪な殺人犯マラスコーが会合をするという。偶然、休暇を楽しんでいたポアロは、旧友のルマントゥーユ警視から、マラスコー逮捕に協力を要請された。ケーブルカーの事故で、ロシェ・ネージュに閉じ込められたポアロらの運命は?

「アウゲイアス王の大牛舎」The Augean Stables

引退した大政治家のスキャンダルが、大衆週刊誌に掲載されようとしている。この事実が公になったら、政府が重大な危機に陥る。しかし、問題は到底隠し切れない。ポアロは、汚濁にまみれたアウゲイアス王の大牛舎の大掃除のような、困難な仕事をまかされた。ポアロの灰色の脳細胞はどのような奇跡を起こすのか。

「スチュムパロスの鳥」The Stymphalean Birds

ハロルド・ウェアリングは、ヘルツォスロヴァキアでの休暇で、イギリス人母子と知り合った。娘のクレイトン夫人は横暴な夫に苦しめられていた。そこに凶暴な怪鳥を思わせるポーランド人の姉妹が現れ、つぎに、クレイトン夫人の夫がやってきた。そして、ハロルドに恐ろしい災厄がふりかかってくる。

「クレタ島の雄牛」 The Cretan Bull

ダイアナ・メイバリーは婚約を破棄された。婚約者ヒューの「自分は気が狂いかけている」という理由に納得のいかないダイアナは、ポアロに相談した。調査を開始したポアロの前に現れたのは、ヒューの身近でさまざまな動物が殺されているという現象だった。ヒューは本当にミノス王の雄牛のように狂っているのか？

「ディオメーデスの馬」 The Horses of Diomedes

グレイス夫人がパーティで、ボーイフレンドと喧嘩をして銃を乱射し、浮浪者にけがをさせた。手当てにきたストダート医師は、パーティでコカインが使われているのを知り、若いシーラ・グラントの身を心配し、ポアロに助力を求めた。ポアロは人の肉を食うディオメーデスの馬のようなコカインの流れを退治することができるのか？

「ヒッポリュテの帯」 The Girdle of Hyppolita

ロンドンの画廊から、ルーベンスの絵が白昼盗まれた。画商の依頼によって、解決のためパリに向かおうとしていたポアロに、もう一つの事件の話が飛び込んでくる。フランスの学校へ入学しようと、パリに向かっていた十五歳の少女が蒸発したというのだ。二つの事件が、ポアロの灰色の脳細胞によって結び合わされていく。

「ゲリュオンの牛たち」 The Flock of Geryon

友人のエメリン・クレッグが、妙な宗教にはまっている。信徒中の大金持ちの女が、全財産を教団に残して、去年だけで三人も死んでいる。エメリンの身に何か起こらないか心配だ。不審な新興宗教の教祖は、偉大な羊飼いなのか、ペテン師なのか？ポアロとともに、勇敢なミス・カーナビイの冒険が始まる。

「ヘスペリスたちのリンゴ」 The Apples of the Hesperides

ルネッサンス時代の金の酒盃で、教皇アレクサンダー六世——ロドリーゴ・ボルジアが使ったといわれる美術品を取り戻してほしい。大富豪の依頼に、地球上の五つの場所で調査しなければならなくなったポアロは……。三カ月後に、世界の涯のようなアイルランドの土地にいた。はたして、ポアロは酒盃を見つけることができるであろうか？

「ケルベロスの捕獲」 The Capture of Cerberus

地下鉄ピカデリー・サーカス駅のエスカレーターで、ポアロは旧友ロサコフ伯爵夫人に出会った。彼女はナイトクラブ〈地獄〉を経営しているという。だが、社交界の人々から詐欺師まで集まるこの繁盛店では、巧妙な犯罪が仕組まれていた。ポアロは旧友を窮地から救い出し、ヘラクレスの十二の難行を完成させることができるのか？

11　愛の探偵たち　*Three Blind Mice and Other Stories*［米版のみ］（一九五〇）宇佐川晶子訳 ㊶

ミス・マープル物四篇、ポアロ物二篇、クィン氏物一篇と有名な戯曲「ねずみとり」の原作「三匹の盲目のねずみ」（中篇）で構成される本書は、短篇集としては制作年代が二十年以上にわたっているにもかかわらず、作風にほとんど差がなく、まとまっていて違和感がない。何篇かが改稿されていることもあり、円熟した内容が楽しめる。

「三匹の盲目のねずみ」Three Blind Mice

経営し始めたばかりの郊外のゲストハウスに、警察から殺人事件が起きる危険があるという知らせが入る。容疑者はすでにロンドンで殺人を犯しており、遺留品と思われるノートにゲストハウスの名前があったのだ。折しもゲストハウスは大雪に見舞われ、部長刑事が雪の中をスキーでやってくる。マザーグースの童謡とともに閉ざされた空間の中で起こる殺人。

「奇妙な冗談」Strange Jest

財産を遺してあげると言って亡くなったおじさんのいたずらがわからず、遺産がもらえないので困っていた若夫婦に、名探偵と紹介されたミス・マープル。昔の話を引き合いに出してその度ごとに脱線し、依頼人をあきれさせたり、はらはらさせながら、隠された遺産を発見する。ミス・マープルの捜査手法が面目躍如の楽しい一編。

「昔ながらの殺人」Tape-Measure Murder

事業が成功して引退したスペンロー夫人が自宅で絞め殺されていた。発見者は訪ねてきた裁縫師。彼女が警察を呼びにいこうとしたとき、運よく夫が家の角を曲がってやってきた。ところが彼は、妻の死に臨んでも平静を保ったままなのである。警察は当然のように夫を疑うが、ミス・マープルは昔の出来事を再構築し、真実を明らかにする。

「申し分のないメイド」The Case of the Perfect Maid

中年の姉妹が雇う村のメイドが、皿を割ったことで首になった。この姉妹の妹の方は心気症らしいが、医者に診てもらわないのは仮病ではないかと、セント・メアリ・ミード村の住人は噂していた。ところがこの姉妹のもとに、メイドの鑑とも思える人物が斡旋されてきた。姉までがそのメイドの自慢話をすることから、ミス・マープルは完璧すぎることに疑問を持つ。

「管理人事件」The Case of the Caretaker

気分がふさぐミス・マープルは、ヘイドック医師から謎解きの原稿を特効薬として渡される。放蕩息子だった男が、若く美しい妻を伴ってセント・メアリ・ミード村に帰ってくる。夫妻は所有していた屋敷に住み始めるが、辞めてもらった管理人の老女が道ばたで呪いの言葉を吐き、若妻は屋敷を出たいと思うようになる。やがて若妻は乗馬の最中に落馬して死亡する。

「四階のフラット」The Third-floor Flat

鍵をなくした娘がフラットに入れなくなってしまった。パーティのあと同伴した青年三人のうち二人が、石炭用のリフトで室内に入ろうとした。ところが入ったフラットは一階下の四階だった。しかも床には女性の銃殺死体が——。四人の若者が途方に暮れているところに現れたのが上のフラットの住人、エルキュール・ポアロその人であった。

「ジョニー・ウェイバリーの冒険」 The Adventure of Johnnie Waverly

鉄鋼王を父に持つ資産家の夫人が夫を伴って、誘拐された息子を助けて欲しいとポアロに訴える。話によると、犯人は誘拐の予告を二度もした上に犯行の時刻まで指定していた。そして、誘拐は指定時間きっかりに行われた。犯人はおとりを使い、捕まったと見せかけた隙に子供を誘拐していったのだった。ポアロはヘイスティングズに質問しながら推理していく。

「愛の探偵たち」 The Love Detectives

サタースウェイト氏は警察本部長メルローズ大佐と事件現場に向かう途中で、友人クィン氏に遭遇する。事件は、尊大な老人サー・ドワイトンが自宅で殴打されたもので、美貌の妻とその愛人が、別々に自首をしてきた。凶器はおのおの銃とナイフで、互いにかばい合っていると思われた。愛する者のために現れるという謎のクィン氏が解き明かす悪夢の真相。

12 教会で死んだ男 *Sanctuary and Other Stories*（一九五一、一九六一）宇野輝雄訳 ㉒

米国版のみ刊行された二冊の短篇集 *The Under Dog and Other Stories*(1951) と *Double Sin and Other Stories*(1961) をもとに、他の短篇集との重複をさけて日本で独自に編集されたもの。短篇集としては後期に属するが、短篇の中には初期に書かれたものが多い。ポアロ物が十一本で、それにファンタジック・ホラー一本と表題作のマープル物を含む。

「戦勝記念舞踏会事件」 The Affair at the Victory Ball
仮装舞踏会のさなかにナイフで殺されたクロンショー卿と、同夜コカインの飲み過ぎで変死した美貌の婚約者。事件の解明にあたって、ポアロは関係者全員を一同に集め、仮装の人々が次々とスクリーンに現れるショーを提案し、芝居がかった犯罪を芝居がかった方法で、犯人のトリックを白日の下に暴き出す。クリスティーが書いた最初のポアロ物短篇。

「潜水艦の設計図」 The Submarine Plans
国防省大臣アロウエイ卿の別荘で最新のZ型潜水艦の設計図が盗まれた。招待客は潜水艦について話し合う予定の海軍作戦本部長とその夫人と子息、社交界に名を馳せる婦人とそのメイド。それに卿の秘書。秘書が書類を机の上に並べ終わったとき女の悲鳴が聞こえて部屋を飛び出し、再び部屋に戻ってみると書類は消えていた——。

「クラブのキング」 The King of Clubs

中流家庭の一家四人がブリッジに興じている夜、有名女性ダンサーが「人殺しよ！」と叫んで転がり込んできた。翌日ポアロは、そのダンサーと交際しているというモーラニア国のプリンスの訪問を受け、窮地に陥っている彼女を救って欲しいと依頼される。彼女は、災難をもたらすクラブのキングに気を付けるよう、カード占い師に言われていたのだ。

「マーケット・ベイジングの怪事件」 The Market Basing Mystery

休暇で田舎町マーケット・ベイジングに来ていたポアロとヘイスティングズ、ジャップ警部の三人は、ジャップのかつての同僚の巡査から捜査の協力を要請される。この町の古い邸宅の主人が、一見して自殺と思われる密室状態で発見されたのだが、死体には不審な点が多かったからだ。しかも近くにいた浮浪者が、誰かが金をせびっている声を聞いていた。

「二重の手がかり」 The Double Clue

美術品コレクターでもある名士ハードマン氏のパーティで、宝石類が盗まれた。招待客は友人ばかりで、ハードマン氏は、警察には内密でポアロに調査を依頼する。宝石類が入っていた金庫の中には手袋とシガレットケースの二つの手がかり。その手がかりはいずれも、パーティ客のうちの粗忽な青年を指し示していた。

「呪われた相続人」 The Lemesurier Inheritance

ヘイスティングズの知人ヴィンセント・リムジュリアが列車から転落死した。リムジュリア家では代々長男が早死にし、次男以下が家督を相続していた。それは、昔の当主の妻の呪いと言い伝えられており、ヴィンセントは長男であった。それから二年後ポアロは、将来のヴィンセント家の相続人、八歳の長男が何回も危険な目に遭っているという相談を受けたのだ。

「コーンウォールの毒殺事件」 The Cornish Mystery

コーンウォールの田舎町から歯科医ペンジェリー氏の夫人が、ポアロのもとにやって来て、夫に毒殺されそうだと訴える。ポアロとヘイスティングズは翌日現地に発つが、ひと足遅く、三十分前に夫人は亡くなっていた。かかりつけの医師の診断によると胃炎ということだが、砒素中毒とは症状がよく似ている。ポアロは灰色の脳細胞の推理で犯人に迫る。

「プリマス行き急行列車」 The Plymouth Express

アメリカの鉄鋼王の娘キャリントン卿夫人がプリマス行き急行列車の客室内で死体となって発見され、夫人の身につけていた十万ドル相当の宝石がなくなっていた。ポアロは鉄鋼王から捜査を依頼された。夫のキャリントン卿は競馬に凝る遊び人で、離婚の話が進められ、夫人が亡くなると財産はキャリントン卿に遺されることになるのだ。『青列車の秘密』の原型。

「料理人の失踪」 The Adventure of the Clapham Cook

ふとった赤ら顔の女がポアロの部屋を訪ねて来て、彼女の家の料理人を探してほしいとポアロに頼み込んだ。女は、官庁の秘密や伯爵夫人の宝石盗難事件だけを扱うのが名探偵の仕事ではないと言い張った。だがポアロが調査を進めると、逆に依頼人から調査打ち切りの手紙が来たのだ。そして料理人失踪は奇妙な様相を呈してくる。

「二重の罪」 Double Sin

この頃、たいへんな人気者になった名探偵ポアロは過労状態となり、折しも保養地チャーロック・ベイで依頼があったことから、休暇をかねてバスツアーに参加した。しかしそこでもポアロは、古美術商のスタッフで細密画を届ける若い娘の盗難事件に巻き込まれる。それは、偽の使いによってひと足先にその細密画が取り引きされていた、という事件である。

「スズメバチの巣」Wasps' Nest

田舎町に住むハリソンは、美しい花の咲いている自慢の庭を手入れしていると、突然知人のポアロが訪れてきた。しかもポアロは、遊びではなく仕事で、それも殺人事件を未然に防ぐためにやって来たと言う。偶然、ポアロは薬局の劇薬購入者名簿に目をとめたが、そこにハリソンの元婚約者と結婚した男の名前が書かれていたのに気づいたため……。

「洋裁店の人形」The Dressmaker's Doll

洋裁店の仮縫い室にいつからか置かれていた人形。近頃物忘れがひどくなった店長は、誰かにもらったのだろうと言うが、スタッフたちも、いつから人形が置かれているのかわからない。ところが不気味なことに、あるとき人形は、生きている人間のように、昨日いた場所から動いているのだった。本書唯一のファンタジック・ホラー。

「教会で死んだ男」Sanctuary

牧師の妻バンチは、教会の中で銃で負傷し息も絶え絶えの男を見つける。男は「サンクチュアリ——たのみます」とつぶやき息絶える。警察に通報後、すぐに男の姉夫妻がバンチのもとに来る。男が言い残した言葉を聞きたいし、遺品の背広を欲しいというが、機転の利くバンチは怪しいとにらみ、ロンドンにいる知人ミス・マープルに相談する。

短篇

13 クリスマス・プディングの冒険
The Adventure of the Christmas Pudding ［英版のみ］（一九六〇）橋本福夫・他訳 ⑥③

中篇三本と短篇三本からなる作品集（内訳はポアロ物五篇、マープル物一篇）で、クリスティー自身が料理長になったつもりで作品を選択している。つまり子供の頃の愉しかったクリスマスのことを思い出しながら書いた中篇「クリスマス・プディングの冒険」と「スペイン櫃の秘密」がメイン・ディッシュ、「グリーンショウ氏の阿房宮」「夢」「負け犬」の三本が添えもの料理、「二十四羽の黒つぐみ」がデザートのシャーベットというわけである。

「クリスマス・プディングの冒険」 The Adventure of the Christmas Pudding

ポアロに英国政府からデリケートな依頼が舞い込んだ。さる王国の王子が王家に伝わるルビーを女に騙しとられたというのだ。もし取り戻さなければ重大な問題になる。だが、クリスマス・パーティに招待されたポアロに謎の手紙が届く。「クリスマス・プディングには手をつけないこと」そして、クリスマスの翌朝、雪の上で死体が発見された。

「スペイン櫃《ひつ》の秘密」 The Mystery of the Spanish Chest

リッチ少佐は裕福な四十八歳の独身男。自宅のスペイン櫃の中から、友人であるクレイトンの死体が発見された。この事件はポアロの感情に訴えるものがあった。ポアロは夫人のマーガリータに会い、彼女の天真爛漫さとその裏の魔力をひしひしと感じることになる。人間の持つ感情の複雑さをポアロは見事に説き明かす。短篇「バグダッドの大櫃の謎」の拡大版。

「負け犬」 The Under Dog

リリーはアストウエル卿夫人に雇われた話し相手だが、夫人に頼まれ、ポアロのところへ相談にきた。館の主人アストウエル卿が殺害され、金に困っていた粗野な性格の卿の甥チャールズが逮捕されたというのだ。早速、館に出向いたポアロは調査を始め、最後にポアロは言い放つ。「吠える犬は嚙みつきません」と。

「二十四羽の黒つぐみ」 Four-and-Twenty Blackbirds

ポアロはボニントン氏とチェルシーの名料理店で食事をしていた。ボニントン氏と旧知のウエイトレスのモリイ（彼女は客の好みを覚えているのが自慢）が言うには、黒いちご入りのパイが嫌いな客が、珍しく注文して食べたという。そしてその人物、大金持ちのガスコインはその晩に自宅の階段から転落死した。ポアロは、その話にがぜん興味を持ったのだ。

「夢」 The Dream

ポアロは、百万長者でいわくつきの人物ベネディクト・ファーリーから相談を受ける。それは奇妙な夢の話だった。毎晩毎晩、自分がピストル自殺をする夢を見るという。彼の回りには年若い夫人や娘のジョアンナ、有能な秘書のヒューゴー、かかりつけの医師などがいる。そして、とうとうベネディクトは夢と同じように自殺をとげてしまったのだ。

「グリーンショウ氏の阿房宮」 Greenshaw's Folly

マープルの甥レイモンドは、阿房宮と呼ばれる大建築を訪れる。ロワール河畔の古城やタジ・マハルの影響を受けた奇妙な建物だが、そこで、最後の当主と言われるキャサリンに会う。

そしてレイモンドの姪ルーは、故グリーンショウの日記類を整理するために雇われることになった。ところがある日、キャサリンは矢で射ち殺されたのである。

14　**マン島の黄金**　*While the Light Lasts and Other Stories*（一九九七）中村妙子・他訳 ㊽

クリスティーの没後二十一年目に発掘された幻の作品群を収録したもの。宝探し懸賞小説である表題作をはじめ、心理サスペンス、ロマンス、ホラーなどバラエティに富む構成となっている。編者のトニー・メダウォーが各篇に「あとがき」を添えたイギリス版の九篇に、アメリカ版の「クィン氏のティー・セット」を加えてある。さらに本書では *The Golden Ball and Other Stories*（一九七一）から、これまでの短篇集に未収録であった「白木蓮の花」「愛犬の死」の二篇を付け加えている。

「夢の家」 The House of Dreams

没落寸前の旧家の息子ジョン・セグレーヴは、彼を見初めた勤務先の社長令嬢メイジーから、活き活きとした令嬢とは正反対の、はかなげで貧しいアレグラを紹介される。そのころからジョンの夢に、高台に建つ白亜の美しい家が現れるようになる。超自然的な現象を扱ったもので、同じ主題が短篇「翼の呼ぶ声」でも追求されている。

「名演技」 The Actress

上流階級の議員サー・リチャードと婚約したばかりの大女優オルガ・ストーマーのもとに脅迫状が届いた。彼女がかつてシカゴに在住していたナンシー・テイラーであることを知る男からの手紙である。ようやく築き上げた地位を失うか、永久に金を払い続けるか……選択を迫られたオルガは必死で考えをめぐらすのだった。

「崖っぷち」 The Edge

美人ではないが健康的で好感のもてるクレア・ハリウェルは三十二歳。村はずれのお屋敷に住むサー・ジェラルド・リーをひそかに愛していたが、彼は若くて妖精のようなヴィヴィアンと電撃結婚してしまった。ある日、クレアは町に出かけ、立ち寄ったホテルで偶然にヴィヴィアンの秘密を知ってしまう。有名な失踪事件の直前に書かれた心理サスペンス。

「クリスマスの冒険」 Christmas Adventure

「ぜったいにプラム・プディングを食べちゃいけません」——エンディコット家のクリスマス・パーティに招かれたポアロは、こんな不可解な手紙を受け取った。そして、クリスマスの正餐に出されたプディングの中には、ルビーに似た大きな赤い石が入っていた。中篇「クリスマス・プディングの冒険」の原型である。

「孤独な神さま」 The Lonely God

長い外国生活を終えた孤独な中年のフランク・オリヴァーは、大英博物館にある小さな神さまの石像に魅せられる。やがて彼は、貧しい身なりの若い娘もまた、その像を見に陳列室をしばしば訪れることに気づいた。見ず知らずの二人は小さな石像を仲立ちにして親しくなっていく。クリスティーの考古学に対する関心がうかがわれるロマンティックな物語。

「マン島の黄金」 Manx Gold

イングランド北西部に浮かぶ小さな島、マン島に住むマイルズ伯父は、甥ジュアンや姪フェネラなど、四人の近親者に財産を遺した。変わり者の伯父は、財宝の入った四つの嗅ぎタバコ入れを島のどこかに隠したため、四人は与えられた手がかりを用いて財宝を競争で探すことになる。マン島の観光客集めのためにクリスティーが執筆を依頼された宝探し懸賞小説。

「壁の中」 Within a Wall

才色兼備のイザベルは多くの有力な求婚者の中から、無名の画家アラン・エヴァラードを選んだ。やがてアランは天才として認められるようになるが、売れる絵を望む贅沢な妻を満足させることはできなかった。彼らの娘ウィニーの代母であるジェインは画家の良き理解者であり、一家のために援助を惜しまなかったが……。幻想的で謎めいた結末が余韻を残す。

「バグダッドの大櫃の謎」 The Mystery of the Baghdad Chest

レディー・チャタトンから紹介されたポアロの依頼人は、夫の死体が大櫃から発見されたばかりのミセス・クレイトンだった。美貌の未亡人は、逮捕された大櫃の持ち主リッチ大佐は冤罪だ、とポアロに訴える。「スペイン櫃の秘密」の原型といえる短篇。短篇集『黄色いアイリス』にも収録されている。

「光が消えぬかぎり」 While the Light Lasts

前夫が戦死した後、再婚した夫とともにアフリカを訪れた愛らしい若妻ディアドリ・クロージャーは、ローデシアのタバコ農園で意外な人物に出会って驚愕する。題名はイギリスの詩人スウィンバーンの詩の一節から取られており、そのストーリーはメアリ・ウェストマコット名義で書かれた小説『愛の旋律』にいっそう効果的に展開されている。

「クィン氏のティー・セット」 The Harlequin Tea Set

田舎の旧友一家を訪問する途中で車が故障したサタースウェイト氏は、時間潰しのために入った小さなカフェで、思いがけなく友人のハーリ・クィンに出会った。彼に出会うと必ずサタースウェイト氏は事件に巻き込まれてしまうが、やはり今回も、ようやくお茶の時間に間に合った旧友宅では、殺人が計画されていた。

「白木蓮の花」 Magnolia Blossom

白木蓮の花のような美女ミセス・テオ・ダリルは、愛するヴィンセント・イーストンと家を出た。だが、イギリスを去る直前に夫の会社の倒産を知ったテオは、苦境の夫を見捨てることができずに迷う。苦渋の決断をして帰宅したテオに、夫は意外なことを頼む。自分を破滅に導く書類をヴィンセントから取り戻して欲しいというのだ。本篇は原書には収録されていない。

「愛犬の死」 Next to a Dog

夫が戦死した後、ジョイス・ランバートは家賃も払えないほど貧しい生活をしていた。ある日、職業斡旋所で条件の良いイタリアでの仕事を紹介されるが、亡夫の贈り物、愛犬テリーを残して行けないので断ってしまう。老いたテリーと一緒に暮らしたいジョイスは、愛してもいない金持ちのアーサーとの結婚を承諾するが……。本篇は原書には収録されていない。

クリスティー作品のベストテン

数藤 康雄

ベストテン選出は、ミステリ・ファンが好む〝遊び〟のひとつと言ってよいだろう。クリスティー・ファンクラブでも、クリスティー作品のベストテン選びを過去に二回行なっている。最初はクリスティーがまだ活躍していた一九七一年、そして二回目はそれから十一年後のことである。

最初の選出は小規模なもので、結果にはそれほどの意義はないのだが、重要なことは、翌年その結果をクリスティーに知らせ、クリスティー自選ベストテンを聞き出せたことである。クリスティーは「その時どきの気分で作品は変わる」としながらも、以下のベストテンを披露した（ただし順位は無し）。『そして誰もいなくなった』『アクロイド殺し』『オリエント急行の殺人』『予告殺人』『火曜クラブ』『ゼロ時間へ』『終りなき夜に生まれつく』『ねじれた家』『無実はさいなむ』『動く指』

一般のミステリ・ファンからはあまり評価されていない『終りなき夜に生まれつく』や『無実はさいなむ』を挙げていることには、多いに注目すべきだろう。

ところで二回目の選出方法は、約八十名の会員が既読作品すべてについて絶対評価

（十点は歴史に残る名作、九点は非常に面白い優秀作……以下略）で点数を付けた結果である（数字は平均点を示す）。

1『そして誰もいなくなった』　9.43
2『アクロイド殺し』　9.22
3『オリエント急行の殺人』　8.79
4『予告殺人』　8.42
5『ナイルに死す』　8.34
6『カーテン』　8.27
7『ゼロ時間へ』　8.26
8『ABC殺人事件』　8.18
9『葬儀を終えて』　8.14
10『白昼の悪魔』　8.09

『そして誰もいなくなった』と『アクロイド殺し』が〝ビッグ2〟だが、『アクロイド殺し』はアンフェアと考えて低い点数をつけた会員がいたものの、『そして誰もいなくなった』は半数以上の会員が十点をつけ、もっとも低い点数も七点でしかなかった。『そして誰もいなくなった』はクリスティーの最高傑作、不朽の名作なのである。

1　ブラック・コーヒー

Black Coffee（一九三〇）麻田実訳 ㉟——ポアロ

本書は、クリスティーが書いた最初のミステリ戯曲に、彼女が劇作家として大活躍していた時期の戯曲「評決」（Verdict 1958）を併録した戯曲集である。

「ブラック・コーヒー」の舞台は、原子力研究の権威者クロード・エイモリー卿の屋敷。そこには卿の妹や息子夫妻を始め、姪、友人、秘書などが滞在していた。ところが屋敷の金庫から、原子爆発の方程式が書かれたノートの入った封筒が盗まれたのだ。卿はポアロに捜査を依頼するとともに、容疑者全員を集めて、部屋の電灯が消えている間に封筒を返却するならば、その罪は問わないと宣言した。だが再び電灯がついたとき、エイモリー卿は肘掛け椅子に座ったまま死んでいたのである。その直後に屋敷に到着したポアロは、卿の死に不審を抱きつつ、まずはテーブルの上で見つかった封筒を調べると、なんと中身はカラだったのだ。

一方「評決」は、ロンドンにあるヘンドリック教授のフラットが舞台。理想家肌の教授に加えて、彼の病身の妻、教授を密かに愛するいとこ、無謀にも教授を好きになる女子学生などが登場し、破局に向かってサスペンスが高まる。純粋なミステリ劇ではなかったこともあり興行的には失敗したが、クリスティーは自伝の中で「『検察側の証人』を除けば、これがわたしが書いたもっともいい劇だと今でも思っている」と述べている。

2　ねずみとり

The Mousetrap（一九五四）鳴海四郎訳 ㊻

モリーとジャイルズのロールストン夫妻は、イギリスのバークシアでおばから相続した屋敷を、民宿マンクスウェル山荘として開業しようとしている。今日が初日。あいにくの大雪の中、泊まり客を待っている。ラジオから、ロンドンで起きた殺人事件の犯人が逃亡中、とのニュースが流れてくる。やがて、客が次々にやってくる。

若い建築家のクリストファ・レン、不満だらけで感じが悪いボイル夫人、退役軍人メトカーフ少佐、男のようなミス・ケースウェル、そして車が雪道で立ち往生し、転がり込んできた怪しげなパラビチーニ氏。またスキーをはいたトロッター刑事がロンドンの殺人事件の捜査で派遣されてきた。雪はさらに降り積もり、電話も不通となり、外界とは完全に孤立してしまう。

そんな中、トロッター刑事は、昔起きた幼児虐待事件の被害者がロンドンで殺人事件を起こし、ここマンクスウェル山荘でも事件が起こる可能性を話した。犯人は童謡の〈三匹のめくらのねずみ〉の楽譜で殺人予告をしていた。ところが照明が急に消え、ボイル夫人が殺害されたのだ。外界との唯一の交通手段であるスキー板も、何者かによって持ち出され――。

一九五二年十一月二五日、ロンドンのアンバサダー劇場での初演以来半世紀以上ロングランを続け、現在も隣のセント・マーティン劇場で世界記録を更新し続けている傑作戯曲。

3　検察側の証人

Witness for the Prosecution（一九五四）加藤恭平訳 ㊼

勅選弁護士ウィルフリッド卿の事務所を、事務弁護士メイヒューに付き添われてレナードという青年が訪れた。彼は、裕福な五十六歳の未婚婦人殺害の容疑者となっていた。犯行時刻に被害者と会っていたり、全財産を彼に遺すという遺言書があったりと、アリバイ、動機の面で不利な状況だった。レナードは無実を主張するが、警察が事務所を訪れ、逮捕された。

彼のアリバイを立証できるのは妻のローマインしかいなかった。彼女はドイツ人の元女優で、不遇な結婚生活を送っていたのをレナードに助けられたのだった。そのローマインが事務所を訪れ、レナードのアリバイを証言すると告げた。そして裁判が始まった。

しかし、ローマインは検察側の証人としてレナードに決定的に不利な証言をし、彼はいよいよ追い詰められた。ウィルフリッド卿の事務所を金髪の女が訪れた。女はローマインに恨みを抱いており、レナードの無実を証明するローマインが書いたある男宛の手紙を持っていた。ウィルフリッド卿はこの手紙を裁判に証拠として提出し、無罪を勝ち取ったが……。

クリスティーの戯曲の代表作。ロンドンで大成功を収めたばかりか、ニューヨークではその年の演劇批評家協会の最優秀外国作品賞を受賞。一九五七年にビリー・ワイルダー監督により映画化され、これも法廷物のミステリ映画（邦題《情婦》）として高く評価されている。

戯曲

4 蜘蛛の巣

Spider's Web（一九五六）加藤恭平訳 ㊽

「ねずみとり」と「検察側の証人」がロンドン公演中に発表された戯曲。つまりクリスティーのミステリ劇が三本同時にロンドンで上演されるという快挙を成し遂げたときの作品で、「ねずみとり」に次ぐ二番目の七七四回のロングランを記録した。

主人公クラリサ（クリスティー自身のクリスチャンネームと同じ）は外交官の夫と、隠し部屋のある、洒落たカントリーハウスに住んでいる。夫の連れ子で思春期の娘ピパとも、とても仲が良く、平穏無事に暮らしている。しかし退屈気味のクラリサは、ひそかに空想ゲームにふけりながら、憂さを晴らしていた。

ところがある日、「もしもある朝、書斎で死体を見つけたら」という空想が現実のものとなってしまう。そして、その死体を隠さなければならなくなる。クラリサは懸命にトリックを考え出し、実行に移そうとするが、なぜかそこへ警察が訪ねてくる。この家で殺人があったという通報を受けたといって……。

登場人物は他に、後見人の叔父、判事、実業家の秘書、庭師に執事、夫の前妻の夫、警察。そしてカントリーハウスにも意外な秘密が……。女優マーガレット・ロックウッドのために書かれたもので、それまで悪女役が多かった彼女の希望で、喜劇に仕立てられた。

5 招かれざる客

The Unexpected Guest（一九五八）深町眞理子訳 ⑲

ブルストル海峡の霧が立ち込める深夜。車が溝にはまり込んで立ち往生した男が、助けを求めてウォリック邸の書斎に入ってきた。そこで男が目にしたものは、頭を撃たれて車椅子に座ったままで死んでいる男と、手にはリボルバーを持った美しい女であった。男は警察へ通報する前に女から話を聞くことにした。死体はこの邸の主人リチャード・ウォリックで、女性は妻のローラと名乗り、自分が夫を射殺したのだと言い張った。そして書斎に入ってきた男も、石油会社に勤める技師マイクル・スタークウェッダーと自己紹介し、やがて思いがけないことを言い始めた。ローラを犯人にしないために、第三者に殺されたように見せかけようではないかと。

確かにリチャードは、性格的に問題のある男だった。彼を憎んでいる人間は多く、リチャードに子供を轢き殺されて恨みを持っている人間もいるという。殺人の動機があるのは遺産相続者の妻ローラだけではない。そこでマイクルは脅迫状を作ったり、グラスの指紋を消したりと、さまざまな工作を始めたのだ。やがてマイクルは消え、警察に通報がいくが……。

戯曲「評決」が思わぬ不評であったため、クリスティーが急いで仕上げた作品。リドル・ストーリーの趣もある。なおリチャードのモデルは、アガサの兄モンティと言われている。

6 海浜の午後

Rule of Three（一九六二）深町眞理子・麻田実訳 ⑦0

一幕物のオリジナル戯曲を三本集めた戯曲集。

「海浜の午後」(Afternoon at the Seaside)の舞台は、避暑地リトル＝スリッピング＝オン＝シー。この地のホテルからエメラルドのネックレスが盗まれた。海水浴客用の貸し小屋でくつろいでいた人たちは、その事件を話題にしていた。そこに警部が現われ、昨日この辺りをうろついていた怪しい男が、盗んだネックレスを小屋の近くに隠したはずだと言う。

「患者」(The Patient)の舞台は、ある診療所の個室。三階のバルコニーから転落し、頭部挫傷の重傷を負った女性患者が治療を受けていた。転落は自殺未遂なのか、はたまた犯罪や事故なのか？　口をきくことができない患者から情報を引き出すために、担当警部は、イエスなら電球が一回つくという装置を持ち込み、奇妙な訊問を始めたのだ。

三番目の作品「ねずみたち」(The Rats)はロンドンのフラットが舞台。パーティに招待されたという女性が登場するが、部屋には誰もいない。やがて彼女の愛人も現われるが、それは偽の伝言の結果であった。誰かが悪戯を仕掛けているらしい。狙いは何なのか？

クリスティー晩年の戯曲であるが、公演は二カ月ほどしか続かず、興行的には失敗した。実質的にはクリスティーの最後の戯曲となった。

7　アクナーテン

Akhnaton（一九七三）中村妙子訳 ⑺

一九三七年頃に執筆されたが、内容が少し難解なのと制作費が高くなりすぎるという理由で上演されることはなかったオリジナル戯曲。本としては一九七三年に出版された。

紀元前千三百年代のエジプト。芸術と平和を愛した若きアクナーテンはファラオ（王）の地位につくことになった。そして彼はアテン神という太陽神のみを崇拝する一神教の世界を創り出し、〈地平線の都〉という新しい都市を建設することにしたのだ。

しかし平和と永遠の調和を夢見ているだけでは、現実の世界を統治することはできない。人民や神官たちはかつての多神教の神々を懐かしんでいた。また彼が愛した王妃ネフェルティティは娘ばかりを生み、アクナーテンは世継ぎにも恵まれなかった。周辺諸国との武力衝突を極力避けていたため、軍人らの不満も高まっていた。

永らくアクナーテンに忠誠を誓っていたホルエムヘブ将軍も、やがて彼から離れて、アクナーテンはますます孤立していった。ある陰謀が進んでいることも知らずに……。

理想主義者の悲劇を描いた歴史劇。クリスティーは考古学者マローワン（メソポタミア考古学が専門）と一九三〇年に再婚するが、それ以前より古代エジプトに興味があったために脱稿したのであろう。クリスティー自身は大好きな作品と自伝で述べている。

晩年のある日のクリスティー

数藤　康雄

クリスティーはもともと極端な恥ずかしがり屋な性格のうえに、悪名高い〝謎の失踪事件〟を起こしてマスコミ不信になったこともあり、マスコミ関係者によるインタビューに応じることはほとんどなかった。当然、ファンからの問い合せの手紙など、クリスティーは一切無視するものと考えていたが、その考えは大間違いであることがわかった。

というのも、拙い英語による質問の手紙に対して、毎回必ず丁寧な返事が貰えたからである。すでに功なり名を遂げた人間とは思えない、その誠実な態度にはいつも感激していたが、無謀ともいえる「お会いしたい」という手紙についても、ペイントン(クリスティーの生れ故郷トーキイの隣り町)まで足を伸ばすなら、別荘グリーンウェイ・ハウスに一泊も可という手紙まで貰ってしまったのだ。あと一ヶ月後には八二歳になろうとする晩年のクリスティーに会うことができたのは、まさに幸運以外のなにものでもなかった。直前まで半信半疑ではあったが……。

クリスティーは前年、階段から転落して股関節を手術していた。その関係で杖を付いて歩く姿はまだ痛々しかったものの、話すことにはなんの不自由もなかったので多いに安心したというしだい。実は、かなり小柄な老婦人なのに驚いたのだが、これはクリスティーの若い頃の写真が私の脳に刷り込まれていたからであろう。

　しかしクリスティー会見記を書き出すと長い話になってしまう。出版予定に関する回答だけを披露しておく。クリスティーの答えは、私の耳には題名は“Elephant Never Forget”で、内容は「?.?.★!◎※∵§」と聞こえた。つまり我が貧弱なヒアリング力では、かろうじて題名らしきものが聞き取れただけなのだが、その後出版された新作の原題は“Elephants Can Remember”(『象は忘れない』)となっていた。クリスティーの勘違いか(マサカ!)、私の聞き間違いか(当然!!)と思ったが、真相は、どうやら一九三七年にE・L・ホワイトが“Elephant Never Forgets”という本を同じコリンズ社から出版しているので、最終的に原題を変更したということらしい。

　クリスティーは、自分の孫と同世代で英会話の出来ない日本人には驚いたはずだが、そのことはおくびにも出さず、記念写真の撮影や別れの握手にも喜んで応じてくれた。旅行好きなクリスティーには、ぜひ日本を訪問してほしかったのだが。

1 愛の旋律

Giant's Bread（一九三〇）中村妙子訳 ⑦⑤

クリスティーがウェストマコット名義で書いた最初の普通小説。

美しいアボッツ・ピュイサンで父母やナースたちに囲まれ、従妹のジョゼフィンや隣家のセバスチャンと、穏やかな中にも小さな冒険に満ちた少年時代を過ごしたヴァーノン。成長した彼等三人は、ロンドンでそれぞれの道を歩み始める。ジョゼフィンは母親ゆずりの情熱的な性格から奔放な愛に、セバスチャンは実業家として、ヴァーノンは音楽家を目指して……。

そんな三人が川遊びの途中、美しく成長したネルに再会する。面白みのない青い顔した、ただおとなしいだけの少女だったネル。ヴァーノンは夢中になり、ネルとの結婚を願う。ヴァやがてセバスチャンの催したパーティで不思議な魅力を持った歌手ジェーンに出会う。ヴァーノンにとっての〝運命の女性〟である。ネルの母親の思惑などで障害もあったものの、第一次世界大戦中、ヴァーノンとネルは結婚する。そして出征したヴァーノンの戦死の報。その後ネルは昔の求婚者でアボッツ・ピュイサンの屋敷を買った裕福なジョージと再婚する。

一方、実業家として成功したセバスチャンは、フランスで死の床にあるジョゼフィンを物心両面で支え続ける。また無名の作曲家ボリス・グローエンをデビューさせるが……。記憶喪失や豪華客船の事故などサスペンスを孕んだ美しくも哀しい愛と友情の物語。

2　未完の肖像　*Unfinished Portrait*（一九三四）中村妙子訳 ⑰

ナニーは眠る前に糖蜜タルトをちょっぴりなめさせてくれた。三歳の誕生日には家族揃ってエクレアのおやつを食べた。シーリアの子供時代は絵のように美しく穏やかな思い出に満ちていた。一方で、祖母との刺激的で愉快な日々も色濃くシーリアの心の中に残っている。だが父親は、シーリアが十歳の時に死んだ。それ以後、母ミリアムと娘シーリアの絆はより一層強くなっていく。また母親はつつましい生活の中でも、シーリアをパリに送り出して教養を高めることも怠らない。内気なシーリアも美しく成長して、青春のひとときを楽しく過ごす。

旧知のジムとの婚約、解消を経て、思慮深いピーターと婚約する。そんな二人の間に、唐突にダーモットという若い軍人が割りこんでくる。ピーターと結婚するはずだ、もちろんピーターを愛していると思いながらも、何よりダーモットと結婚したいと強く願うシーリア。

母の危惧するなか、世間知らずのシーリアと、この上なく優しくひたすらシーリアを愛しているものの、現実的で不実なダーモットは結婚する。娘の出産、祖母の死、そして深い喪失感に囚われた母の死。心の中の何かが崩れていくシーリア。肖像画家が、キャンヴァスに絵具を重ねるように文章や言葉で描いた、愛と裏切りと死の影の物語。六冊の普通小説の中ではもっとも自伝的色彩の濃いもので、クリスティー・ファンには興味の尽きない作品だろう。

その他

3 春にして君を離れ *Absent in the Spring*（一九四四）中村妙子訳 ⑧①

病気の娘の世話を終え、バグダッドからイギリスへ帰る途中のジョーンは、何もかもうまく対処したと、宿泊所《レストハウス》で満足していた。そこで偶然、女学校時代の友人ブランチと出会う。チャーミングで人気者だった彼女が、今は随分と老けていた。しかしブランチは屈託なく声をかけてきた。「今度はあのご夫婦もうまくおさまりそうね」と娘夫婦のことを言われる。そのうえ、夫ロドニーのことも「まんざら夫の座におさまっているわけでもなさそうな目つきだった」と言う。ジョーンはむっとしながらも、一瞬、不安な思いに捉われた。

翌日、国境の駅へ行ったジョーンを待っていたのは、事故で列車が遅れるという知らせだった。宿泊所《レストハウス》にとり残されたジョーンは、孤独な日々の中、砂漠をさ迷い歩きながら過去のさまざまな事柄を思い返し、自分自身の心の奥に閉ざしたものと向いあう。

三人の子供にとっては良き母親、夫にとっては申し分のない妻、今までそう信じてきたジョーンには辛いことであった。ロドニーと銀行員の妻レスリーが言葉もかわさず座っていたのは……今はわかる。いや、本当はその時にもわかっていたのだ。二人の間にあったものが。愛の残酷さと哀しみを描いたロマンチック・サスペンス。クリスティーは自伝の中で「自分で完全に満足のいく——わたしはこの小説をかっきり三日で書いた」と書いている。

その他

4 暗い抱擁

The Rose and the Yew Tree（一九四七）中村妙子訳 ㊱

普通小説の第四作目の作品で、利己的で女たらしの男と汚れを知らぬ娘が登場するロマンス物。同じ娘を愛したヒュー・ノリーズの眼を通してこの物語は綴られる。

セント・ルー城に住み、中世の王女のような気高さと現実離れした雰囲気を持つ美しい娘イザベラは、ハンサムで誠実なルパートとの結婚を夢見ていた。保守党議員ゲイブリエルは勇敢だが、強欲で醜い男。反面、女性にとっては不思議な牽引力を持っていた。そして、ルパートとの結婚式の当日、イザベラはゲイブリエルと駆け落ちするため、姿を消してしまう。

数年後、ノリーズは憎んであまりあるゲイブリエルと再会する。見るからにおちぶれた様子のゲイブリエル。ノリーズは汚らしい裏町のアパートを訪ねるが、そこには不遇な環境にもかかわらず、何の影響も受けずに微笑む、昔のままの美しいイザベラがいた。だが、再会を果したのもつかの間、あまりにも突然の死がイザベラの身にやってこようとは……。

のちにゲイブリエルの死の床に呼ばれたノリーズは、イザベラの死の真相を知ることになる。命さえ惜しくなかった至上の愛。その愛に気づかず、一生を地獄の苦しみに生きる男。「結末じゃあない。それこそ、はじまりだったんだ……」ゲイブリエルの最後の一言は、この物語のプロローグとなった。

5 娘は娘

A Daughter's a Daughter（一九五二）中村妙子訳 ⑧⑨

深い絆で結ばれた母娘の愛情と憎しみ、心の機微を描いた普通小説の第五作目。未亡人アンは、溢れるほどの愛情を傾けて一人娘のセアラを育ててきたが、ふとしたきっかけで知り合ったリチャードとの結婚を決意。だが、思ってもみなかったセアラの反抗に困惑する。セアラとリチャードの度重なる喧嘩、挑発。あらゆる手をつくして母の再婚を阻止しようとするセアラの前にアンはとうとう屈服し、リチャードにさよならを告げた。

二年後、セアラは美しく成長、つつましやかだった昔のアンは姿を消し、二人はお互いを干渉することなしに好き勝手に暮らしていた。ある日、アンは突然リチャードの来訪を受ける。それぞれ別の道を歩き、変わってしまった二人は過去の追憶にふけるのだった。

セアラが大金持ちとの結婚を選択し、酒と麻薬、あらゆる官能に溺れていたある日、セアラのもとに昔からのよき理解者、ジェリーが訪ねてくる。堕落したセアラを今の生活から連れ出すために……。ジェリーとのことを相談するためアンに会ったセアラは、不幸になると分かっていた結婚をさせた、と母を責める。アンはアンで、リチャードを愛していたこと、結婚を邪魔されて一生の幸せを逃したことを決して忘れはしない、とセアラを激しくなじった。セアラは初めて自分に向けられたアンの憎しみを知ったのだった……。

6 愛の重さ

The Burden（一九五六）中村妙子訳 ⑼①

誰からも愛された兄チャールズが病死した後、彼にそっくりの妹シャーリーが生まれた。父母に愛されたくて悩む姉娘ローラ・フランクリンを、父の友人で、偏屈だが親切な老学者ボールドックはいつも気遣っていた。ある夜、赤ん坊の妹を火事から救い出したローラは、愛することの深い喜びに目覚めた。十四歳の時に両親を事故で失い、三歳の妹の母親代わりとなったローラは、生活のすべてを妹に捧げた。しかし、若く美しい妹は姉の反対を押し切って、魅力はあるが生活力のないヘンリーと結婚してしまう。

ヘンリーが睡眠薬の誤飲で死亡した後、穏やかで愛情深いリチャードと再婚したシャーリーだが、わがままな前夫を惜しみなく愛した以前の生活の方が幸せだったと気づく。元大衆伝道者のルウェリン・ノックス博士に励まされ、庇護されるだけの立場から抜け出そうとするシャーリー。妹夫婦の幸せを疑わないローラにも、実はある秘密が……。

クリスティーの六冊目にして最後となる普通小説。年の離れた妹に愛をそそぐ姉と、その重すぎる愛に苦しむ妹が、自立に至るまでの二十七年間の軌跡を描いているが、十一歳上の姉マッジを持つクリスティー自身の体験も生かされているようだ。ロマンス物だが、ミステリの味も楽しめる作品である。

グリーンウェイ・ハウスを紹介すると

数藤　康雄

グリーンウェイ・ハウスとは、クリスティーの生れ故郷トーキイの隣り町ペイントンにあるクリスティー所有の別荘。ジョージ王朝時代の白亜の建物で、三十エーカーもの森に囲まれ、近くにはダート河も流れているという自然に恵まれた土地に建っている。

クリスティーは一九三〇年代末に購入したが、晩年には主に娘夫妻が住み、クリスティー夫妻は夏期の別荘として利用していたようだ。クリスティーが亡くなってからは、庭の維持費がかさむこともあり、ナショナル・トラストに寄贈された。建物はまだ未公開だが、庭については二〇〇二年から、年に三七週（一週間に四日）公開されている。

ということで、今ではグリーンウェイ・ハウスの庭を見学することは可能だが、庭にはクリスティーを偲ぶものはほとんどないそうだ。ファンには建物の公開が望ましいが、それは二〇〇九年の予定とか。その別荘に一泊させてもらった初めての日本人として、記憶をもとに一足先に建物内を案内してみよう。

建物は三階建てで、その一階には玄関に向かって右にディナー・ルーム（アペリティフが赤ワインで、メイン・ディッシュが鶏肉のクリーム煮、デザートが洋梨という夕食を出してもらった)、逆側の左には大きなリヴィング・ルーム(ここでは夕食後にコーヒーが出て、カタコト英語で雑談をしたところ)になっていた。玄関から続く廊下の奥には小さなホールがあり、そこから二階に繋がる階段がある。その階段に沿った壁には、何枚もの油絵が雑然と掛けられていた。

ホールのさらに奥には台所やダイニング・ルームがあり、そこでお茶の時間に食べたスコーンとデヴォンシャー・クリームの味は今でも忘れられない。クリスティーもこのデヴォンシャー・クリームが大好きだったそうだから、クリスティーを思い出す食べ物といえば、断然デヴォンシャー・クリームとなろう。

二階にはクリスティー夫妻の寝室や書斎などがあった。クリスティーの夫は考古学者であっただけに、書斎の壁には本棚が一杯。そして三階は娘夫妻の寝室とゲスト・ルーム、使用人の居室などがある。泊めてもらったゲストルームは、小さい部屋ながら国芳の浮世絵が数枚掛かっていて、窓からは森とダート河を見下ろせるくつろげる部屋であった。

もちろん記憶にもとづく紹介なので、いくつか間違いがあるはずだ。残念ながら〝象〟ほどの記憶力は持っていないので。

1　さあ、あなたの暮らしぶりを話して

Come, Tell Me How You Live（一九四六）深町眞理子訳 ⑧⑤

クリスティーは夫マックス・マローワンの発掘・調査旅行に同行して、一九三四年の春、シリアに到着する。調査隊の目的は、紀元前二千年期のヒッタイト人の栄枯盛衰を確かめることにある。文字に書かれた歴史の存在しない時代の土器や魔よけの護符、装飾品に関心を寄せ、これらを介して古代人に「さあ、あなたの暮らしぶりを話して」と語りかける旅である。

発掘隊には、若輩〈ローマ時代〉なんてお呼びではない。ユーフラテス河に合流するハーブル河の流域にある古代民族の集落の跡に期待を抱く調査隊は、シリア・トルコ国境のテル（遺丘）に照準を当てる。作業を開始するまでには、例えば作業員を雇い入れるのにも工夫が必要である。キリスト教徒のアルメニア人は日曜日を、アラブ人は金曜日を休日にと主張する。隊長マローワンはどの宗教の祭日でもない火曜日を休業日に選び衝突を回避する。「金なんかいらねえよ。今年は収穫が多かったから」と労働を忌避する者には、「女房にきれいな装身具でも買ってやりゃいい」と巧みに誘う。頷きあう女房たち。

アガサは発掘された土器の修復、撮影、現像を担当する。アラブ人やクルド人の女性の眼病や腹痛の手当てをし、民族の多様性に驚き、争いの絶えない彼らの中に溶け込み、観察する。他の作品ではお目にかかれない、もう一人のアガサに会うことができる。

2　ベツレヘムの星

Star Over Bethlehem（一九六五）中村能三訳 ⑭

クリスティーがアガサ・クリスティー・マローワン名義で書いたクリスマス・ブック。五篇の詩（「ごあいさつ」「クリスマスの花束」「黄金、乳香、没薬」「空のジェニー」「神の聖者」）と六篇のクリスマス・ストーリーから構成されている。

「ベツレヘムの星」（Star Over Bethlehem）。出産したばかりのマリアの前に天使が現われ、マリアの息子の未来の断片を見せる。その天使とは、一体何者なのか？

「いたずらロバ」（The Naughty Donkey）。いたずら好きなロバが赤ん坊に耳を握られたとたん、いいことをしたい気持になり、赤ん坊と母親を連れて逃げ延びようとする。

「水上バス」（The Water Bus）。ロンドン在住で人間嫌いの中年婦人が、一人きりになるために水上バスに乗ったが、そこで長い上衣を着た東洋人らしき人物に出会い……。

「夕べの涼しいころ」（In the Cool of the Evening）。よその子供たちとはかなり違う知恵遅れの自分の息子。その息子にも、不思議な友人がいるのがわかったのだ。

「いと高き昇進」（Promotion in the Highest）。酔っ払いのジェイコブは、石造りの教会から出てくる人たちを見た。昔風の格好をした一団で、バラの花かごを持った娘もいた。

「島」（The Island）。二人の男が、天の女王が住むという島を探しにきたが……。

その他

3 アガサ・クリスティー自伝（上・下）

An Autobiography（一九七七）乾信一郎訳 ⑰⑱

一九五〇年四月に書き始め、十五年かけて、クリスティーが七十五歳のときに書き終えた自伝。正確な年代記ではなく、心の赴くままに過去の思い出を語る形式をとっている。「人生の中で出会うもっとも幸運なことは、幸せな子供時代を持つことである」と自伝の冒頭にあるように、アガサは、人の好い父、個性的な母、歳は離れているものの仲の良かった姉・兄に囲まれて、幸せな子供時代を過した。しかしこの幸福な時代は、長くは続かなかった。父親の健康が衰え、財産も減り始めたからである。一家はフランスの田舎に移り住むが、そこでのエピソード（生きた蝶を帽子の飾りにされたことで泣き出した出来事）は、幼いアガサがいかに多感で、極端な恥ずかしがり屋であったかを如実に示していよう。

やがて父の死、パリでの音楽修行、社交界へのデビューなどを経て、アーチボルド・クリスティーとの婚約と突然の結婚、初めての探偵小説の執筆、世界一周旅行、母の死と結婚の崩壊、思いもよらなかった考古学者マローワンとの再婚、中近東における発掘隊での生活、数々の創作秘話などが巧まざるユーモアを交えて自然体で語られている。残念ながら〝謎の失踪事件〟にはほとんど触れられていないものの、当時のロンドン・タイムズの評ではないが、『『そして誰もいなくなった』のように面白く読める一冊の記録」であることは間違いない。

クリスティーと考古学

数藤 康雄

一九二八年の秋、クリスティーは離婚の痛手を癒すためか、西インド諸島への旅行を計画していた。だが出発二日前に、たまたま友人宅で、バグダッドから帰ってきた夫妻と知り合った。夫妻の話によれば、バグダッドへはオリエント急行で簡単に行けるという。

この話はすぐにクリスティーを魅了してしまった。翌朝クック旅行会社に駆けつけると、西インド諸島への旅行をキャンセルし、シンプロン・オリエント急行の座席を予約したのである。そしてこの発作的な行動が、ウル発掘現場の見学→発掘隊のウーリー卿夫妻と懇意になる→若き考古学者マローワンと知り合う→マローワンとの再婚へと行き着いてしまう。ホント、なにが契機で人生が一変するか、わかったものではない。

再婚後の数年間を除けば、一年のうちの数ヵ月を二人は遺跡調査隊とともに生活し、クリスティーは出土品の整理や写真撮影などの助手的な仕事に従事していた。経済的な苦境に立たされたときは、印税を寄付することもあったらしい。優れたミステリを数多く執筆しながら、マローワンの仕事を裏で長年助けていたわけだから、なんともスゴイ女性だったわけである。

クリスティーは「死体に類するものには目がない」ミステリ作家だから、考古学に興味があったと考えられなくもないが、発掘調査隊の日常生活をユーモラスに描いたノンフィクション『さあ、あなたの暮らしぶりを話して』を読むと、やはり宝探しの興奮を味わいたいためでもあったようだ。

マローワンはいくつかの遺跡を発掘しているが、もっとも成果の上がったのはニムルドの発掘。一九四九年の秋から始めて、一九五〇年年代末まで直接指揮をとった。マローワンはその調査報告を『ニムルドとその遺跡』(二巻)にまとめ、一九六七年の新年の叙勲でナイト爵に叙されている。

ニムルドでの出土品のうちもっとも有名なものは、〝二六〇〇年前のモナリザ〟と称された象牙製の婦人頭部と〝牝の獅子に襲われた黒人〟を描写している飾り板である。いずれも一対として出土したらしく、一つは英国、もう一つはイラクで保管されることになった。英国保管のものは、クリスティーが直接修理した多彩色装飾のアルパチーヤ陶器と同じく、大英博物館に収められているそうだ。それらの出土品を見ればクリスティーを偲ぶことが出来るのは嬉しいが、イラクに保管されている出土品はどうなっているのだろうか?

作中人物事典

〔ア行〕

アイザック爺さん『運命の裏木戸』

正式には、ボドリコット氏。この名前で知られている、地元のいわゆる「名物男」。

アイルズバロウ、ルーシー『パディントン発4時50分』

オクスフォード大学出身の異色の家政婦。肺炎から回復したばかりのミス・マープルの世話をしたのが縁となって、列車から投げ捨てられた死体探しを依頼される。目星をつけた館に住みこみ、気むずかしい老主人にも格別に気に入られながら、事件解決に一歩一歩近づいていく。あまり若くもなく（三十二歳）美人でもないが、魅力あふれるキャラクター。

アクナーテン 戯曲『アクナーテン』

古代エジプト王の一人。芸術を愛し、平和と永遠の調和を夢見た理想主義者。アテン神という太陽神のみを崇拝する一神教の世界を創り出し、新しい都に移り住む。

アクロイド、フローラ『アクロイド殺し』
アクロイドの姪。父の死後、母と共にアクロイド家に住んでいる。色白、青い眼、北欧的な明るい金髪の魅力的な女性。

アクロイド、ロジャー『アクロイド殺し』
赤ら顔で、物腰のやわらかい、五十年配の素封家。キングズ・アボット村の中心人物だったが、殺人事件の被害者となる。推理小説史上でもっとも有名な被害者の一人。

アージル、レイチェル『無実はさいなむ』
莫大な財産を、児童慈善事業に惜しげもなく吐き出してきた、サニー・ポイントの主。五人の子を養子にし、愛情のすべてを注いできたが、火搔き棒で殺された。

アーズリー、ジョン『茶色の服の男』
南アフリカの鉱山王サー・ローレンス・アーズリーの息子。ダイヤモンド鉱床を発見するが盗難事件に巻き込まれ、嫌疑がかけられる。軍隊にはいり戦死。

アダムズ、カーロッタ『エッジウェア卿の死』

一人芝居を演じさせたら天下一品。巧みに一人で演じわけることができるアメリカの女優。

アッシャー、アリス『ABC殺人事件』
ABC殺人事件の第一の被害者。アンドーヴァーで煙草や新聞などを売る小さな店をやっていた老女。ろくでなしの夫フランツ・アッシャーとは別居していた。

アップジョン、ジュリア『鳩のなかの猫』
聡明で朗らかな、メドウバンク校の新入生。テニスのラケットに隠されたラマット国の宝石を発見し、ポアロのもとに駆けこむ。

アップワード、ロビン『マギンティ夫人は死んだ』
ローラ・アップワードの養子。才能豊かな劇作家。自信家である。

アップワード、ローラ『マギンティ夫人は死んだ』
ラバーナムズに住む裕福な未亡人。きれい好きで週に一度マギンティ夫人に来てもらっていた。

アーバスノット大佐『オリエント急行の殺人』

イギリス人。四十歳から五十歳ぐらい。痩せぎすの背の高い男。ジョン・アームストロングの親友で、戦時中アームストロングによって命を救われた。

アバネシー、ヘレン『葬儀を終えて』
リチャード・アバネシーの弟で今は亡きレオ・アバネシーの妻。非常に魅力的で聡明、かつ心優しき女性。

アバネシー、リチャード『葬儀を終えて』
アバネシー家の当主。圧倒的な個性をもち、一代で莫大な財産を築き上げた、頭の切れる実業家。一人息子を亡くし、失意のあまり急死する。

アームストロング医師『そして誰もいなくなった』
ハーリー街に診察室をもつ医師。過去に酒に酔って手術を行ない患者を死なせたことがある。兵隊島でも誤診を一度やってしまう。

アラートン『カーテン』
陸軍少佐。四十代はじめ。妻と別居中。女たらし。ジュディスにも手を伸ばしている様子で、父のヘイスティングズをいらいらさせ、危うく殺されかける。

アランデル、エミリイ『もの言えぬ証人』
ヴィクトリア朝の長所、短所をあわせ持った小緑荘の女主人。親類に莫大な財産を狙われているが、容易に吐き出さない。ポアロへの手紙を投函し忘れる。黄疸と階段からの転落で死にそこなったことがある。

アランデル、チャールズ『もの言えぬ証人』
道徳心のうすい無礼な若者。エミリイおばからの遺産をあてにするが、脅したため、遺言状を書き換えられてしまう。小切手偽造でオクスフォードを追い出された経歴あり。

アリスタイディーズ『死への旅』
世界一の大金持ちと自称する東洋人の実業家で、世界中の銀行、政府、産業界、軍備、輸送機関などあらゆるものに関係のある人物。そのうえ、さまざまなものを集めている蒐集家でもある。

アルタマウント『フランクフルトへの乗客』
調査委員会メンバー。病人であり、体も不自由であるが、イギリスそのものであり、イギリスを代表する人物である。

アロウエイ卿「潜水艦の設計図」
国防省の大臣で後に首相になる。過去に株の不正操作の疑いあり。Z型潜水艦設計図盗難事件では、敵国スパイを欺く。

アンジェリック、マリー「死の猟犬」
第一次大戦中、ベルギーの小村でドイツ兵を爆死させたとされる修道女。

アンダーゼン、グレタ『終りなき夜に生れつく』
エリーのお相手役。背が高く金髪の美人。有能な秘書を務める。結婚後足を挫いたエリーの看護のため滞在。のちに不幸な死を遂げる。

イエン、リー・チャン『ビッグ4』
世界征服を企らむ組織〈ビッグ4〉の首領。ナンバー・ワンと呼ばれている。中国人。世界中で起こる革命、暴動、事故など様々な事件の黒幕と見られている。最後まで姿を現わすことなく、名前でのみ登場する。

イースターブルック、マーク『蒼ざめた馬』

ロンドン在住の歴史家。ゴーマン神父のメモに残された名と死亡した知人との関係に興味をもつ。ジンジャーの協力を得ておとり調査を始める。

イングルソープ、アルフレッド『スタイルズ荘の怪事件』
エミリーの献身的な若い夫で、エヴリン・ハワードの従兄弟。真っ黒なアゴ髭に金縁の鼻眼鏡をつけ、妙に無神経な感じの顔をしている。

イングルソープ、エミリー『スタイルズ荘の怪事件』
故カヴェンディッシュ氏の再婚相手。スタイルズ荘の女主人。精力的で貴族趣味で、慈善家を気取るのが何より好き。七十歳近くで二十歳以上も年下の男と再婚する。

インホテプ『死が最後にやってくる』
紀元前二千年のエジプト。ナイル河畔の古代都市の墓所守。広大な領地と富を所有し、一族を専制的に支配する家長。二人の妻に先立たれている。北の都市から、若く傲慢な美しい娘ノフレトを連れ帰り妾にしたことから、一族に災厄がふりかかる。

ヴァイス、チャールズ『邪悪の家』
ニック・バックリーの従兄。弁護士。背が高く無表情、こめかみのあたりから禿げあがっている。善良だが退屈な青年。ニックの遺言により、エンド・ハウスの相続人に指定されている。

ヴィクター『忘られぬ死』
ローズマリーの伯母ルシーラの息子。放蕩者でバートン夫妻に金銭の迷惑をかける。

ヴィクター、キング『チムニーズ館の秘密』
パリを本拠とする宝石泥棒。変装の名人。チムニーズ館に隠された〝コーイヌール〟を狙う。

ウィリット夫人『シタフォードの秘密』
トリヴェリアン大佐からシタフォード荘を借りた女性。社交家で集会をよく催す。なぜ冬期の真盛りに、ダートムアの寒い所に転居して来たかが謎となる。

ウィルキンスン、ジェーン『エッジウェア卿の死』
現エッジウェア卿夫人で、非常な美しさをもつアメリカの女優。自己中心的な性格。

ウィルズ、ミュリエル『三幕の殺人』
観察力のある女流劇作家。背がひょろひょろ高く、やせていて、あごが短く、縮れ毛である。鼻眼鏡をかけ、声はききとりにくい。鋭い目つきには聡明さがうかがえる。

ウィングフィールド夫人 戯曲「患者」
三階のバルコニーから転落し、頭部挫傷の重傷を負った患者。口をきくことができないため、わずかに動く手指を利用し、電球を点滅させて警部との意志伝達を行なう。

ウェイド、ロレーン『七つの時計』
小柄で色白、やさしくてかわいらしい女性だが、父親は刑務所に入っていたこともある。ジミー・セシジャーと深く愛し合う。

ウェインフリート、ホノリア『殺人は容易だ』
ウイッチウッド町に住む図書館員。独身の中年婦人でゴードン卿の友人である。

ミス・ウェザビー『牧師館の殺人』『書斎の死体』
セント・メアリ・ミード村在住。ミス・マープルの友人。鼻の長い気むずかし屋。

ウェスト、ジョーン『スリーピング・マーダー』「ミス・マープルの思い出話」「グリーンショウ氏の阿房宮」
レイモンド・ウェストの妻。女流画家で二人の息子がいる。独身時代の名前はなぜかジョイス・ランプリエールという。

ウェスト、ダーモット「赤信号」
邪悪なたくらみを予感し、旧友の妻を窮地から救いだす純情青年。

ウェスト、デイヴィッド『パディントン発4時50分』
ミス・マープルの甥の息子で、英国鉄道に勤めている。大伯母の問い合わせには、さっそく返事を出し、もらったプルオーバーのお礼なども書いてあって、ミス・マープルを敬愛している様子がよくうかがえる。

ウェスト、レイモンド『火曜クラブ』『牧師館の殺人』『スリーピング・マーダー』『バートラム・ホテルにて』「ミス・マープルの思い出話」「グリーンショウ氏の阿房宮」
ミス・マープルの甥。作家。詩人としても名をなす。口は悪いが伯母思いで、なにかにつけて援助を惜しまない。自作の作品をミス・マープルに送っているが、マープルは「出てくる人物がいやらしい若い男女ばかりなのが欠点」と評している。『火曜クラブ』前半のレギュラー。

ウエストホルム卿夫人『死との約束』
下院議員として政界で意欲的な活躍ぶりを示している。その反面、傍若無人な言動とユーモ

人物

アのセンスの欠如のため、他人から嫌われるタイプでもある。

ウェストン警視正『白昼の悪魔』

デヴォンシャー警察本部長。ポアロとともにアリーナ・マーシャル殺害事件の解決にあたる。

ウエッブ、シェイラ『複数の時計』

速記タイピスト。鳶色のカールした髪、ヤグルマギクの花のような青い大きな目をした若く美しい娘。孤児として育てられた。カヴェンディッシュ秘書・タイプ引受所に勤務。事件後、コリン・ラムと結婚する。

ウエルマン、ローラ『杉の柩』

金持ちの未亡人。脳溢血で倒れて寝たきりの生活のまま、遺言書を残さずに亡くなる。

ウォーグレイヴ、ロレンス『そして誰もいなくなった』

高名なもと判事。厳格な判決を行なうことから〈首吊り判事〉と呼ばれていた。蛙のような顔、亀のような頸、まがった背中、鋭い爬虫類を想わせる小さな眼を持っている。

ウォリック、ローラ　戯曲『招かれざる客』

三十歳ぐらいの魅力的な金髪女性。車椅子生活を余儀なくされている夫の射殺死体を自宅で発見し、夫に恨みを持つ人物の仕業に見せかけようとする。

ウォルターズ、エスター『カリブ海の秘密』『復讐の女神』
ジェースン・ラフィールの秘書。夫の死後ラフィール氏の秘書となる。『復讐の女神』ではすでに再婚して退職しており、アンダースンと姓も変わっている。

エイモリー、クロード卿　戯曲『ブラック・コーヒー』
原子力の研究をしている科学界の第一人者。自身が発見した原子爆発の方程式を書いたノートが盗まれたため、ポアロに捜査を依頼する。

エヴァズレー、ビル『チムニーズ館の秘密』『七つの時計』
完全な飾りものとして外務省に雇われているお坊っちゃんのひとりで、ジョージ・ロマックスの下で働いている。大柄で腕力にすぐれ、無器用だが犬のように忠実な青年。最後にバンドル・ブレントと結ばれる。

エヴァンズ『なぜ、エヴァンズに頼まなかったのか？』
崖から転落し瀕死の重傷を負った男性が、死に際に遺した謎の名前。

エクルズ、ジェームズ『親指のうずき』
ランカスター夫人がサニー・リッジに入る際、手続きを依頼された弁護士。評判はよく多数の名士を依頼人に持つが、実は、大規模な強盗組織の黒幕とにらまれている。

エジャートン、ジェームズ・ピール『秘密機関』
高名な王室顧問弁護士。雄弁で多くの人を助けたが、もう一つの顔を持っている。

エストラバドス、ピラール『ポアロのクリスマス』
シメオン・リーの美しい孫娘。父親は獄中死したスペイン人。戦時下のスペインから命からがら脱出、祖父の待つイギリスへやって来た。

ミス・エムリン『ハロウィーン・パーティ』
ミランダ・バトラーやジョイスらが通う学校の女校長。教師の証言から真犯人をいちはやく推理する。

エモット、トム「溺死」
セント・メアリ・ミード村のハイ・ストリート沿いにある酒場兼宿屋〈ブルー・ボア〉館の

経営者。娘が殺される。

エンダビー、チャールズ『シタフォードの秘密』
新聞記者。エミリーを助けて事件の解決に活躍する。

オズボーン、ザカライア『蒼ざめた馬』
薬剤師。かつてはロンドンで店を構えていたが、現在はボーンマスに引退している。ゴーマン神父が殺された時、ヴェナブルスの姿を見たといい、詳しい人相を述べる。

オッタボーン、サロメ『ナイルに死す』
現代女性の性生活を追求した作品を世に送り出す女流作家。カルナク号の乗客のひとり。ルイーズ・ブールジェ殺しの犯人を目撃したばかりに、自分自身も口封じのために殺される。

オリヴァ、アリアドニ『ひらいたトランプ』『死者のあやまち』他多数（七本の長篇と二本の短篇に登場）
人気ある探偵作家。初めはパーカー・パインの職員として、相談者のためのドラマティックなプロット設定に係わる。やがてポアロの友人として活躍する。ヘア・スタイルも服装もちぐはぐで趣味は良くないが、鋭い直感力と豊かな想像力を持ち、しばしばポアロにヒントを与える。スピーチは大嫌いだが、リンゴやメレンゲは大好き。ミセスだが、夫の存在は過去、現在ともわからない。

オリヴァー、フランク「孤独な神さま」
長い外国暮らしの後にイギリスに帰ってきた孤独な中年男。大英博物館で、小さな神さまの石像を見にきた貧しげな娘と知り合う。

マダム・オリヴィエ『ビッグ4』
〈ビッグ4〉のナンバー・スリー。フランス人の女流科学者。キュリー夫人と並び称される天才的頭脳の持ち主。狂信的な黒い眼をもち、修道女のような印象を与える。

オールディン、ルーファス・ヴァン『青列車の秘密』
アメリカの億万長者。ルビー〈火の心臓〉を買い求め、一人娘ルース・ケタリングに贈る。彼女を殺害した犯人を見つけ出すためにポアロを雇う。

〔カ行〕

カヴェンディッシュ、ジョン『スタイルズ荘の怪事件』

スタイルズ荘の女主人エミリイ・イングルソープの義理の長男。四十五歳。ヘイスティングズの幼友達で、傷病兵となったヘイスティングズをスタイルズ荘に招待する。

カヴェンディッシュ、ローレンス『スタイルズ荘の怪事件』

スタイルズ荘に住むジョンの弟。医者の資格があるが、売れない詩集を出す。四十歳ぐらいで、異常なはにかみ屋。

カスト、アレグザンダー・ボナパート『ＡＢＣ殺人事件』

ハエも殺せないような、目立たない中年男。戦争で頭を負傷し、癲癇《てんかん》の持病がある。殺人事件のあった日、その町には必ずストッキングの行商をして歩く彼の姿があった。イニシャルはＡ・Ｂ・Ｃである。

ミスター・カーター『秘密機関』『ＮかＭか』『おしどり探偵』

イギリス情報部の大物。トミーとタペンスにジェーン・フィンの捜索を始め、多くの仕事を依頼する。本名はイーストハンプトン卿。

カートライト、チャールズ『三幕の殺人』

元俳優。日に焼けた中年の男で、快活でしかもかなり威厳に充ちている。俳優としての名が知られており、彼自身、日常生活においても役者そのものを演じている。

カーマイクル、アーサー「アーサー・カーマイクル卿の奇妙な事件」

猫を想わせる行動をみせるようになった貴族。怪事件は彼のなせる業か。

カーライル、エリノア・キャサリーン『杉の柩』

本作品の女主人公。瞳は鮮やかな深い青。髪は黒の美人。ローラ・ウエルマンの姪。ローラの義甥のロディー・ウエルマンに恋している。ロディーがメアリイ・ジェラードに惹かれていくのを感じて、心が揺れ動く。メアリイ殺害の容疑者として逮捕される。

カリイ警部『魔術の殺人』

未成年犯罪者教化施設のあるストニイゲイトで起きた殺人事件の捜査に当たった警部。支離滅裂にしか思えないミス・マープルにつきあおうとする親切心もあり、なかなか感じのよい警察関係者。

キャリントン卿夫人（フロッシー・ハリデイ）「プリマス行き急行列車」

アメリカの鉄鋼王、エビニーザ・ハリデイ氏の娘。プリマス行き急行の中で心臓を刺されて死亡、同時に高価な装身具が消えた。

キャルガリ、アーサー『無実はさいなむ』
　ヘイズ・ベントリ探険隊の一員で、南極から帰ってきた地理学者。おせっかいなアリバイ証明をして、アージル家を恐慌状態に陥れるが、潔白な者のために真相を探り当てる。三十八歳だが老けてみえる。

ギルクリスト『葬儀を終えて』
　コーラ・ランスケネの家政婦。年齢五十前後、白髪混じりの地味で目立たない貧相な女。その昔経営していた喫茶室〈柳荘〉の思い出をとても大切にしている。「結婚式のお菓子」によって毒殺されかかる。

キーン、ルビー『書斎の死体』
　十八歳。職業はダンサー。デーンマスのマジェスティック・ホテルで踊っていたが失踪した。本名はロージー・レッグ。ジョゼフィン・ターナーとは、母親が従姉妹どうしの間柄。

キング、サラ『死との約束』
　精神科の女医。外向的な性格で、少々短気で尊大なところもあるが、人なつこくて親切な魅力的な女性。当初は職業的な興味から、ボイントン家の人々と関わり合うが、次第にレイモンドに、母性的な愛情を感じるようになる。

クィン、ハーリ『謎のクィン氏』「愛の探偵たち」「クィン氏のティー・セット」

古いパントマイムの道化役者ハーリ・クィンを思わせるふしぎな雰囲気を持つ謎の解明者。しばしば、七彩の仮装衣装をまとった姿として人々の目に映ずる。ほっそりした長身で優美に歩き、どこからともなく現われてどこへともなく去ってゆくが、その間、つねに友人のサタースウェイト氏の観察眼を通じて、過ぎ去った事件の真相を示唆し、解決に導く。そのかかわる事件はすべて恋愛がからみ、悲運の恋人たちはその生死にかかわらず彼の介入によって救われる。最後の一篇では彼自身、〈完全な、永遠の恋人〉としての自らの姿を暗示しつつ恐ろしい結末をもたらして消えてゆく。クィン氏の物語は、異界の幻想的な存在が現世の現実的な観察者との二人三脚によって構築する、とびきり異色でミステリアスな愛の世界である。

グートマン、エリー（**フェニラ**）『終りなき夜に生れつく』

大富豪の娘。親族の反対を押し切ってマイク・ロジャースと結婚。素直で陽気、ギターの弾き語りを好む。ジプシーが丘で落馬し、ショックによる心臓麻痺で死亡。

クート、サー・オズワルド『七つの時計』

「人間の姿をした蒸気ローラー」と形容される鉄鋼王。マライア・クートの夫で、チムニーズ館をケイタラム卿から借りた。

クラーク、カーマイケル『ＡＢＣ殺人事件』
『ＡＢＣ殺人事件』の第三の被害者。チャーストンに住む引退した医師で、中国美術品の蒐集家として有名だった。

クラーク、フランクリン『ＡＢＣ殺人事件』
カーマイケル・クラーク卿の弟。独身で女性の扱い方にも慣れている。

クラッケンソープ、ルーサー『パディントン発4時50分』
ブラッカムプトンの郊外にあるラザフォード邸の当主。この屋敷の庭でルーシー・アイルズバロウは死体を見つける。

クラドック、ダーモット『予告殺人』『パディントン発4時50分』『鏡は横にひび割れて』「教会で死んだ男」
ロンドン警視庁の主任警部。それ以前はミドルシャー警察の警部であった。前警視総監ヘンリー・クリザリング卿の甥。金髪、白い歯が印象的で背が高い。快活な質問を通して、相手の本性を見ぬく能力をそなえている。

クラム、ジョージ 戯曲「海浜の午後」
リトル＝スリッピング＝オン＝シーの海水浴場に遊びに来た肥満型の初老の男。

グラント氏『NかMか』
情報部に勤務するミスター・カーター（イーストハンプトン卿）の友人。トミー・ベレズフォードに、ドイツの大物スパイ、NとMに関する情報収集を依頼する。

クリーヴランド、ジェイン「ジェインの求職」
健康で器量も良いが失業中の二十六歳の娘。新聞の求人欄の奇妙な広告に応募して、オストローヴァのポーリン皇女の身代りに採用される。

クリザリング、ヘンリー『火曜クラブ』『書斎の死体』『予告殺人』
前警視総監。クラドック警部の伯父で、バントリー大佐の友人。ミス・マープルの人格と推理の才を高く評価している。『火曜クラブ』全篇を通じてのレギュラー。

クリストウ、ガーダ『ホロー荘の殺人』
無器用で平凡な女。夫が射殺されている現場でリヴォルヴァを手にしていたが、凶器ではないことが判明。夫の死後、精神が不安定になる。

クリストウ、ジョン『ホロー荘の殺人』
医師。リッジウェイ病の治療に意欲をもやす。妻に倦き、サヴァナクと恋愛。十五年前に別れた女優クレイと再会した翌日、射殺される。「ヘンリエッタ」が最期の言葉。

グリーア、エルサ『五匹の子豚』
エイミアス・クレイルの愛人。事件当時二十歳で、絵のモデルをしていた。決断力に富み、欲しいものは手に入れる気質で、エイミアスと恋におちた。現在はレディ・ディティシャムだが、その派手な生活ぶりは有名である。

グリーンショウ、キャサリン・ドロシー「グリーンショウ氏の阿房宮」
「グリーンショウ氏の阿房宮」に住んでいる、グリーンショウ家最後の一人。

グレー、キャサリン『青列車の秘密』
ケント州セント・メアリ・ミード村でジェイン・ハーフィールド老夫人の話相手を十年務めた後、彼女の遺産を相続した。従姉タンプリン子爵夫人の招きでリヴィエラへ向かう途中、青列車でルース・ケタリングと知り合い、事件に巻き込まれる。灰色の瞳をもつ美しい婦人。

グレイ、サーザ『蒼ざめた馬』
〈蒼ざめた馬〉の持ち主。神秘家でシビル・スタンフォーディスとともに降霊術の会を開いている。

グレイ、サンドラ 戯曲「ねずみたち」
魅惑的な女性。年齢は三十歳。結婚しているものの、別の男とロンドンの知人のフラットで密会をしている。

グレイ、ジェーン『雲をつかむ死』
ロンドンの美容院で助手をしている若くチャーミングな女性。両親がなく、孤児院で育った。競馬で当てた金でフランスに旅行し、イギリスに帰る飛行機の中で殺人事件に遭う。

クレイヴン、ヒラリー『死への旅』
夫の心変わりと娘との死別によって、故国を離れ、カサブランカで自殺を図ろうとするイギリス人女性。死を決した態度をジェソップに見込まれ、事故死したベタートン夫人の身代わりとなって秘密組織の内部に潜入する。

クレイソーン、ヴェラ『そして誰もいなくなった』
秘書、家庭教師を職業とする娘。愛におぼれやすい。兵隊島の最後の一人。

クレイル、エイミアス『五匹の子豚』
画家でカーラの父。威勢のいいエネルギッシュな人物であるが、酒飲みでたいへんな女たらしといわれている。十六年前に毒殺された。

クレイル、キャロライン『五匹の子豚』
エイミアスの妻。行動的で美しい婦人であったが、女性問題で夫ともめていた。十六年前、夫を毒殺したという事件をおこして獄死しているが、無実を訴える文書を残している。

グレッグ、マリーナ『鏡は横にひび割れて』
《スコットランドのメアリ》《愛の代償》《渡り鳥》などに主演した映画女優。生まれた子供に異常があったため、一時はノイローゼにかかったが、今では健康を回復し、ゴシントン・ホールに住む。

クレックヒートン、マチルダ『フランクフルトへの乗客』
スタフォード・ナイのおば。もう九十歳近いが、好奇心が旺盛、想像力もたくましい。大物の知り合いを数多く持つ。

クレメント、グリゼルダ『牧師館の殺人』『書斎の死体』
セント・メアリ・ミード村の牧師の妻。夫より二十近くも年下で、若く明るい二児の母親でもある。よりどりみどりの求婚者から、なぜ中年の牧師を選んだのか、選ばれた牧師さえ不思議がっている。

クレメント、レオナルド（レン）『牧師館の殺人』『書斎の死体』
セント・メアリ・ミード村の人間味豊かな牧師。ミス・マープル宅の隣りの牧師館に住む。

グレンジ警部『ホロー荘の殺人』
だらりと下がった口髭あり。ヘンリー卿の銃器の紛失を確認。

クロージャー、ディアドリ「光が消えぬかぎり」
抜けるように白い肌の愛らしい若妻。前夫の戦死後、再婚した夫と訪れたローデシアで人生の岐路に立つ。

クロード、ゴードン『満潮に乗って』

クロード一族の大黒柱的な存在の大富豪。ロンドンの空襲で、結婚したばかりの新妻ロザリーンを残して死去。遺言書を書き直していなかったので、クロード一族は困惑する。

クロード、ロザリーン『満潮に乗って』
ゴードン・クロードの若い未亡人。ロンドンの空襲で九死に一生を得る。黒い髪と澄んだブルーの瞳。邪気のない印象の薄い女性。睡眠薬と代えられたモルヒネで殺害される。

クローム警部『ABC殺人事件』
ロンドン警視庁の若い警部。事件の担当者で、ポアロは有能な警部と認めている。

ケイタラム卿『チムニーズ館の秘密』『七つの時計』
フルネームは第九代ケイタラム侯爵クレメント・エドワード・アリステア・ブレント。チムニーズ館の所有者。侯爵に似つかわしくない貧相な外見を持ち、やや気が弱い。バンドル、ダルシー、デイジーの三人の娘がいる。

ケイド、アンソニー『チムニーズ館の秘密』
本名ニコラス・セルギウス・アレクザンダー・フェルディナンド・オボロヴィッチ。父はヘルツォスロヴァキアの人で、母はイギリス人。友人ジミー・マグラスに再会したのをきっかけにイギリスに戻り、チムニーズ館の客となる。

ゲイル、ノーマン『雲をつかむ死』

ロンドンで歯科医をしているハンサムで魅力的な青年。フランスのカジノで出会ったジェーン・グレイに魅かれている。

ケタリング、ルース『青列車の秘密』

ルーファス・ヴァン・オールディンの娘、デリク・ケタリングの妻。父よりルビーの首飾りを贈られるが、そのためにリヴィエラ行きの青列車のコンパートメントの中で絞殺される。

ケネディ、ジェイムズ『スリーピング・マーダー』

引退した医師でヘレンの異母兄。妻子はなく親子ほども年の違う妹を熱愛していた。ヘレンの夫ケルヴィン・ハリデイの主治医でもあった。

ケンドル、ティム『カリブ海の秘密』

モリーの夫。ゴールデン・パーム・ホテルの経営者。

ケンドル、モリー『カリブ海の秘密』

ゴールデン・パーム・ホテルの経営者。ティムの妻。一時的な記憶喪失や、ときどき見る悪い夢に悩む。

ゴアリング、エドワード『バグダッドの秘密』
ラスボーン博士の秘書。詩を普及させるなどの文化活動をしている。金髪、白皙の青年。

コートマン、ミリー・ジーン『フランクフルトへの乗客』
三十代後半のアメリカ大使夫人。ロンドンの人気者である。

ミスタ・ゴビー『象は忘れない』『第三の女』『葬儀を終えて』
情報屋。ポアロの依頼で動く。初めは『青列車の秘密』に登場したルーファス・ヴァン・オールディンに雇われた。

コレッツキー、ライザ　戯曲『評決』
ヘンドリック教授のいとこ。美しい黒髪を持つ三十五歳の女性。謎めいた性格の持ち主でもある。ヘンドリック家に同居し、病身のヘンドリック夫人の世話をしている。

コンウェイ、ブリジェット『殺人は容易だ』

ゴードン卿の秘書。繊細な美しい婦人でルークを助けて事件の解決につとめる。事件後、ルークと結ばれる。

〔サ行〕

サヴァナク、ヘンリエッタ『ホロー荘の殺人』
心優しい前衛彫刻家。クリストウと恋仲。クリストウの死後、妻のガーダをかばおうとする。

サグデン『ポアロのクリスマス』
ミドルシャーの警視。軍人的なものごしの背の高い男で、ワシ鼻と好戦的なあごを持つ。勤勉で注意深い反面、想像力には欠ける。

サタースウェイト『謎のクィン氏』『三幕の殺人』「死人の鏡」「愛の探偵たち」「クィン氏のティー・セット」
社交界の通人。ちょっと猫背のしなびた六十歳すぎの紳士で、傍観者の姿勢に徹しているが、他人の生活に深い関心を持つ。そのすぐれた観察力と表現力で、さまざまな人間ドラマの資料をハーリ・クィン氏に提供し、その示唆を受けて事件の解明にあたる。ポアロの友人でもある。

サラ、マドレーヌ・ド『パーカー・パイン登場』
　パーカー・パインの事務所員。本名マギイ・セイヤーズ、堅実な家庭の四女。貴婦人から妖婦まで男を魅了する役どころを完璧に演じる。

サントニックス、ルドルフ『終りなき夜に生れつく』
　建築家。マイク・ロジャースの依頼でジプシーが丘の新居を設計、建築。景色と一体になった家を造りつづける。マイクに「この大ばかめ……」といい残して病死。

ジェソップ『死への旅』
　世界各地で多発する有名科学者失踪事件の謎を追う英国情報部員。

シェパード、キャロライン『アクロイド殺し』
　ジェームズ・シェパード医師の姉。せんさく好きな、気の強い中年の独身女性。村の出来事についての情報を集め、流すことを生きがいにしている。ミス・マープルの原型となった人物。

シェパード、ジェームズ『アクロイド殺し』
　キングズ・アボット村に住む医師で、アクロイドの友人。『アクロイド殺し』の語り手。姉と二人で暮らしている。探偵稼業を引退したポアロが隣りに引っ越してきたために、後でぼやくことになる。

ジェファーソン、コンウェイ『書斎の死体』
飛行機事故で妻と二人の子供を失い、自身も両脚が不自由になった富豪の老人。息子の未亡人アデレードとその子供と一緒に暮している。

ジェラード、メアリイ『杉の柩』
ウエルマン家の門番の娘。やわらかいウエーブの淡い金髪。瞳は深い鮮やかな青、バラ色の頬をした美しい娘。塩化モルヒネで殺害される。

シェーレ、アンナ『バグダッドの秘密』
銀行の頭取の秘書。冷静で有能、記憶力抜群。ロンドンで行方不明となる。

シミントン、リチャード（ディック）『動く指』
リムストックにある古くからの法律事務所の弁護士。冷静な紳士の典型のような男。

シャイタナ『ひらいたトランプ』
メフィストフェレス的容貌で背の高い痩せた男で、顔は長く、陰気で、眉毛は厳しさを強調するように黒い。国籍不明。バーク街の豪華なアパートに悠然と住み、素晴らしいパーティを開き、ほとんどすべての人々から恐れられている。

ジャップ警部『スタイルズ荘の怪事件』『ビッグ4』他多数（七本の長篇と十三本の短篇に登場）

スコットランド・ヤードの警部。一九〇四年にアバークロンビーの偽造事件で、当時ベルギー警察にいたポアロと初めて知り合う。性格はほがらかで、きびきびしている。ポアロの助力で数多くの事件を解決する。

シャープ警部『ヒッコリー・ロードの殺人』

ロンドン警視庁の警部。学生寮で起きた殺人事件解明のため、ポアロの助言を得て、住人たちと会話を重ねる。

シャプランド、アン『鳩のなかの猫』

ミス・バルストロードの有能な秘書。顔立ちのよい三十五歳で、忠実な恋人をもつ。これまで多くの名士のもとで秘書として働いてきた。ラマット国では踊り子に化け、国王の宝石がテニスのラケットに隠される現場を目撃した。

ジョージ『青列車の秘密』『愛国殺人』他多数（四本の長篇と四本の短篇に登場）

ポアロの従僕。『青列車の秘密』に初登場し、それ以後ヘイスティングズに代わって頻繁に登場する。ポアロに雇われる前はエドワード・フランプトン卿に仕えていた。背が高く、顔色が蒼く、感情を表に出さないという典型的な英国人。料理の腕も確かで、ポアロの身のまわりの世話はもちろん、探偵仕事の手助けもする。ただし、ポアロにいわせると、想像力が不足していることが最大の欠点である。

ジョーダン、メアリ『運命の裏木戸』

昔、死んだ女。パーキンソン家の召使い。ドイツのスパイだったとうわさされている。

ジョーンズ、ヴィクトリア『バグダッドの秘密』

本作品のヒロインで、ほっそりした体格、魅力的なスタイルをしている。秘書をしていたが首になり、ふとしたことから知り合った美青年エドワード・ゴアリングを追ってバグダッドへ行き、事件に巻き込まれる。

ジョーンズ、ボビイ『なぜ、エヴァンズに頼まなかったのか？』

元海軍軍人で、牧師トーマス・ジョーンズの息子。崖から転落死した男性の最期の言葉を聞いたことから、不可解な事件に巻き込まれて殺されかけるが、幼馴じみのフランキー・ダーウェントとともに事件の調査に乗り出す。

ジョンソン大佐『三幕の殺人』
警察署長。赤ら顔のでっぷりとした大男で胴間声をはりあげるが、その表情はいかにも親切で温かみを感じさせる人物。

ジョンソン、アン『メソポタミヤの殺人』
イラクの遺跡調査隊隊員。主に隊の家事を担当している。年齢は五十近く、ぱっとしない容貌の女性。ライドナー博士を深く尊敬している。

シール、メイベル・セインズバリイ『愛国殺人』
もと女優。カルカッタにおいて伝道の仕事をしたり発声法を教えたりの生活を経て、イギリスに移り住む。年齢四十前後のおよそぱっとしない外見の、正直で良心的で少々愚直な女性。靴のサイズは6。

ジロー警部『ゴルフ場殺人事件』
パリ警視庁の警部。有能との評判だが、尊大で自信家。背が非常に高く、三十歳前後。証拠物件探しを重視。ポアロに強烈なライバル意識を持って、怒らせる。五百フランの賭けに負け、ポアロに猟犬の置物を贈る。

ジンジャー（キャサリン・コリガン）『蒼ざめた馬』
マッチ・ティーピン村でマーク・イースターブルックが知り合った若い赤毛の女性。マークとともにおとりになり、〈蒼ざめた馬〉の解明に乗り出す。

スターク、フィリップ『親指のうずき』
ずばぬけて長身の、骸骨然とした風貌を持つ資産家で、〈運河の家〉の地所も所有する。かつてサットン・チャンセラーに住み、非常に子供好きの植物学者といわれる。美しい妻ジュリアを深く愛した。

スタークウェッダー、マイクル 戯曲『招かれざる客』
きびきびした逞しい感じの中年男。霧で道に迷い、ブリストル海峡に面したウォリック邸に辿り着き、室内で死体を発見する。

スタッブス、ジョージ『死者のあやまち』
ナス屋敷の主。赤ら顔に顎鬚をはやした大男。態度と声は陽気だが、目は人を射抜くような薄青色をたたえている。

スタッブス、ハティ『死者のあやまち』
スタッブス卿夫人。異国的な美人だが、頭が弱く、子供のような態度や、しゃべり方をする。ナス屋敷での園遊会の最中に行方不明となる。

ストレンジ、オードリー『ゼロ時間へ』
ネヴィルの最初の妻。青白くほっそりとした物静かな女性。繊細な性格の持ち主で、独特の魅力がある。白い雪にたとえられる。

ストレンジ、ケイ『ゼロ時間へ』
赤毛の美貌の持ち主。ネヴィルの二度目の妻。勝気で派手な性格。赤い薔薇にたとえられる。

ストレンジ、ネヴィル『ゼロ時間へ』
資産家にして万能のスポーツマン。特にテニスはウィンブルドン級の腕前。三十五歳で健康美の持ち主。最初の妻オードリーと離婚、ケイと再婚する。ケイとオードリーをあわせようと策して、ソルトクリークにおもむく。

ストレンジ、バーソロミュー『三幕の殺人』
医師。精神病の権威である。最近、国王の誕生日にナイトの称号を贈られた。神経質であるが、どこか温かみのある表情をしている中年の男性。

スプロット、ベティー『NかMか』
スプロット夫人と共に無憂荘《サン・スーシ》に滞在している女の子。二歳。実際にはポーランド難民であるヴァンダ・ポロンスカの娘。

スペンス警視『満潮に乗って』
オーストシャー警察の警視。〈スタグ〉で起きた、イノック・アーデンと名のる男の死亡事件を捜査する。

スペンス、バート『マギンティ夫人は死んだ』『ハロウィーン・パーティ』『象は忘れない』
キルチェスター警察の警視。無表情で無口だが、疑惑に対しては断固たる態度でのぞむ正直な鋭い感覚の人物。ポアロとは以前に別の事件で知り合っていた。最近は警察を引退し、パイン・クレスト荘に住んでいる。

スラック警部『牧師館の殺人』『書斎の死体』「昔ながらの殺人事件」「申し分のないメイド」
メルチェット大佐の部下。断固として自分の名前スラック（だらしない、いいかげん、のろのろした）とは正反対の行動をとる、極端に無作法で横柄な男。おかげで関係者の快い協力をもらいそこなったりする。

セグレーヴ、ジョン「夢の家」
没落寸前の旧家の息子。はかない風情を漂わせる女性アレグラに出会ったころから、美しい白亜の家が、夢に現われるようになる。

セジウィック、ベス『バートラム・ホテルにて』
戦時中はフランスのレジスタンスに加わり、その後、大西洋単独飛行、ヨーロッパ横断騎乗旅行、自動車競走などに挑戦した女性冒険家。十六歳での駆け落ちを皮切りに、何度かの結婚の経験があり、三十年以上も新聞ダネとなっている。

セシジャー、ジミー『七つの時計』
チムニーズ館の客のひとりで、ジャーミン街に住む無職の裕福な青年。

セロコールド、キャリイ・ルイズ『魔術の殺人』
ストニイゲイト屋敷の持ち主。三回結婚しているが、けがれのない、華奢な少女のまま年をとったような女性。フィレンツェの寄宿学校では、ミス・マープルの仲のよい友だちであった。

セロコールド、ルイス『魔術の殺人』
裕福な会計士事務所の責任者だったが、未成年犯罪者救済を唱え、一九三八年、キャリイ・ルイズの三番目の夫となる。ストニイゲイトで組織的教化に乗り出し、実際的な手段で理想を実現しようとしている。

セント・ジョン、ウォルター「教会で死んだ男」
刑期満了を目前に刑務所から脱走。チッピング・クレグホーンの教会で胸を撃たれて死亡。死の前に「サンクチュアリ」、「たのみます……」の二語を残す。

ソベク『死が最後にやってくる』
インホテプの次男。兄のヤーモスとは対照的な、ハンサムで陽気な自信家。怠惰で軽率なところがあるため、父親からは信用されていない。

〔タ行〕

ダーウェント、フランシス（フランキー）『なぜ、エヴァンズに頼まなかったのか？』
ウェールズの城に住むダーウェント伯爵の令嬢。久しぶりの再会を果たしたボビイ・ジョーンズが殺されかけたのを契機として事件の調査を始める。敵陣に単身乗り込む勇猛果敢さを持つ反面、容疑者に気をひかれてしまう女性らしさも持ち合わせている。

ダキン『バグダッドの秘密』
石油会社の幹部であり、諜報活動をしている。ヴィクトリア・ジョーンズに事件の手がかりを探させる。

タッカー、マーリン『死者のあやまち』
「犯人探し」の死体役となった少女団の女の子。ボート倉庫の中で本物の死体となって発見される。

ターナー、ジョゼフィン『書斎の死体』
ダンサー。芸名はジョージー。デーンマスのマジェスティック・ホテルで、ダンサーとブリッジ・ホステス（トランプの遊び相手）をしている。ルビー・キーンとは母親が従姉妹どうしの間柄。

タニオス、ベラ『もの言えぬ証人』
ファッションセンスのないエミリイの姪。善良で模範的だが、平凡退屈。子供たちを熱狂的に愛していて、高い教育を受けさせたがっている。

ダルシーベラ・シスターズ『ゴルフ場殺人事件』
姉ベラ、妹ダルシー・デュヴィーン。子供アクロバットのチャーミングな芸人。ヘイスティングズがシンデレラとして知り合い、虜になるのは妹の方。ベラはルノールの長男ジャックを一途に愛し、ダルシーはヘイスティングズからプロポーズされる。

ダレル、クロード『ビッグ4』
〈ビッグ4〉のナンバー・フォー。〝破壊者《デストロイヤー》〟。元俳優で、メーキャップの名人。様々な人物に変装して、ポアロとヘイスティングズを翻弄する。

チャップマン、シルヴィア『愛国殺人』
諜報部員Q・X912（アルバート・チャップマン）の妻。年齢四十前後、スマートで派手な女性。靴のサイズは5。

ミス・チャドウィック『鳩のなかの猫』
メドウバンク校をミス・バルストロードと共同で創立し、愛校精神を抱く数学教師。エレノア・ヴァンシッタートに嫉妬する。

チャプマン、ナイジェル『ヒッコリー・ロードの殺人』
ヒッコリー・ロードの学生寮に住む歴史学専攻の学生。賭けで毒薬を盗みだしたりする性格は、ポアロをして「大人になった〈恐るべき子供〉」と評させる。

デイヴィス、モリー「三匹の盲目のねずみ」戯曲『ねずみとり』
叔母の遺産であるヴィクトリア朝のモンクスウェル館《マナー》で、結婚一年の夫ジャイルズと高級下宿屋《ゲストハウス》をはじめる。てんてこまいの新米下宿屋は開店早々大雪に見舞われ、殺人事件が起きる。なお戯曲『ねずみとり』に登場するモリーの姓はロールストンに変更されている。

デイビー、フレッド『バートラム・ホテルにて』
ロンドン警視庁の主任警部。田舎者のようなもっさりした風体だが、実は腕利きの警部である。ミス・マープルの協力を得て、強盗組織の全容を暴く。

デイン・カルスロップ、モード『動く指』『蒼ざめた馬』
リムストックに住む教区牧師の妻。ミス・マープルの能力を高くかっており、事件解決のためにマープルを牧師館に招く。またオリヴァ夫人とも知り合いである。

デブナム、メアリ・ハーマイオニ『オリエント急行の殺人』

イギリス人で二十六歳。冷静で、感情を表に出さない。アーバスノット大佐と恋仲である。以前はエレナ・ゴールデンバークの家庭教師で、ソニア・アームストロングの秘書であった。

テンプル、エリザベス『復讐の女神』
ミス・マープルの参加した「〈大英国の著名邸宅と庭園〉めぐり」に参加した観光客の一人。元ファローフィールド校の校長で、ヴェリティ・ハントの恩師。旅行中、丘の斜面を転落してきた石に当たり、死亡する。

ドイル、サイモン『ナイルに死す』
広い肩幅、黒味がかった青い眼、少年めいた魅力的な笑い顔を持った青年。ジャクリーン・ド・ベルフォールとの婚約を解消して、リネット・リッジウェイと結婚。エジプトへ新婚旅行に出かけるが、ナイル川を航行中に何者かに妻を殺される。

ドラゴミロフ公爵夫人『オリエント急行の殺人』
フランスに帰化したロシア人。ソニア・アームストロングの名づけ親であり、その母リンダ・アーデンとは懇意の仲。ひどく醜いが、どこか心を惹かれるところがある老夫人。

トリヴェリアン大佐『シタフォードの秘密』

シタフォード荘の持ち主。スポーツ好きな男性。インドから帰って来た退役軍人。独身主義者。クイズ・マニアで新聞雑誌の懸賞クイズによく応募していた。冬の間、シタフォード荘を人に貸して、ヘイゼルムアの小屋を借りていた。

ドレイク、ロウィーナ『ハロウィーン・パーティ』〈リンゴの木荘〉の女主人でハロウィーン・パーティの主催者。四十すぎで白髪が多少目立つものの、背の高い美しい女性。

トレシリアン、カミーラ『ゼロ時間へ』七十歳だが若々しい。ネヴィル・ストレンジ、オードリー等の一族の長。風光明媚なソルトクリークに住む。

トロッター部長刑事「三匹の盲目のねずみ」戯曲『ねずみとり』「三匹の盲目のねずみ」をテーマソングに実行された殺人事件を解決するためにモンクスウェル館に派遣された刑事。折からの大雪の中、スキーで到着する。

〔ナ行〕

ナイ、スタフォード『フランクフルトへの乗客』
本作品の主人公。四十五歳、中肉中背、ひげのない顔をした外交官。若い頃は大物になりそうだったが、期待を裏切り、今やジャーナリズムでは「外交界のダーク・ホース」などとかげぐちをたたかれる。

ミス・ナイト『鏡は横にひび割れて』
ミス・マープルの甥レイモンドからいわれてミス・マープルの付添いをしている婦人。少々、良心的な義務感が強すぎる。

ナイトン、リチャード『青列車の秘密』
ルーファス・ヴァン・オールディンとスイスで知りあい、彼の秘書となる。機転がきき、博識で如才がないうえに、物腰にもそつがない人物。

ナッシュ『動く指』
リムストック郡警察の警視。背の高い軍人のような体格、静かな思慮深い目、率直で謙虚な態度を持つ。

マダム・ナーディナ『茶色の服の男』

ロシアの踊り子で「大佐」チームの手先の一人。下院議員サー・ユースタス・ペドラーの家で絞殺死体となって発見される。

ニコルソン、モイラ『なぜ、エヴァンズに頼まなかったのか？』
精神科医ジャスパーの妻。二十七歳くらいの美人で、夫に殺されると思って逃げようとするところをボビイ・ジョーンズに助けられる。ボビイは彼女に気をひかれてしまう。

ニコレティス夫人『ヒッコリー・ロードの殺人』
学生寮の経営者。不安感から酒に溺れ、きまぐれで怒りっぽい性格である。酒に酔ったところを殺される。

ニール警部『ポケットにライ麦を』
フォテスキュー殺人事件の担当者。マープルとともに事件解決に努力する。なお『第三の女』には、ポアロの古い友人としてニール主任警部が登場する。同一人物なら、二大探偵と知り合いの唯一の人物！

ネフェルティティ　戯曲『アクナーテン』
エジプト王アクナーテンの王妃。アクナーテンが愛した唯一の女性だが、娘ばかりで後継ぎの息子を生むことはできなかった。

ノートン、スティーヴン『カーテン』

脚の悪い痩せぎすな男。小鳥好きで双眼鏡を手放さない。兎が殺されるのを見て気分が悪くなったことがある。ポアロの部屋を訪問した次の朝、鍵のかかった部屋で額の中心を射たれていた。

〔ハ行〕

ハイルガー、ロメイン 戯曲『検察側の証人』「検察側の証人」

レナード・ヴォール（ボウル）の情婦。オーストリアの元女優。映画ではマレーネ・ディートリッヒが扮した。戯曲『検察側の証人』ではローマインに変更されている。

ハヴィランド、エディス・デ『ねじれた家』

アリスタイドの先妻の姉。妹の死後「ねじれた家」で、妹の子供や孫たちを育ててきた。七十歳くらい。バサバサした白髪、日に焼けた顔、するどい射抜くような目つきの持ち主。

パーカー・パイン、クリストファー『パーカー・パイン登場』「レガッタ・デーの事件」「ポリェンサ海岸の事件」

「あなたは幸せ？　でないならパーカー・パインに相談を。リッチモンド街一七」という個人広告を朝刊紙に載せて、悩める人々の依頼に応ずる心の専門医、身上相談探偵。依頼者に一目で信頼感を与える、穏やかでかっぷくのいい禿頭の中年紳士。ある官庁で三十五年間、統計収集の事務を勤めた経験から、人々の不幸を分類してその病根をさぐり、有能で魅力的な部下たちを駆使して巧みな療法をほどこす。『パーカー・パイン登場』十二篇のうち、前半の六篇は、事務所への相談者を迎えて、夫婦の不和、生き甲斐や冒険への欲求、などに適切な刺激を与えて満足な結果をもたらし、後半の六篇は、中近東への旅の行く先々で、殺人、失踪、盗難などの事件にかかわって謎の解明に活躍する。

パーキンソン、アレグザンダー『運命の裏木戸』

昔、十四歳で死んだ少年。何が起こったか感づき、メッセージを残し、主人公たちに問題を提起した。

ハーシャイマー、ジュリアス・P『秘密機関』

ジェーン・フィンのいとこで億万長者。写真のジェーンに一目惚れしてアメリカから捜索にやってきた。持前の財力と腕力でトミーとタペンスに協力する。

人物

ハースト巡査『牧師館の殺人』
セント・メアリ・ミード村の巡査。牧師館の殺人事件の捜査に参加。

バックリー、ニック『邪悪の家』
エンド・ハウスの女主人。黒髪がモジャモジャに乱れた妖精のようないきいきとした顔に、スミレの花のような大きなダークブルーの瞳の輝く美しい娘。エンド・ハウスに強い執着を持つ。

バックリー、マギー『邪悪の家』
ニック・バックリーの従妹。牧師の娘。ニックとおなじくらいの年だが性格は対照的。もの静かで古風な娘。エンド・ハウスに着いた夜に射殺される。

バッシントン - フレンチ、ロジャー『なぜ、エヴァンズに頼まなかったのか?』
かつては傑物を生んだが今では衰亡してしまったバッシントン - フレンチ家の一員で、当主ヘンリイの弟。男性が崖から転落した現場に偶然通りかかったため、容疑をかけられてしまう。

ハッド、ジーナ『魔術の殺人』

分娩時に母が死亡したため、ストニイゲイトでキャリイ・ルイズに育てられる。第二次大戦でアメリカに疎開中、海兵隊員ウォルター・ハッドと電撃結婚。

バット、アルバート『運命の裏木戸』『秘密機関』『おしどり探偵』『NかMか』『親指のうずき』

ベレズフォード家の忠実な召使い。料理のできに波がある。三人の父親。初登場のときは十五歳であった。

ハーティントン、ジャック「青い壺の謎」

中国明《みん》朝の逸品をまんまとだましとられる正義漢。

ハードカスル、ミッジ『ホロー荘の殺人』

アンカテル夫人の従妹。衣裳店に勤める。エドワード・アンカテルの求婚をいったんは受け入れるが後に翻意。失意のエドワードの自殺を食いとめる。

ハードキャスル、ディック『複数の時計』

クローディン警察署捜査課警部。コリン・ラムの友人。逞しい感じの眉毛、ポーカーフェイスの背の高い男。本事件の捜査を担当。

バドコック、ヘザー『鏡は横にひび割れて』
太りぎみでかくばった体つきの中年女性。他人の思惑など解さないところがある。セント・ジョン野戦病院協会の幹事。

ミス・ハートネル『牧師館の殺人』『書斎の死体』
セント・メアリ・ミード村の住人。ミス・マープルのお隣りさん。どら声のおせっかい屋で、話題は常に人間に関することばかりという人物。

バトラー、ミランダ『ハロウィーン・パーティ』
オリヴァ夫人の友人ジュディスの娘。過去に殺人のあった石切場付近を散策するのを趣味にする風変わりな少女。

バトル警視『チムニーズ館の秘密』『七つの時計』『ひらいたトランプ』『殺人は容易だ』『ゼロ時間へ』
ロンドン警視庁の大物警察官で、もっぱら微妙な政治的性質を帯びた事件を扱っている。がっしりした体格に、木彫りの面のような無表情な顔の持ち主。五人の子供がいる（『複数の時計』に登場するコリン・ラムも子供の一人で、末娘がシルヴィア）。バトルが探偵役を演じる『ゼロ時間へ』では、バトルはそのシルヴィアの窮地を救い、難解な事件を解決する。けっして才気煥発なタイプではないものの、事件の真相を見抜く直観力は鋭い。

バートン博士『ヘラクレスの冒険』
ポアロの友人。雑談中に子どもの名づけの話をして、ポアロが自分の名にちなむ十二の事件にとりくむきっかけを作る。

バートン、ジェリー『動く指』
傷痍軍人。転地療養のため、妹ジョアナと共にリムストックの小村に居を構える。知的で、温和で、紳士的である。

バートン、ローズマリー『忘られぬ死』
莫大な遺産を受け継いだ美貌の女性。本作品の主人公、アイリスの姉。かなり年上の富豪ジョージと結婚。情熱的な性格で、政治家のスティーヴン・ファラデーと愛しあい不倫の関係を持つ。インフルエンザのあとの誕生パーティで、青酸による自殺とも思われる死をとげる。

ミセス・バートン＝コックス『象は忘れない』
デズモンドの義理の母親。文学者昼食会でオリヴァ夫人に、レイヴンズクロフト事件の話を持ちこむ。押しつけがましく、人にあまり好かれない。亡き夫の遺産で裕福に暮らしていたものの、金の投資で失敗して最近は経済的に思わしくない。

バートン=コックス、デズモンド『象は忘れない』

バートン=コックスの養子。オリヴァ夫人のなづけ子シリア・レイヴンズクロフトと結婚しようとしている。

バーナード、ベティ（エリザベス）『ABC殺人事件』

ABC殺人事件の第二の被害者。二十三歳で、ベクスヒルにあるカフェのウェイトレスをしていた。恋人がいるが、彼以外の男性とつきあうのが悪いこととは思っていない。

バーナビー少佐『シタフォードの秘密』

トリヴェリアン大佐の親友。近所のバンガローを借りて住んでいる。大佐と同様、スポーツ、クイズを好んでいる。ウィリット夫人の集まりの降霊会で、大佐の死を告げられ、心配して大佐の家へ吹雪をついて訪問し、大佐が殺害された事を発見する。

ハバード夫人『ヒッコリー・ロードの殺人』

ポアロの秘書ミス・レモンの姉。シンガポールでの長い生活の後、ヒッコリー・ロードの学生寮の寮母をしている。寮内の奇妙な盗難事件についてポアロに相談したことから、事件は意外な展開へ。

ハバード、キャロライン・マーサ『オリエント急行の殺人』
オリエント急行に乗っている客の一人で、少しお人好しの、子供に目のないアメリカ人。

バビントン、スティーヴン『三幕の殺人』
牧師。絵にかいたような善良な人だが、坊主くさくない。おだやかな眼をしており、おずおずと話す内気な性格。その職業柄、飲みつけていないカクテルを無理に飲んだところ……。

ハーモン、ダイアナ（バンチ）『予告殺人』「教会で死んだ男」
チッピング・クレグホーン村の牧師の妻。ミス・マープルは洗礼の際に立ちあう。顔かたちが丸いところから、洗礼名の〝ダイアナ〟という代わりに〝バンチ〟（果物の房の意）という愛称をもっている。

ハリウェル、クレア「崖っぷち」
健康的で好感の持てる三十二歳の女性。思いを寄せていたジェラルドが、若くて妖精のようなヴィヴィアンと結婚してしまったので悩む。

ハリデイ、ケルヴィン『スリーピング・マーダー』
グエンダ・リードの父。後妻のヘレンが失踪した後、幼いグエンダを残して自殺。医師の否定にもかかわらず、自分が妻を殺したと信じ込んでいた。

ハリデイ、ヘレン『スリーピング・マーダー』
グエンダ・リードの父ケルヴィン・ハリデイの若く美しい後妻。グエンダをかわいがっていたが、結婚して一年もたたないうちに失踪する。

パルグレイヴ少佐『カリブ海の秘密』
ゴールデン・パーム・ホテルの滞在客。陽気で、アフリカやインドなどの個人的な懐古談が趣味。ミス・マープルと雑談中、彼女に殺人犯の写真を見せようとしたが、その背後を見て表情を変え、写真をしまいこむ。その翌朝、死体となって発見される。

バルストロード、オノリア『鳩のなかの猫』
上流女学校メドウバンク校の創立者にして校長。引退を考えているが後継者に迷う。背が高く、貴族的な顔立ちの堂々たる女性。

バロウビー、アミーリア「あなたの庭はどんな庭？」

ローズバンク荘の女主人。七十三歳。ポアロに依頼の手紙を出した。ポアロの返事が届く前に亡くなってしまう。

ハワード、エヴリン（**エヴィ**）『スタイルズ荘の怪事件』
エミリー・イングルソープの相談相手。四十歳くらいで、男っぽい声と体。エミリーの夫になったアルフレッドへ強い敵意をもつ。

バーンズ、レジナルド『愛国殺人』
「そしてあなたのことをいえばね、バーンズさん、あなたが一番私を迷わせましたよ」とポアロが言うように、彼の捜査の方向が常に国家主義的犯罪の方に向くように示唆し続けた元内務省官吏。

ハンター、デイヴィッド『満潮に乗って』
ロザリーン・クロードの兄。アイルランド人。髪も目も黒い痩せた青年。野性的で無鉄砲にみえるが魅力的。大富豪の遺産を相続した妹を、つきっきりで保護。クロード一族に攻撃的な態度をとる。

ハンター、ミーガン『動く指』

生後すぐに両親は離婚、その後母モナは、リチャード・シミントンと再婚。年齢は二十歳だが、十六そこそこにしか見えない。背は高く、顔は痩せて骨ばっている。およそ美人とはほど遠いが、愛らしい面もある。

ハント、ヴェリティ『復讐の女神』

マイクル・ラフィールの元婚約者。行方不明になって六カ月後、不明になった地点から約三十マイル離れた溝の中で、頭部がぐちゃぐちゃに叩きつぶされた絞殺体となって発見される。

バントリー、アーサー『火曜クラブ』『書斎の死体』『スリーピング・マーダー』

退役大佐で地方長官。セント・メアリ・ミード村の中心から一マイル強離れているゴシントン・ホールに住む。赤ら顔で肩幅のがっしりした体格の持ち主であったが、一九五〇年代に死亡。

バントリー、ドリー『火曜クラブ』『書斎の死体』『スリーピング・マーダー』『鏡は横にひび割れて』

アーサー・バントリーの妻。ミス・マープルの大の親友で、ふくよかで愛すべき女性。探偵小説と園芸を好む。夫の死後は自分が住む門衛所を残してゴシントン・ホールを売り払い、世界各地にいる四人の子供と九人の孫たちの家を訪ね歩く優雅な生活を営む。

バンナー、ドラ『予告殺人』
「予告殺人」が演じられたリトル・パドックスの住人の一人で、女主人の旧友。誕生日の晩、アスピリンの瓶に仕込まれた毒を飲んで死亡。

ピーターズ、アンドルー『死への旅』
自由に科学的研究ができるという組織にやってきたアメリカ人の化学者。実は英国情報部と手を組み、トーマス・ベタートンを追っている人物である。

ピップとエンマ『予告殺人』
億万長者ランダル・ゲドラーの妹の産んだ双生児。ランダルの遺産は、妻の死後は、レティシア・ブラックロックに遺されることになっていたが、もし彼女のほうがランダルの妻より先に死んだ場合は、遺産はこの二人にいくことになる。二人の消息を知る関係者は誰もおらず、ひょっとすると身近にいる誰かが……。

ファー、スティーヴン『ポアロのクリスマス』
シメオン・リーの旧友の息子。南アフリカ出身。活気のないイギリスにうんざりしながらも、リーの孫娘ピラールに心魅かれてゴーストン館に滞在する。

ファーカー、ジュアン「マン島の黄金」
変わり者の伯父の遺産をマン島で探す貧乏青年。遺産が手に入ったら従妹のフェネラ・マイルカレンと結婚することになっている。

ファニー『牧師館の殺人』
ミス・マープルの大叔母。ミス・マープルが十六歳の頃、「若い者は年寄りはばかだと思ってるけど、年寄りは若い者がばかだということを知っているんだよ」といつも言っていた。

ファーリー、ベネディクト「夢」
変わり者の百万長者。自分が毎晩みる自殺の夢について調査するためにポアロをやとう。

ファンショー、エイダ・マライア『親指のうずき』
トミー・ベレズフォードの伯母。耄碌したふりをしながらその実、明敏で抜け目のない老婦人《オールド・ミス》。養老ホーム、サニー・リッジで八十年の生涯を閉じるが、そこに毒殺者が居るかもしれないとの文書をデスクの隠し引出しに残し、トミーとアルバートに発見される。

フィッツウィリアム、ルーク『殺人は容易だ』
元植民地駐在警察官。退職後、本国のイギリスに戻り、ロンドンに向かう途中に列車の中で偶然に乗り合わせた老婦人との会話により、事件にまきこまれる。

フィン、ジェーン『秘密機関』
アメリカ生まれの美女。イギリスに向かっていたルシタニア号が沈没する直前ダンヴァーズから秘密書類を託された。書類を奪わんとする一味に拉致されるが、書類を隠し記憶喪失を装い続けた。

フォテスキュー、ジェニファ『ポケットにライ麦を』
パーシヴァルの妻。結婚までは病院付きの看護婦をしていた。

フォテスキュー、パーシヴァル『ポケットにライ麦を』
レックス・フォテスキューの長男。三十をちょっと過ぎたばかりの身ぎれいな紳士。薄い金色の頭髪と睫毛。ものの言いかたは、どことなくきざっぽい。

フォテスキュー、ランスロット『ポケットにライ麦を』
レックス・フォテスキューの次男。とても魅力的な美男。

フォテスキュー、レックス『ポケットにライ麦を』

投資信託会社の社長。毒殺されるが、不思議なことに死体の上着のポケットにはライ麦がいっぱい詰まっていた。

ムシュー・ブーク『オリエント急行の殺人』
国際寝台車会社の重役で、ポアロのベルギー警察時代の知人。ベルギー人。

ブラウン、アンソニー『忘られぬ死』
ローズマリー・バートンのボーイフレンド。のちにアイリスと仲良くなる。

ブラックロック、シャーロット『予告殺人』
レティシィアの妹。陽気で優しい子だったが、甲状腺肥大を患い、父ブラックロック博士が頑固で狭量な内科医だったために、手当てが遅れる。

ブラックロック、レティシイア『予告殺人』
のどかなチッピング・クレグホーンの村で、地元紙に突然「殺人のお知らせ」が掲載される。その「殺人」の現場に指定されたリトル・パドックスの女主人。予告された時間きっかりに灯りが消えてピストルが発射され、ミス・ブラックロックの耳をかすめる。

ブラッドベリースコット、クロチルド『復讐の女神』
ブラッドベリースコット三姉妹の長女。背が高く美人。殺されたヴェリティ・ハントを実の娘のように可愛がっていた。

ブラン、ジュヌヴィエーヴ『チムニーズ館の秘密』
チムニーズ館に雇われたフランス人の女家庭教師。

フランクリン、ジョン『カーテン』
背が高い。三十五歳。アルカロイドの研究に従事。ジョーダン病の免疫に関心を持つ。妻を重荷と感じている。

ブラント、アリステア『愛国殺人』
銀行頭取。アメリカの大銀行家の娘で二十歳も年上のレベッカ・アーンホルトと結婚、彼女の死後巨大な富の相続人となる。以来イギリス政府の重要人物として深く政治にかかわってきた。地味で質素な生活を好む。

ブランド警部『死者のあやまち』
ヘルマス警察の警部。ポアロとは巡査部長時代にも会っている。事件を公正に見ていて、まじめに捜査に取り組んでいくタイプの警官である。この事件ではオリヴァ夫人の想像力に振り回されることになる。

ブレイク、エルヴァイラ『バートラム・ホテルにて』

母は二歳の時に家出、父は五歳の時に死亡、その後は親戚のもとで育てられる。父から受け継いだ莫大な財産を持っているが、二十一歳になるか、結婚するまでは、自由に処分できない。

ブレンキンソップ夫人『NかMか』

無憂荘《サン・スーシ》でのタペンスの変名。従軍中の息子たちの話と編物で一日を過ごし、トミー・ベレズフォード扮するメドウズ氏に気のある未亡人に扮している。

ブレンダーリース、ジェーン「厩舎街《ミューズ》の殺人」

厩舎街《ミューズ》十四番地に若き未亡人アレン夫人とともに住む独身女性。ある日外出から戻ると、同居人が死んでいるのを発見する。

ブレント、バンドル（レディ・アイリーン）『チムニーズ館の秘密』『七つの時計』

ケイタラム卿の長女。ほっそりした長身で、髪は黒く、魅力的な少年のような顔立ちで、態度はきびきびしている。頭の回転が速くて行動力があり、車を飛ばすのが趣味。

プロザロー、アン『牧師館の殺人』
五年前に嫌われ者のプロザロー大佐と結婚。風変りだが目を見張るばかりの美人。継娘に親切にしてきたはずだが今は嫌われている気配。

プロザロー大佐、ルシアス『牧師館の殺人』
セント・メアリ・ミード村の治安判事、教区委員。最初の夫人に駆け落ちされ、五年前に再婚した夫人と娘とオールド・ホールに住む。ミス・マープルの大佐評は「すこし間が抜けてる――いったん思いこんだら他人のいうことに耳を貸さない」

ヘイスティングズ、アーサー『スタイルズ荘の怪事件』『ゴルフ場殺人事件』（八本の長篇、二十一本の短篇）
ポアロの初期の活躍を記録、公開した無二の親友。二人の最初の出会いはベルギーであったようだが（詳細は不明）、偶然スタイルズ荘のある村の郵便局前で再会後、ロンドンで共同生活をする。『ゴルフ場殺人事件』で知り合ったダルシーと結婚、アルゼンチンへ移住した。かの地では農場経営に従事し、子供を四人（娘二人、息子二人）もつ。

ヘイスティングズ、ジュディス『カーテン』

ヘイスティングズ大尉の最愛の娘。感情の抑制が強い。フランクリン博士の助手で理学士。夫人の死後、博士と結婚してアフリカへ行く。

ヘイドック『NかMか』

退役海軍中佐。大柄な、活力にあふれた男で、どなるようにものを言う癖がある。

ヘイドック医師『牧師館の殺人』『書斎の死体』

セント・メアリ・ミード村の警察医。ミス・マープルの主治医でもあり、彼女の家の隣りに住んでいる。大柄で、元気のよい逞しい好人物。

ペイトン、ラルフ『アクロイド殺し』

アクロイドの亡妻の連れ子で、二十五歳の美貌の青年。事件の半年ほど前に継父と仲たがいし、家を出た。

ヘイル『五匹の子豚』

元警視。パイプを口にして悠長に語るが、事実を型通り分析する能力はもっていると思われる。十六年前の事件を担当していた。

ヘイルシャム＝ブラウン、クラリサ　戯曲『蜘蛛の巣』
外務省の高官ヘンリー・ヘイルシャム＝ブラウンの妻。人柄は天真爛漫な中年女性で、空想癖がある。ある朝、客間で死体を発見したために事件に巻き込まれる。本戯曲の初演では、当時の人気女優マーガレット・ロックウッドがクラリサを演じた。

ヘイルシャム＝ブラウン、ピパ　戯曲『蜘蛛の巣』
外務省の高官ヘンリー・ヘイルシャム＝ブラウンの前妻の子供。十二歳のひょろ長い少女で、魔法に興味を持っている。

ヘイワード、チャールズ『ねじれた家』
本作品の語り手。外交官で、エジプトにある外務省出先機関に勤めていたソフィアのために、祖父毒殺事件に介入する。

ベーカー、チェリー『鏡は横にひび割れて』
新住宅地からミス・マープルの家に手伝いに来ている若い既婚女性。本作品の最後で、ミス・マープルの家に夫婦ともども、移り住むことになる。活気を全身から発散している。

ペサリック『火曜クラブ』

弁護士。ひからびた小男。『火曜クラブ』前半のレギュラー。一九三〇年代中頃に死亡。

ヘスター『無実はさいなむ』
「ああ、なぜいらしたの」キャルガリの来訪を責めた黒髪の娘。アージルの養子の一人。事件後、キャルガリにプロポーズする。

ベタートン、トーマス『死への旅』
失踪したイギリス人の原子物理学者。ZE核分裂の驚異的発見者として名を馳せていた。

ベディングフェルド、アン『茶色の服の男』
本作品のヒロイン。考古学者の娘で冒険好き。父の死により天涯孤独の身となり、ある男の事故死をきっかけに自ら冒険に乗り出して行く。《デイリー・バジェット》紙に特派記者として自分を売り込み、謎を追って冒険そしてロマンスの世界へと飛び込んで行く。

ペドラー、サー・ユースタス『茶色の服の男』
下院議員で、マダム・ナーディナの死体が発見された家の持ち主。何人もの秘書を使う名士であるが……。

ペニファザー牧師『バートラム・ホテルにて』
　大聖堂評議員を勤める初老の牧師。物忘れがひどく、そのために強盗事件に巻きこまれる。

ペニントン、アンドリュー『ナイルに死す』
　殺されたリネットの財産管理人。ニューヨーク在住。委託財産を不正横領していたことが発覚しそうになり、未然にそれを防ごうとエジプトに新婚旅行中の彼女に接近する。

ペブマーシュ、ミリセント『複数の時計』
　ウィルブラーム・クレスント一九号に住む盲目の女教師。背が高く、大きな青い目をもつ未婚の中年女性。身体障害児の教育施設で働いている。

ヘリア、ジェーン『火曜クラブ』「奇妙な冗談」
　女優。顔は美しいが頭はからっぽ。『火曜クラブ』後半のレギュラー。

ベルフォール、ジャクリーン・ド『ナイルに死す』
　ポアロをして「あの可愛い女はあんまり人を愛し過ぎる」と言わしめた女性。親友だった裕福な令嬢リネット・リッジウェイに婚約者を奪われるという悲哀を味わうが、二人が新婚旅行に出かけると、行く先々に現われていやがらせを繰り返す。

ベレズフォード、タペンス
ベレズフォード、トミー『秘密機関』『おしどり探偵』『NかMか』『親指のうずき』『運命の裏木戸』
冒険好きな夫婦。初登場は『秘密機関』で、二人の年はあわせても四十五にはならない。二人は幼なじみで、第一次世界大戦中は看護婦と傷病兵で再会するが、終戦直後、ロンドンの地下鉄で出会い、お金と刺激を求めて青年冒険家商会を設立する。そして一件落着後、めでたく結婚。六年後には国際探偵局を引き継ぐ。タペンス（結婚前はプルーデンス・カウリー）は美人とはいえないが、大きな灰色の眼のかがやく妖精のような顔には個性と魅力がある。またトミーは赤い頭髪の典型的な紳士。二人の間には、デリクとデボラという双子とベティーという養子の三人の子供がいる。第二次大戦中にも情報局に協力するが、晩年は、従僕のアルバートと犬のハンニバルとともに月桂樹荘に住む。

ペレナ夫人『NかMか』
無憂荘《サン・スーシ》の女主人。夫はアイルランド独立運動に関係したかどで銃殺された。

ペンダー博士『火曜クラブ』
ミス・マープルの教区の老牧師。『火曜クラブ』前半のレギュラー。

な男。

ベントリイ、ジェイムズ『マギンティ夫人は死んだ』
　マギンティ夫人の間借人。マギンティ夫人殺害の容疑者として捕らえられた。内気で無愛想な男。

ヘンドリック、カール　戯曲『評決』
　亡命者として英国に来た四十五歳の大学教授。強情な性格だが、男らしい好感の持てる顔をしていて、学生に人気がある。重度な病気の妻を今でも愛している。

ヘンリー叔父「奇妙な冗談」
　ミス・マープルの叔父さん。独り者。駄じゃれ・冗談好き。きちょうめんだが束縛を嫌い、疑り深い。

ポアロ、アシール『ビッグ4』
　ポアロの双生児の兄弟。ベルギーのスパー市在住。卵型の頭、尊大な態度ともポアロそっくりだが口髭が無く、瞳の色は黒。ポアロの替え玉をつとめるが……。

ポアロ、エルキュール『スタイルズ荘の怪事件』他多数（三十三本の長篇、五十三本の短篇、一本のオ

リジナル戯曲に登場）

世界的にはシャーロック・ホームズに次ぐ有名な探偵。生誕年は不明だが、一九世紀の中葉、ベルギーに生まれた。少年時代のポアロは貧乏であったこともあり、ベルギー警察に入って一生懸命に働き、国際的にも活躍する。

警察を退職後に第一次世界大戦が勃発し、足を負傷したポアロは避難民として渡英。スタイルズ・セント・メアリ村に移住するが、村の郵便局で旧友ヘイスティングズ大尉と再会し、スタイルズ荘で起きた毒殺事件（『スタイルズ荘の怪事件』）を解決して、自分の探偵能力に再び自信を持った。やがてロンドンに戻り、第二の人生、つまり英国における私立探偵業を開始することになる。

ポアロの容貌を特徴づけるものは、五フィート四インチの身長、いつも少し片方へ傾けている卵型の頭、なにか興奮してくると緑色に輝く眼、軍人のようにピンと立った口髭などである。問題は、頭が禿げていたかどうかであるが、額から頭の天辺にかけてのみ禿げていると考えるのが妥当のようだ。その意味では、デイヴィッド・スーシェの演じるポアロが原作のイメージにもっとも近いといえよう。

『ポアロ登場』で披露されている数々の活躍後、ポアロは一時田舎に隠退し、カボチャ作りに取り組んだこともあったが（『アクロイド殺し』）、再びロンドンに舞い戻り、ロンドン中心部のトラファルガー広場近くにあるホワイトヘイヴン・マンション二〇三号室に従僕のジョージと住むことになった。

コスモポリタンであるポアロは、フランスやギリシャを始め、エジプト、メソポタミヤ地方など各地を旅行している。グルメでもあったが、晩年の趣味の一つには探偵小説の読書と作品論の執筆があった（『複数の時計』）。そしてポアロ最後の事件『カーテン』では、懐かしきスタイルズ荘をヘイスティングズとともに再訪し、全力を尽くして犯人を追い詰めていく。いかにもポアロらしい人生の終わり方といってよいであろう。

ホイットフィールド、ゴードン『殺人は容易だ』
小さな田舎町、ウイッチウッドに住む貴族。週刊紙の社長をしている。

ボイントン夫人『死との約束』
エルマー・ボイントンの二度めの妻で、もと刑務所の女看守。不恰好な古代の仏像のような女で、強い権力欲と支配欲を持つ。家族を押さえつける「暴君」で、皆から恐れられ、憎まれていたが、旅行先のペトラで殺害される。

ボイントン、レイモンド『死との約束』
ボイントン家の次男。臆病で内気な、感受性の強い青年。一目惚れしたサラ・キングに対して熱情に近い恋心を抱くが、継母に邪魔される。

ボイントン、レノックス『死との約束』
　ボイントン家の長男。継母に対する反抗心もすでに失せ、無気力、無感動に甘んじている。最愛の妻が、他の男を選ぼうとしているのを知り、ようやく目を覚ます。

ポーク巡査『書斎の死体』「昔ながらの殺人事件」
　セント・メアリ・ミード村の巡査。「針を拾ったら、一日中運がいい」と信じている。

ホッブハウス、ヴァレリ『ヒッコリー・ロードの殺人』
　服飾品のバイヤーだが、学生寮に住んでいる。宝石の知識があり、パトリシアのダイヤの指輪を偽物とすり替えてしまう。

ホーバリ、シシリ『雲をつかむ死』
　若く美しい伯爵夫人。以前は女優をしていたが、美貌を武器にして、ホーバリ伯爵と結婚した。放漫で、わがままな性格。

ホプキンズ、ジェシー『杉の柩』
　ローラ・ウエルマンの看護のために派遣された看護婦。メアリイ・ジェラードに接近して、彼女に遺言書を書かせたり、モルヒネを紛失したと騒いだり、言動に謎の多い人物。

ホムエルヘブ　戯曲『アクナーテン』
アクナーテンに仕える将軍。リーダーとしての天賦の資質を持っている。しだいにアクナーテンと対立していく。

ホリ『死が最後にやってくる』
インホテプ家の管理人。インホテプの右腕として、農地経営などに手腕を発揮。真面目で賢明な人柄のため、誰からも信頼されている。レニセンブを子供の頃から変わらぬ優しさで見守りつづけ、殺人者の攻撃から救う。

ムッシュー・ポンタリエ『葬儀を終えて』
UNARCO（国際連合避難民救済本部老人部）の代表と偽ってエンダビー荘に乗りこむためにポアロが名乗った名前。

〔マ行〕

マイルカレン、フェネラ「マン島の黄金」
伯父が遺した財宝を探しにマン島へ行く。いつも一緒にいる従兄のジュアン・ファーカーにいわせると「なかなかすてきな女の子」。

マギリカディ、エルスペス『パディントン発4時50分』

ミス・マープルの友人。背が低く、かなり太っている。自分の乗っていた列車から、並走する列車内の殺人現場を目撃した。

マギンティ夫人『マギンティ夫人は死んだ』

本作品の被害者。ブローディニーという小さな村で、周辺のいろいろな家庭の雑役婦をしていたが、ある夜、頭を殴られて殺害された。

マーシャル、アリーナ『白昼の悪魔』

男たちが自然と集まってくる美しい元女優。常にスキャンダルを引き起こし、男を破滅させるので、人々からは悪の化身と言われていた。人気のないピクシー湾で死んでいるのを発見される。

マーシャル、リンダ『白昼の悪魔』

ケネスの娘。継母のアリーナのため、ことごとく自信を打ち砕かれ、ひどく混乱している。アリーナを嫌うあまり、ロウ人形を使って呪い殺す方法を試す。

マーシュ、ジェラルディン『エッジウェア卿の死』
蒼白い顔と黒髪を持つ、すらりと背の高い女性。エッジウェア卿と先妻との娘。

マーシュ、ジョージ・アルフレッド・セント・ヴィンセント『エッジウェア卿の死』
男爵エッジウェア四世。背の高い五十ばかりの男。銀髪まじりの黒髪、痩せた顔つき。眼には奇妙な、陰険そうな表情が宿っている。怪奇趣味がある。

マーチモント、リン『満潮に乗って』
本作品の女主人公。ゴードン・クロードの姪。クロードの甥ローリイと数年ごしに婚約しているが、危険な無頼の男デイヴィッド・ハンターに会い、惹かれる自分にとまどう。感受性豊かで純粋な性格の魅力的な女性。

マーティン、アリクス「ナイチンゲール荘」
人里離れたナイチンゲール荘の女主人で三十三歳。思いがけない遺産を相続した直後にジェラルドと結婚して一カ月たつ。

マーティン、グラディス『ポケットにライ麦を』

水松荘《いちい》に雇われてから二カ月目の小間使い。にきびだらけで知能の発達がかなり遅れている。以前マープル家で働いたことがあり、行儀作法を一通り教えこまれた。

マーティン、ブライアン『エッジウェア卿の死』

背の高い、ギリシャ彫刻にも見まごう美男子。舞台、とりわけ映画で人気の大スター。

マーティンデール、K『複数の時計』

カヴェンディッシュ秘書・タイプ引受所所長。四十歳をこした年頃の、能率のかたまりのような女性。スリラー作家のギャリイ・グレグソンの秘書を永年勤め、彼の死後贈られた遺産で事務所を創立。

マープル、ジエーン『火曜クラブ』他多数（十二本の長篇と二十本の短篇に登場）

ロンドン近郊の州ダウンシャーにあるセント・メアリ・ミード村に住む心優しい独身の老婦人。ピンク色の頰と澄んだ青色の眼をもつ。彼女の甥レイモンドが主催した〝火曜クラブ〟で、前警視総監クリザリング卿に天才的な探偵能力を認められ、素人探偵として活躍する。

初登場は一九二八年に雑誌に掲載された短篇「火曜クラブ」。そのときは黒いブロケードの服を着て、黒い手袋をはめ、雪のように白い髪を結いあげた頭には黒いレースの帽子をかぶり、白いふわふわしたものを編んでいた。

編物は彼女の趣味のひとつだが、もっとも好きなことは村人たちの人間性の観察である。そして、この村が人間社会の縮図で、あらゆる種類の人間が生活していることを発見する。つまりマープルの推理方法は、ある犯罪状況がこれまで観察してきた人間性の事例の中で、どれが一番似ているかを慎重に検討し、最後には正しい結論を得るというものである。

また趣味とは少し違うが、孤児院を卒業した娘たちを家事見習いとして雇い、家事をしてもらうとともに、彼女たちに電話の受け答えやベッドの整頓方法などを教えて、一人前の小間使いにしようという職業訓練（?）も行なっている。一人暮らしのマープルにとっては家事労働が減るし、経済的にも安上がりという独特のシステムを考え出している。

マープルは、当初セント・メアリ・ミード村やその近隣で起きた事件ばかりを扱っていたが、晩年にはロンドンでの射殺事件（『バートラム・ホテルにて』）や西インド諸島での毒殺事件（『カリブ海の秘密』）の解決にも関与している。ミス・マープルは地方人として一生を送ったものの、結構旅行を楽しんでいることがわかる。

晩年には目が悪く、耳も遠くなって持病のリュウマチにも悩まされるが、謎を解決しようとする頭脳はまったく衰えていない。マープル最後の事件といわれる『スリーピング・マーダー』でも、ポアロとは違い、最後まで元気な姿をみせている。

マール、アイリス『忘られぬ死』

ローズマリー・バートンの妹。ローズマリーの亡くなった時は未成年だったが、姉の遺産を受け継ぎ、義兄のジョージの家に同居する。姉の死に疑問をいだき、いろいろと捜索する。

ミシェル、ピエール『オリエント急行の殺人』『青列車の秘密』
オリエント急行と青列車のフランス人車掌。オリエント急行ではラチェットの死体の第一発見者。娘のスザンヌはアームストロング家の子守娘で誘拐事件に巻き込まれ、無実ながら自殺した。また青列車では、ルース・ケタリングの死体の第一発見者。

メアリ・アン（レナータ・ゼルコウスキ）『フランクフルトへの乗客』
女伯爵。スタフォード・ナイがフランクフルト空港でパスポートとマントを貸した謎の美女。亡命作家の受け入れなどの政治的な活動をしている。

メイハーン 戯曲『検察側の証人』「検察側の証人」
レナード・ヴォール（ボウル）の無実を立証しようとする小男の弁護士。戯曲『検察側の証人』ではメイヒューに変更され、事務弁護士になっている。

メイフィールド卿「謎の盗難事件」
兵器省の初代長官。新型爆撃機の設計図を盗まれるのではないかと気をつかっている。

メトカフ少佐　戯曲『ねずみとり』「三匹の盲目のねずみ」
モンクスウェル館《マナー》の下宿人。軍隊生活のほとんどをインドで送ったという、いかにもきちんとした軍人タイプで、がっしりした体格の中年男。

メルチェット大佐『牧師館の殺人』『書斎の死体』「溺死」「昔ながらの殺人事件」
ラドフォードシャーの警察本部長。思いがけないときに突然鼻を鳴らす癖がある、きびきびした小柄な男。赤毛で、鋭い光を放つ眼は明るい青。

メルローズ大佐『チムニーズ館の秘密』『七つの時計』「愛の探偵たち」
マーケット・ベイジングやキングズ・アボットを含む郡の警察本部長。ケイタラム卿の古い友人で、サタースウェイト氏とは父親の代からのつき合い。

メレディス、アン『ひらいたトランプ』
二十を越えたばかりの娘。中背の美人。褐色の髪が襟筋にぴったり巻きつき、灰色の両眼は、大きくて、間が離れている。話す声はゆっくりとしており、内気なひびきをもつ。インドのクエッタ生まれ。

モーウラ、ゼリー『象は忘れない』

シリヤ・レイヴンズクロフトの家庭教師だった。事件当時はレイヴンズクロフト夫人の付添いとして、オーヴァクリフにいた。理性的で優しい、教養ある女性。

モーリイ、ヘンリイ『愛国殺人』

クイーン・シャーロット街五十八番地にて歯科医を営んでいる。診察室で変死体として発見されるが、ジャップ主任警部に治療上の過失による自殺と断定される。

モリソー、マリー『雲をつかむ死』

パリで上流階級の人々を対象に金貸しを営んでいる婦人。財産家。若い頃は美しい女性だったが、天然痘を患って以来、容貌が醜くなった。昔、生き別れになったきり会っていない娘が一人いる。

〔ヤ行〕

ヤーモス『死が最後にやってくる』

古代エジプトの墓所守、インホテプの長男。鈍重で用心深く、取越し苦労ばかりしているため、強大な権力を握る父からは何の権限も与えられない。

〔ラ行〕

ライス、フレダリーカ『邪悪の家』
　ニック・バックリーの親友。愛称フレディ。無色にちかい金髪、死人のように白くやつれた顔に淡い灰色の大きな目のけだるい印象の美人。大酒飲みで麻薬中毒の夫から逃れ、愛人のジム・ラザラスとともにニックのもとに身をよせている。

ライドナー、エリック『メソポタミヤの殺人』
　スウェーデン系アメリカ人の考古学者。イラクで古代アッシリアの古都の遺跡を発掘している調査隊の隊長。妻を熱愛している。妻ルイーズの不安定な精神状態を心配して、付添看護婦としてレザランを雇う。

ライドナー、ルイーズ『メソポタミヤの殺人』
　イラクの遺跡調査隊隊長ライドナー博士の妻。年齢は三十代半ば。非常な美貌の持ち主。「ほんとうの淑女」であるという印象を他人に与えるが、男たちを破滅させる不幸の魔法を身につけた女性でもある。前夫からと思われる脅迫状を受け取り、恐怖にとり憑かれている。

ライランド、エイブ『ビッグ4』
〈ビッグ4〉のナンバー・ツー。アメリカ人の大富豪。組織のドル箱である。ポアロを多額の報酬で南米へ追い払おうとするが失敗。これが事件の発端となる。

ラヴィニ神父『メソポタミヤの殺人』
フランス人のカトリック神父。イラクの遺跡調査隊隊員。書板などの碑文の解読を担当している。

ラザラス、ジム『邪悪の家』
フレダリーカ・ライスの愛人。美術商。金髪の嫌味なほどのハンサム。ニック・バックリーの祖父の肖像画を、法外な高値で買いとろうとしたことがポアロの注意をひく。

ラチェット、サミュエル・エドワード『オリエント急行の殺人』
陶器の収集をする裕福なアメリカ人。年齢は六十か七十ぐらい。悪意と不自然な緊張がうかぶ視線で、人に不愉快な印象をあたえる。ポアロに護身を依頼するが断わられる。

ラッド、ジェースン『鏡は横にひび割れて』
映画女優マリーナ・グレッグの夫で、映画プロデューサー、監督。マリーナには献身的な愛情を抱いている。

ラトレル、クロード『パーカー・パイン登場』
パーカー・パインの事務所員。美青年でダンスの名手。ジゴロ的役どころをつとめることが多い。

ラトレル、ジョージ『カーテン』
大佐。スタイルズ荘の持ち主。無気力で優柔不断。妻に頭が上がらない。誤って妻を撃つが軽傷で安堵する。

ラフィール、ジェースン『カリブ海の秘密』『復讐の女神』
事業家でたいへんな金持ち。しかし、病身で一人では動くことができず、気むずかし屋。『カリブ海の秘密』ではミス・マープルの協力者として活躍し、『復讐の女神』ではすでに死亡しているが、ミス・マープルへの依頼者として登場。

ラフィール、マイクル『復讐の女神』
ジェースン・ラフィールの息子。婚約者殺害の罪で服役中。

ラム、コリン『複数の時計』
英国秘密情報部員。ケンブリッジで学位をとった海洋生物学者でもあり、そのうちスパイ活動から足を洗って研究に戻りたいと思っている。コリン・ラムはスパイ活動のための偽名で、本名不詳。父親の親友ポアロの助力で殺人事件を解決する。

ランカスター夫人『親指のうずき』
品のよい柔和な老婦人。踊り子としての訓練をうけ、睡蓮《ウォーターリリー》の精の役で評判をとる。養老ホーム、サニー・リッジにてタペンス・ベレズフォードと出会う。

ランスケネ、コーラ『葬儀を終えて』
リチャード・アバネシーの末の妹で、不器量で不器用な少々頭の足りない女性。下手で売れないフランス人画家ピエール・ランスケネと結婚するが、すでに未亡人である。「だって、リチャードは殺されたんでしょう？」と放言、薪割りで撲殺される。

リー、エスター『終りなき夜に生れつく』
ジプシーが丘の通りのはずれに住む占いのおばあさん。マイク・ロジャースが〈塔屋敷〉を下見にいくたびに、「立ち去らないと災いがくる」と警告していた。

リー、シメオン『ポアロのクリスマス』
ゴーストン館の主人。大富豪。年老いてなお、一族に多大な影響力を持つ。残虐で執念深く、きわめて激しい性格。クリスマス前夜自室で殺される。

リー、ルーパート・クロフトン『バグダッドの秘密』
旅行家。中国奥地についての権威であり、その著書は広く読まれている。ナイル川に死体となって発見される。

リスタデール卿「リスタデール卿の謎」
五十三歳の風変りな金持ちで、妻子はいない。家柄は良いが貧しい人たちに持ち家を貸して、東アフリカに渡ってしまう。

リード、グエンダ『スリーピング・マーダー』
ニュージーランドからイギリスにやって来た二十一歳の若妻。新居を探すうちに、幼い頃に住んでいた家をディルマスで偶然見つけて買い取る。その家で継母ヘレンの死体を見たことを思い出し、夫ジャイルズとミス・マープルの助けを借りて〝眠れる殺人〟を揺り起こそうとする。

人物

リード、ジャイルズ『スリーピング・マーダー』
ミス・マープルの甥レイモンド・ウェストのいとこで、グエンダの夫。背が高く金髪の好ましい若者。

リッジウェイ、リネット『ナイルに死す』
社交界の花形であり、財産家でもある美貌の女性。人々の羨望の的である反面、勝気で自己中心的な性格のため、敵意、憎悪をも一身に集めていた。親友の婚約者を奪って結婚。その新婚旅行先、ナイル川の船上で何者かに射殺される。

リッチ、チャールズ「スペイン櫃の秘密」
裕福な四十八歳の独身男。自宅のスペイン櫃の中から、友人のアーノルド・クレイトンの死体が発見される。

リドリー、プライス『牧師館の殺人』『書斎の死体』
金持ちの未亡人。セント・メアリ・ミード村の牧師館の隣りの大きな家に住んでいる。

リンツトロム、カーステン『無実はさいなむ』
戦争中から十八年もアージル家に献身的に尽くしてきた家政婦。年下の男を愛してしまったために苦しむ。

ルーカス、ハリー『茶色の服の男』
ジョン・アーズリーの友人で、ダイヤモンド盗難事件に巻き込まれる。戦争に行き、行方不明となる。

ルジューン警部『蒼ざめた馬』
地元警察の警部。ゴーマン神父殺害事件を担当。黒髪、灰色の眼をもつ頑丈な体つきの男。フランスのユグノー教徒の血を引いている。

ルノー、エロイーズ『ゴルフ場殺人事件』
背が高く目鼻だちがはっきりしている。銀色の髪。活力に富む強靭な個性が一目でわかる。夫ポールの過去を知りつつ、心から愛していた。

ルノー、ポール・T『ゴルフ場殺人事件』
フランス系カナダ人でイギリス生まれらしい。南米で財を成す。ポアロに助けを求める手紙を出したが、ポアロたちがフランスのジュヌヴィエーヴ荘に着いた時には、殺されていた。

ルマルション、カーラ『五匹の子豚』
事件の依頼者。二十歳を少し過ぎたばかりの背の高いすらっとした美しい婦人。現在婚約中であるが、事件を気にかけて結婚をためらっている。

レイヴンズクロフト、シリヤ『象は忘れない』
オリヴァ夫人の名づけ子。背が高く、はつらつとした若い女性。幼なじみのデズモンドと婚約中。

レイス大佐『茶色の服の男』『ひらいたトランプ』『ナイルに死す』『忘られぬ死』
南アフリカの鉱山王サー・アーズリーの血縁で、莫大な遺産を手にする。アン・ベディングフェルドに求婚するが断わられ、独身を通す。『ひらいたトランプ』事件当時は五十代で、情報部にいる。この事件と『ナイルに死す』ではポアロと共演している。

レイナー、エドワード 戯曲『ブラック・コーヒー』
科学界の第一人者クロード・エイモリー卿の秘書。二十代後半の目立たない男。

レヴェル、ヴァージニア『チムニーズ館の秘密』
ロンドンで最も魅力的な女性。エッジバストン卿の娘で、ティモシー・レヴェル大尉の未亡人。外交官だった夫とともにヘルツォスロヴァキアに駐在していたことがある。アンソニー・ケイドと結婚。

レオニデス、アリスタイド『ねじれた家』
スミルナ生まれのギリシャ人。「ねじれた家」の主人。大富豪。エゼリンで毒殺されるが、死後意外な第二の遺書が発見される。

レオニデス、ジョセフィン『ねじれた家』
フィリップ・レオニデスとマグダの次女。ソフィアの妹。小さなねじれた家のねじれた子供。せんさく好きで、まわりの人たちの秘密を探りだしては、黒い手帖に書きこんでいる。ライオンのドア・ストップで頭を打たれて重傷を負う。

レオニデス、ソフィア『ねじれた家』
フィリップとマグダの長女。見ていて気持ちが爽やかになるほどのイギリス人らしさがある。祖父アリスタイドが密かに作成していた第二の遺言書により、巨額の遺産の受取人に指定される。

レザラン、エイミー『メソポタミヤの殺人』

看護婦。三十二歳。イギリスで何年間か働いた後、仕事の都合で中近東にやって来たところを、ライドナー夫人の付添看護婦として雇われた。本作品の語り手。

レシング、ルース『忘られぬ死』
ローズマリー・バートンの夫ジョージの秘書。ジョージを密かに深く愛し、献身的につくす。

レスタリック、アンドリュウ『第三の女』
ノーマの父。平凡な容貌の中年男だが、実業界の大物。娘ノーマを探してほしいとポアロに頼む。

レスタリック、ノーマ『第三の女』
若いヒロイン。住みごこちはいいが、家賃の高いマンションで格安に暮らすために、最初の《ファースト・》住人《ガール》がセカンド・ガール、サード・ガールを新聞広告で募集する。ノーマは、題名のいう〝第《サー》三の女《ド・ガール》〟。伯父の莫大な遺産相続をめぐり、巧妙な罠にはめられていく。

レッドファン、クリスチン『白昼の悪魔』
元学校教師。頭が良く淑やか。色白、小さな手の持ち主。日にあたると火ぶくれになるという理由で浜でも日光浴をしたがらない。夫のパトリックを熱愛し、夫とアリーナとの関係を知り苦しむ姿は、ホテルの客の同情をさそう。

レッドファン、パトリック『白昼の悪魔』
若い美男子。明るく素朴で水泳の達人。どんな女性にも男性にも好かれるタイプ。元女優のアリーナ・マーシャルに誘惑され、貞淑な妻クリスチンをないがしろにしているとホテルの客に思われている。

レディング、ローレンス『牧師館の殺人』
画家。三十歳前後、黒っぽい髪と青い眼の、勝負事も銃も素人芝居も会話もうまい器用な人間。セント・メアリ・ミード村の牧師館の敷地の隅にある小屋をアトリエにしている。

レニセンブ『死が最後にやってくる』
インホテプの美しく聡明な娘。夫に死なれ、一児とともにインホテプのもとに帰ってきている。インホテプ家の管理人で幼なじみのホリと、北の領地から来た書記のカメニのどちらを伴侶とすべきか迷う。

レノルズ、ジョイス『ハロウィーン・パーティ』
ハロウィーン・パーティの席上、過去に殺人を目撃したことがあると言いだし、その直後リンゴ食い競争のバケツの水の中で殺される。

ミス・レモン、フェリシティ『パーカー・パイン登場』『ヒッコリー・ロードの殺人』『ヘラクレスの冒険』『死者のあやまち』『第三の女』『象は忘れない』「スペイン櫃の秘密」「あなたの庭はどんな庭?」

初めはパーカー・パインの秘書であったが、すぐにポアロの秘書になる。徹底して実際的な頭脳の持ち主で、〝機械〟のように自分の任務を完璧にこなす。完全な書類分類法の完成が生涯の夢。ポアロも彼女には頭が上がらないときがある。

ロイド『火曜クラブ』

セント・メアリ・ミード村の初老の医師。『火曜クラブ』後半のレギュラー。

ロウスン、ミニー『もの言えぬ証人』

降霊術に傾倒している家政婦。愚鈍だけれど忠実で、子供に目がない。遺産相続人だが、良心の呵責に苦しめられる。

ロサコフ、ヴェラ(伯爵夫人)『ビッグ4』「ケルベロスの捕獲」「二重の手がかり」

ロシアの元貴族、伯爵夫人。ロンドンで宝石泥棒をしていたこともある。〈ビッグ4〉の一味、マダム・オリヴィエの秘書として登場。大柄ではでなタイプだが、ポアロが好意を持つ唯一の女性であり、〝千人に一人いるかいないような婦人〟とまで形容している。彼女の生死不明の息子を探しあてたおかげで、ポアロは絶体絶命の窮地を脱することができた。後年ナイトクラブの経営者になり、ポアロからバラの花束を贈られる。

ロジャーズ、マイケル（マイク）『終りなき夜に生れつく』
　何かを求め仕事を転々とする。ハイヤーの運転手時代、ジプシーが丘の〈塔屋敷〉に心惹かれる。この屋敷を買ったエリー・グートマンと結婚し、友人のサントニックスが新しく建てた家で幸せな生活をおくる。外出中にエリーが落馬して死んだため、莫大な遺産を相続。エリーの亡霊を見たのがきっかけとなり、この物語を著わす。

ローシュ、アルマン・ド・ラ『青列車の秘密』
　伯爵を名乗るが、爵位とは縁のないペテン師。ルース・ケタリングのかつての恋人であったが、よりをもどし、ルビー〈火の心臓〉を狙う。

ローソン、エドガー『魔術の殺人』
　ストニイゲイトで未成年犯罪者の教化施設を運営するセロコールドに預けられている青年。眉毛を神経質そうにピクピクさせ、芝居がかった話しぶりをする男で、セロコールド夫人を訪れているミス・マープルに、自分はチャーチルの息子だと打ち明ける。

人物

ロード、ピーター『杉の柩』
ローラ・ウエルマンの主治医。三十二歳で不器量だが感じのいい青年。エリノアに惹かれ、彼女の無実を証明するために、ポアロに調査を依頼する。

ドクター・ロバーツ『ひらいたトランプ』
中年の医師。陽気な血色のいい顔をしている。小さな眼で、ちょっと禿げかけていてやや肥り気味。動作は元気で、自信に満ちている。シュリュースバリの学校を出て医者を開業。

ロバーツ、ウィルフリット卿　戯曲『検察側の証人』
殺人事件の容疑者レナードを弁護する勅撰弁護士。短篇「検察側の証人」には登場しない。戯曲を映画化したアメリカ映画《情婦》では、チャールス・ロートンが理想的と思えるロバーツ卿を演じていた。

ロビンスン『鳩のなかの猫』『フランクフルトへの乗客』『バートラム・ホテルにて』『運命の裏木戸』
調査委員会メンバー。偉大な銀行家の一族であると共に、世界における金をコントロールしている。トミーとタペンス物にも、ポアロ物、ミス・マープル物にも登場する謎の人物。

ロビンソン、エドワード「エドワード・ロビンソンは男なのだ」
婚約者のモードに頭の上がらない気のいい若者。モードに内緒で買った新車で田舎に出かけ、憧れのロマンスと冒険を体験する。

ロマックス、ジョージ『チムニーズ館の秘密』『七つの時計』
英国外務省の高官でヴァージニア・レヴェルのいとこ。あだ名は〝コダーズ（タラ漁師）〟。ワイヴァーン屋敷の所有者。

ロリマー夫人『ひらいたトランプ』
いい身なりの六十過ぎのお婆さん。白髪の髪をきれいにそろえ、はっきりとした甲高い声を出す。夫に死なれてから二十年にもなる未亡人で、たいへんなブリッジ狂。

ロンバード、フィリップ『そして誰もいなくなった』
豹のようなイメージをもつ元陸軍大尉。やばいことはお手のもので、常に拳銃を持ち歩く。

クリスティーは毒殺魔

数藤　康雄

アガサ・クリスティーは、最初の結婚をしてから娘が生れるまでの数年間、夫が第一次世界大戦に出征したこともあり、トーキイの病院で看護婦見習をしたり、薬局で調剤の仕事をしていた。その頃、薬剤師の資格も収得したようだが、ミステリを書くきっかけの一つとなった毒薬についても、仕事をしながら勉強したらしい。彼女の第一作『スタイルズ荘の怪事件』には、その成果というべきか、さっそくストリキニーネが登場している。

では毒薬を扱ったミステリを、クリスティーはどのくらい書いているか？　かつて必要に迫られて、全長篇六六冊を三日間で必死になって斜め読みして調べたことがある（客観的にみると実に馬鹿げた行為だが……）。そして、被害者が毒殺される作品は長篇六六冊中の三四冊（全体の五二％）、毒殺被害者は全被害者一四五名中の五二人（三六％）という結果を得たしだい。

しかしこの数字はあくまでやっつけ仕事の結果で、クリスティーがいかに毒殺を好んだかが裏付けられたものの、その信頼度にはイマイチ自信がなかった。このため気づいた折にはクリスティー関連書を調べたが、わかったことは、モニカ・グリペンベルクの『アガサ・クリスティー』（講談社）には四一編が「殺人または自殺の手段として毒が用いられている」とあり、『アガサ・クリスティー　イラストレーション』（早川書房）にはジュリアン・シモンズが「クリスティーの小説のうち五四作で、毒薬が使われている」と述べている程度であった。

　ところが最近、クリスティーの公式ＨＰ（http://www.agathachristie.com/）上の作品解説に、〝殺人方法〟という項目のあることがわかった。例えば『スタイルズ荘の怪事件』のその項には“One poisoning”などと書かれている。残念ながら数作品については空白になっていたが、それでもアリガタヤ、アリガタヤというわけで、それを参考にして調べ直してみると、被害者が毒殺される長篇は、全六六冊中三四冊と前回と同じであった。異なっていたのは毒殺された被害者数で、新しい調査結果では全被害者一六一名中、六二名（割合は三九％）となった（ちなみに第二位は射殺者で二三名、第3位は撲殺者で二一名）。前回の調査と比べると全毒殺者数が十名ほど増えたが、まあこれは、勝手に誤差範囲と考えよう。今後は自信を持って、「クリスティーは毒殺魔」といえそうだ。

アイテム事典

マザーグース
作家名・書名
音楽
ゲーム
料理・飲物
交通
土地
建築
動物
植物
毒薬
法律
行事・宗教
病気

a　マザーグース

〝いち、にい、わたしの靴のバックルを締めて〟

いち、にい、わたしの靴のバックルを締めて／さん、しい、そのドアを閉めて／ごお、ろく、薪木《たきぎ》をひろって／しち、はち、きちんと積みあげ／くう、じゅう、むっくり肥っためん鶏さん
アルファベットや数字の学習用の唄の代表例。『愛国殺人』全十章の章題に使われている。ポアロは無事、難事件を解決し、「じゅうく、にじゅう、私のお皿はからっぽだ」とつぶやくのである。
『愛国殺人』

〝一本の釘が抜けたために蹄鉄がはずれ〟

一本の釘が抜け、蹄鉄がはずれ、馬がだめになり、＊兵隊が馬に乗れず、戦争に負け、王国がほろびる、という内容。「風が吹けば桶屋が儲かる」英国版。作品の中では、犯人の予想できなかった偶然の不運を指摘するときに、ポアロが引用。なお、＊の部分は作品では抜けている。ポアロの記憶ちがいだろうか。
『複数の時計』

〝があがあ鵞鳥のお出ましだ〟

があがあ鵞鳥のお出ましだ／さてさてどこへ出かけよう／階段あがって階段降りて／お嬢さまのお部屋のなかへ

作品では、タペンスがベティーにこの唄を読んでやり、おばさん鵞鳥を自分、おじさん鵞鳥をトミーになぞらえ苦笑する。『NかMか』

〝五匹の子豚〟

この子豚はマーケットへ行った／この子豚は家にいた／この子豚はロースト・ビーフを食べた／この子豚は何も持っていなかった／この子豚は〝ウィーウィーウィー〟と鳴く／お家へ着くまでずうーっと

子供の足の指を一本ずつつまんでゆき、ウィーで足の裏をくすぐる。有名な指数え唄。作品では、ポアロが過去の事件の再調査にのり出すが、容疑者五人の行動が唄の五行と対応させられ、章の題にもなっている。『五匹の子豚』

〝客間へどうぞと、クモはハエに言いました〟

蜘蛛が言葉巧みに誘いをかけるが、危険を察知した蠅に断わられる。クリスティーの好む唄のようで、四つの長篇に出てくる。

例えば『ゼロ時間へ』では、殺人者が蜘蛛にたとえられているし、『ビッグ4』では、〈ビッグ4〉のやり口が巧妙であることを、ポアロがこの童謡を引用して説明する。

『茶色の服の男』『ビッグ4』『NかMか』『ゼロ時間へ』

〝三匹のめくらのネズミ〟

三匹のめくらのネズミが／かけてきた／チュッチュのチュ／ばあさんおこって庖丁で／ネズミのしっぽをチョン切った／めくらのネズミが逃げていく／チュチュッチュのチュ

単純な内容と単純なメロディーの中に、あっけらかんとした残酷さを秘めている。作品の中では、冒頭の音楽や登場人物の口笛などにしばしば現われる。犯人は戦時中に里親に虐待された三人の姉弟たちのうち、生き残った長男。第一の殺人に成功したあと、舞台となる山荘へやって来る。誰がこの長男かという犯人さがしの興味と不気味なメロディーが同化してサスペンスをもりあげる。

『ねずみとり』「三匹の盲目のねずみ」

〝十人のインディアン〟

十九世紀になってから作られた比較的新しい唄。原作では十人の「黒人」であるが題名の変更とともに作中の唄も変えられている（のちさらに「兵隊島」に変更された）。

十人のインディアン少年が食事に出かけた／一人がのどを詰まらせて九人になった、から始まり、一連ごとに一人ずつ減ってゆく。最後には、インディアン少年がたった一人になった／出て行って首を吊り、そして誰もいなくなった、ということになる。

作品では十人の男女が孤島に招待される。最初の夕食の時間に聞こえるレコードの声が、一人一人の過去の殺人を告発する。唄に合わせて、一人ずつ殺されてゆき、部屋に置かれた人形も減ってゆく。最後の一人も首を吊り、〝そして誰もいなくなった〟。

『そして誰もいなくなった』

〝ちいさなねじれた家〟

ねじれた男がいて、ねじれた道を歩いていった／ねじれた垣根で、ねじれた銀貨を拾った／男はねじれた鼠をつかまえるねじれた猫を持っていた／そしてみんな一緒にちいさなねじれた家に住んでたよ

ねじれた、という語のもつ恐怖感を、愛憎の入りまじる大家族の描写に用いている。

『ねじれた家』

〝ディリイ、ディリイ、ディリイ――殺されにおいで〟

「ねえ、ボンドのおかみさん」で始まる唄。第五連まであり、各連にこの句が出てくる。ボンドのおかみさんが夕食にこしらえる詰め物についてのコミック・ソング。ディリイはあひるの幼児語。作品の中では、殺された自称カリイ氏に言及する際に、ポアロが二度引用する。

『複数の時計』

〝ヒッコリー、ディッコリー、ドック〟

ヒッコリー、ディッコリー、ドック／ねずみが時計

へ駆け登る／時計が一つ鳴り／ねずみが駆けおりる／ヒッコリー、ディッコリー、ドック

ヒッコリー、ディッコリーは時計の振子の音とも云われるが、語源的にはゲール語の数詞八、九、十。古い型は、かくれんぼの鬼ぎめに使われた（ダ・レ・ガ・オ・ニ・ニ・ナ・ル・カ・ナでナの子供が鬼になる）。また、指を鼠に見たて、子供の足からおなか、鼻までを駆け上り、駆けおりさせるとも。作品では、ポアロの秘書ミス・レモンの姉が就職する学生寮がヒッコリー・ロードにあり、登場人物がこの唄を引用する。　『ヒッコリー・ロードの殺人』

〝マギンティ夫人は死んだ〟

マギンティ夫人は死んだ、どんなふうに死んだ？／あたしのようにひざついて／マギンティ夫人は死んだ、どんなふうに死んだ？／あたしのように手をのばして／マギンティ夫人は死んだ、どんなふうに死んだ？／こんなふうに……

作中のスペンス警視によれば、ジェスチャーゲームに使われた由。しかし今のところ、文献には見当たらない幻の唄である。手をさし出して金をもらおうとしたため、夫人は殺された。

『マギンティ夫人は死んだ』

〝メアリー、メアリー、つむじ曲りさん〟

メアリー、メアリー、つむじ曲りさん／あなたのお庭をどうする気／トリ貝の殻と銀の鈴／ずらりときれいな娘たち

一説にメアリー・スチュアートのことともメアリー一世のことともいわれるこの唄は十八世紀になってから登場している。作品では、急死した老婦人の手入れのゆきとどいた花壇の一角にあったカキの殻からこの唄を連想したポアロが、犯罪を見破る。「あなたの庭はどんな庭?」

〝リジー・ボーデン斧ふり上げて〟

リジー・ボーデン斧ふり上げて／親爺の頭を五十《ごじゅう》打った／リジーはもう一度斧ふり上げて／今度はまま母を五十一打った

作品ではコーラ惨殺の犯人像を描こうとする際、少し頭の狂ったタイプの意味で、この唄が引用される。一八九二年の実話をとりあげた唄。リジーという女性は裁判で無罪となった。『葬儀を終えて』

〝六ペンスのうた〟

六ペンスのうたをうたおうよ／ポケットにはライ麦がいっぱい／二十四羽の黒ツグミはパイに焼いて、で始まる四連あるいは八連の唄。脈絡のない内容であるが、二十四羽は一日二十四時間をさす、等のさまざまな解釈が行われている。クリスティーはよほど気に入っていたらしく三作に登場させている。

長篇『ポケットにライ麦を』では、最初の被害者のポケットにライ麦が、第二の被害者のかたわらに食べかけの蜂蜜を塗った菓子パンが、という具合に、唄のとおりに殺人が進行してゆく。殺人の順番が唄と違うことから、ミス・マープルが犯人を指摘する。

『ポケットにライ麦を』「六ペンスのうた」「二十四羽の黒つぐみ」

b　作家名・書名

『アラビアン・ナイト』

アラビア語で書かれた大説話集で、恋愛譚、犯罪譚、旅行譚、神仙譚など多種多様な物語の宝庫。世界各国語に訳され親しまれている。『鳩のなかの猫』では、女学生ジェニファーとジュリアがラケットを交換したことから事件が新たな局面を迎えるのだが、何も知らぬ二人はそこで「アラディンのランプ」の話みたいだと笑い合う。そのほか、中近東を舞台にした作品には〝アラビアン・ナイトのような風景〟という形容がしばしば登場する。

『鳩のなかの猫』『メソポタミヤの殺人』

アルフレッド・テニスン（一八〇九〜九二）

イギリスの桂冠詩人《ポエット・ローリエット》。ブラウニングとともにヴィクトリア朝詩壇を代表する。『イノック・アーデン』は、死亡したと思われていた男が故郷へ帰り妻が再婚したことを知る物語詩で、『満潮に乗って』の冒頭、おしゃべりのポーター少佐の話す友人の噂の中に引用される。また、アーサー王伝説を素材とした『国王牧歌』からの引用も多い。最も印象的なのは『鏡は横にひび割れて』で、ミス・マープルの友人のバントリー夫人が、殺人現場での女優マリーナ・グレッグの異様なふるまいについて話すとき、テニスンの『レイディ・オブ・シャロット』を引用して〝鏡は横にひび割れぬ。「ああ、わが命運も尽きたり」とシャロット姫は叫べり〟、そんな表情をしていたと語る。このバントリー夫人は若いころ心をときめかせてテニスンを読んだというが、『ポケットにライ麦を』のランスロットも、母が『アーサー王物語』の詩を何度も読んでくれたと、なつかしそうに語っている。

『鏡は横にひび割れて』『ポケットにライ麦を』

ウィリアム・シェイクスピア（一五六四～一六一六）

イギリスの劇作家・詩人。人間の性格のはらむさまざまな典型をみごとに描いて、後世の文学・演劇に大きな影響を与えた。『死との約束』では、悲劇的体験を経た一家の末娘が、『ハムレット』のオフィーリヤを演じて脚光を浴びる。『なぜ、エヴァンズに頼まなかったのか？』では、フランキーがマクベス夫人の殺人動機について新説を述べ、『カーテン』では、クロスワード・パズルのキーワードに関連して、ヘイスティングズと彼の娘のジュディスが『オセロ』のせりふを口ずさみ、その場の人間関係の不安な雰囲気をそれとなく表現している。『メソポタミヤの殺人』でも、『オセロ』のイアゴーの性格がある人物にたとえられた。さらに『杉の柩』では、『十二夜』から引用されたせりふが、題名の由来となっている。〝来をれ最期《いまわ》よ　来をるなら、来をれ／杉の柩に埋めてくりやれ／絶えよ、此息、絶えるなら、絶え

ろ／むごいあの児に殺されまする……〟　『カーテン』他多数

ウィリアム・ワーズワース（一七〇〇〜一八五〇）

イギリスの詩人。日本でも早くから自然詩人としてその名が知られ、明治期の文学者の一部に大きな影響を与えた。『動く指』のミーガンは〝つまらないラッパズイセンの花がばかに気に入っちゃってるみたいなワーズワース〟とお気に召さないようだが、ポアロは『杉の柩』でロディーに向かってワーズワースの「ルーシイ」の詩を引用し、〝よく読むんですよ〟と言っている。　『杉の柩』『動く指』

エドマンド・スペンサー（一五五二？〜九九）

イギリスの詩人。その処女作はイギリス詩史上画期的な作品といわれ、『恋愛小曲』『神仙女王』などの代表作がある。キーツをはじめ後世の詩人にも大きな影響を与えた。『死者のあやまち』で悲運のフォリアット夫人の口ずさむ彼の詩は、そのままクリスティーの墓碑銘になっている。〝労働の果ての眠り、荒海の果ての港、戦いの果ての安らぎ、生の果ての死は快し〟　『死者のあやまち』

ギャゼット

正確には、「ノース・ベナム・ニューズ・アンド・チッピング・クレグホーン・ギャゼット」。チッピング・クレグホーンの村民必読のローカル新聞で、ことに投書欄・広告欄の人気が高い。ここに〝殺人お知らせ申しあげます。十月二十九日金曜日、午後六時三十分より、リトル・パドックスにて〟の広告が載ったことから、『予告殺人』の幕が切っておとされる。

『予告殺人』

『黒い矢』

イギリスの作家ロバート・ルイス・スティーヴンスン（一八五〇～九四）の小説（薔薇戦争を背景にした歴史小説で、『二つの薔薇』という題でも訳出されている）。『運命の裏木戸』で、タペンスは引越し荷物を整理しているうち、昔読んだこの本を見つけて夢中になって読みはじめ、あちこちのページに引いてあるアンダーラインに気がついたことから、過去の殺人の発掘という新たなる冒険に出発する。

『運命の裏木戸』

『高慢と偏見』

イギリスの女流作家ジェイン・オースティン（一七七五～一八一七）の小説。田舎住まいの若い女性エリザベスがある青年と知り合い、最初は互いのプライドと偏見からいがみ合うが、結局は結婚に至る。『シタフォードの秘密』では、ナラコット警部が作家ディアリングの机上にこの本を見つけ、扉に書きこまれた名前からあるヒントを得る。

『シタフォードの秘密』『バクダッドの秘密』

『三人姉妹』
ロシアの作家アントン・チェーホフ（一八六〇～一九〇四）の戯曲。単調な田舎町で、モスクワへ行くことを夢みながら暮らす三人姉妹が、絶望をのりこえて生きる意味を見出すまでを描く。『復讐の女神』では、ふしぎな指示に導かれて三人姉妹の住む家を訪れたミス・マープルが、この三人姉妹はチェーホフのそれとは随分違うと思ったり、『マクベス』の三人の妖婆を連想したり、さまざまに思いをめぐらす。

シャーロック・ホームズ
イギリスの作家アーサー・コナン・ドイル（一八五九～一九三〇）が創造した名探偵。世界中に熱心なファンを持ち、その名はあらゆる名探偵の代名詞として使われる。『スタイルズ荘の怪事件』では、雑談の中でヘイスティングズが、趣味として職業を選ぶなら探偵になりたいと言い、それはヤードかシャーロック・ホームズかと聞かれて、〝もちろん、シャーロック・ホームズのほうですよ〟と答えている。『スタイルズ荘の怪事件』『ABC殺人事件』『象は忘れない』

ジョン・キーツ（一七九五～一八二一）
イギリスの詩人。ロマン派の詩運動を代表する一人。『葬儀を終えて』でスーザンから、その夫が薬屋に勤めていると聞いたミス・ギルクリストは〝キーツと同じですわね〟と、とんちんかんな返事をする（キーツは初め医師を志した）。『メソポタミヤの殺人』では、一癖ある美女のレイドナー夫人が、再三にわたって彼の詩の「つれなき美女《ベル・ダム・サン・メルシ》」にたとえられている。

『葬儀を終えて』『メソポタミヤの殺人』

タイムズ

世界的に権威のあるイギリスの日刊新聞で、知識階級を中心に、海外にも多くの読者を持つ。しかし『復讐の女神』でミス・マープルは、この新聞が昔と違って、ページの配分がすっかり当世風になってしまったことに腹を立てている。『予告殺人』のチッピング・クレグホーンの村民たちもこの新聞は一応購読しているようだ。パーカー・パインもここに例の広告を出している。

『復讐の女神』『予告殺人』『パーカー・パイン登場』

チャールズ・ディケンズ（一八一二～七〇）

イギリスの大衆的作家で、国民的英雄の一人。正義感や隣人愛を根底において、ユーモアと波瀾に富んだ物語世界を構築した。代表作のうち、『ピクウィック・ペーパーズ』は、四人の人物の旅日記というかたちをとったユーモア小説、『二都物語』はフランス革命を舞台にくりひろげられる大ロマン。クリスティーもディケンズは愛読していたらしく、ときどきその名を引用している。

『死者のあやまち』『オリエント急行の殺人』

ハンス・クリスチャン・アンデルセン（一八〇五〜七五）

デンマークの作家。近代童話の確立者としてその作品は全世界の人々に愛読される。『メソポタミヤの殺人』では、残酷でエゴイストの美女が、彼の童話の主人公「雪の女王」にたとえられている。

『メソポタミヤの殺人』

P・G・ウッドハウス（一八八一〜一九七五）

イギリスのユーモア作家。イギリス上流階級の喜劇的な人物を巧みに描く。日本でも「新青年」時代から作品が多数紹介されて人気を集めた。執事ジーヴスやマリナー氏がことに有名。『メソポタミヤの殺人』では、コールマンという青年について二度までも〝ウッドハウスの小説に出て来そうな人物〟と形容している。バラ色の丸顔でいつもにこにこ楽天家、天真らんまんなおしゃべりを続ける青年なのである。

『メソポタミヤの殺人』

『不思議の国のアリス』『鏡の国のアリス』

イギリスのルイス・キャロル（一八三二〜九八）作の童話。いわゆる童話の概念を破った奔放な論理と言語の遊戯性によって、大人にも子どもにも永く愛読されている。ミステリにも引用されることが多く、『複数の時計』では、事件についてコリン・ラムから意見を聞かれたポアロが、有名な「セイウチと大工」の一節を聞かせて、〝これがわたしのしてあげられる最善の示唆なのだよ〟と答える。

『複数の時計』『ＡＢＣ殺人事件』


『ボートの三人男』

イギリスの作家ジェローム・Ｋ・ジェローム（一八五九〜一九二七）の小説。テムズ河をボートで下る三人男の、抱腹絶倒の物語。『鏡は横にひび割れて』の冒頭で、ミス・マープルが自分の庭作りについて指図すると、レイコック爺さんは賛成すれども実行せず、『ボートの三人男』のジェローム船長が、船を出さないために持ち出す逃げ口上そっくりだ、とある。

『鏡は横にひび割れて』


『マルフィ公爵夫人』

イギリスの劇作家ジョン・ウェブスター（一五八〇?〜一六二五?）の悲劇。この劇を観るために、ミス・マープルとともにヒズ・マジェスティーズ劇場に出かけたグエンダ・リードは終幕近く〝女の顔をおおえ、目がくらむ、彼女は若くして死んだ〟という台詞をきいた瞬間、悲鳴をあげた。グエンダのいまわしい過去の記憶が蘇ったのだ。

『スリーピング・マーダー』

ラドヤード・キプリング（一八六五〜一九三六）
イギリスの小説家で詩人。ボンベイに生まれて早くからインドのジャーナリズム界で活躍し、インドを背景にした多くの作品や海洋小説など、当時の大英帝国主義の風潮に応えて人気を得た。『ゼロ時間へ』では登場人物の一人が彼の作品『キム』を読んでおり、バトル警視がそれについて〝昔からの愛読書をくり返し読むタイプらしい。保守的な人間だな〟と評している。
『ゼロ時間へ』

ロバート・ブラウニング（一八一二〜八九）
イギリスの詩人。テニスンとともに、ヴィクトリア朝英詩壇の代表的存在とされる。妻で同じく詩人のエリザベスとの愛情物語も有名。『ABC殺人事件』のカスト氏は破局直前、映画館から出て空を見上げ、ブラウニングの詩の一節を思いうかべる。これは「ピッパ行く」で、明治期、上田敏によって訳され、名訳として知られた詩。
〝時は春／日はあした／あしたは七時……神、空にしろしめし／すべて世はこともなし〟
『ABC殺人事件』

C 音楽

葬送行進曲
行進曲の形式による死者を弔う曲だが、ショパン（一八一〇〜一八四九）のピアノ・ソナタ第二番、変ロ短調、作品35の第三楽章がもっとも有名。日本人にもおなじみで、あるTVゲームの中にも使われているほどである。ゴーストン館の執事は、クリスマスになぜ館主の息子がこの曲を弾いているのだろうと考えていると、頭上ですさまじい音響。館主が殺されているのが見つかったのだ。

『ポアロのクリスマス』『なぜ、エヴァンズに頼まなかったのか？』

ニーベルングの指環

ワグナーの最大の楽劇。前夜劇と三日間の劇からなる四部作。まとめての上演は一八七六年バイロイトの祝祭劇場のこけら落としに行われ、ヨーロッパ各国の王侯、大作曲家たちが列席する世紀の祭典の様相を呈した。人生に退屈した外交官のスタフォード・ナイは事件に巻き込まれ、謎の女性から音楽会の切符をもらう。音楽会では『ニーベルングの指環』の中の、「ジークフリート」が公演されていた。

『フランクフルトへの乗客』

白鳥の歌

F・P・シューベルト（一七九七～一八二八）の死後、その年に書かれた曲をひとまとめにして出版されたが、「白鳥の歌」はその題名である。ヨーロッパの伝説では、白鳥という水鳥は、ふだんひと声も鳴かずに静かに泳いでいるが、死ぬ直前に、ひと声だけ美しい声で鳴いてその生涯を閉じる、とされている。インディアン島のオーエン家の召使いロジャースがかけたレコードには「白鳥の歌」のレーベルがはってあった。しかし、内容は十人の罪状を述べるものだった。ロンバードが白い歯を見せて苦笑したのは、曲名からみんなの死に通ずる不気味さを連想したからである。　　　『そして誰もいなくなった』「白鳥の歌」

リヒャルト・ワグナー（一八一三～一八八三）
一九世紀の半ばに活躍したドイツ歌劇の大作曲家。『さまよえるオランダ人』『タンホイザー』『ローエングリン』を経て、『トリスタンとイゾルデ』でひとつの頂点を築き、その後全四部からなる舞台総合芸術の楽劇『ニーベルングの指環』を完成。歌劇史上に金字塔をうち建てた。クリスティーの好きな作曲家の一人である。　　　『フランクフルトへの乗客』

ローエングリン
ワグナーの三幕からなる歌劇。ブラバンド王国の領主ゴットフリート殺しの嫌疑を受けたエルザは、白鳥に乗った騎士の出現によって救われ、二人は結婚するが、その騎士ローエングリンの素姓を尋ねる禁を犯したため騎士は去って行く、という内容。タペンスはグリン＝ヘン＝ローを逆に読むことにより、ローエングリン↓白鳥↓陶器の白鳥と連想を働かす。　　　『運命の裏木戸』

d　ゲーム

アクロスティック

一種の遊戯詩。各行の初めの文字、初めと終わりの文字、あるいは初めと中間と終わりの文字を取って順番に並べると、意味のある語句、言葉になる。または、並べたいくつかの語の初め（中間、終わり）の文字を上から読んでいって別な語を作る文字遊戯。シタフォード荘の持主トリヴェリアン大佐が好んだ。

『シタフォードの秘密』

九柱戯

ボーリングに似た競技で、木製の球を投げ、九本のピンを倒すことにより、倒したピンの数を競う。ナインピンズの訳語。テンピンズとは区別され、ドイツ語ではケーゲルという。『死者のあやまち』では、ナス屋敷で催されたお祭りにこのゲームが登場する。

『マギンティ夫人は死んだ』『カーテン』

クロスワード

碁盤の目状に線を引いた区画の中に、与えられたヒントから推理して縦あるいは横に言葉をはめ込み、空白の区画を一字ずつ埋めてゆく遊び。クリスティーは、コリン・デクスターほどこの遊びは好きでないようだが、バーナビー少佐（『シタフォードの秘密』）はこのゲームの競技で勝ったことを自慢し、パトリック・シモンズ（『予告殺人』）はタイムズのクロスワードを楽しんでいる。

『シタフォードの秘密』『カーテン』

殺人ごっこ

遊びの一つ。何人かがくじを引き、一人が人殺しになる。電灯を消し、人殺しが被害者を選び、さわる。被害者は二十数えて叫び声をあげる。それから探偵役に選ばれた者が一人一人尋問して、人殺しは一体誰だったのかをあばいてゆく。イースターブルック大佐によれば、「うん、おもしろい遊びだよ――もし探偵が――ええと――警察の仕事についていくらか知識を持っていればね」とのこと。　　　　　　　　　　　　　『予告殺人』

ドミノ

無印または1から6までの点のついた長方形の牌を使って行なうゲーム。二十八枚が一組で、同じ目を並べ合わせて、早く自分の牌を並べ終えた者が勝ち。西洋カルタの一種。ストッキングの行商人カスト氏はこの遊びが大好きで、見ず知らずの男を相手にすることもあるが、ある時ドミノで友達になった男がカスト氏の手相を見て……。　　　　　『ABC殺人事件』

トランプの家

トランプを一枚一枚注意深く積みあげて、家の形を作る遊び。ポアロが神経をしずめ、誤った推理を正しく組み立てなおす時に好んで作る。「トランプで家をたてるのには、なによりも正確さがいるのです。――どうか、ひとりで、このトランプ遊びをやらせておいてください。

わたしの頭がはっきりしてきますからね」　『邪悪の家』

バカラ

西洋おいちょかぶともいわれる。欧米のカジノで行なわれる賭博ゲームで、親が自分と子にカードを二、三枚ずつ配り、各自のカードの合計点数の末尾一桁が8か9に近いほど勝ちとなる。ヒッコリー・ロードにある寮の寮生ヴァレリは、この賭博で負け続けた。　『雲をつかむ死』『ヒッコリー・ロードの殺人』

ブリッジ

トランプゲームの一つ。四人がテーブルを囲み、向い合った者同士がペアーを組む。各自十三枚の手札を一枚ずつ場に出し、獲得するトリックの数を競う。コントラクト・ブリッジとオークション・ブリッジがあるが、採点法が違うだけで原則は同じ。『ひらいたトランプ』では、ポアロとオリヴァ夫人対バトル警視とレイス大佐という豪華な組合せでブリッジを楽しんだ。一番勝ったのはレイス大佐。　『ひらいたトランプ』『動く指』

麻雀

中国で生まれた室内ゲーム。普通四人で行ない、数牌《パイ》と字牌計一三六枚を使う。各自十三枚の配牌をもとに、牌の取捨を行なって終了することのできる組み合せを早く作った者が規定の得点を得る。一九二〇年代には欧米で流行し、キングズ・アボット村のシェパード医師の家でも麻雀パーティがあった。シェパードは後半、配牌のままで上っているという天和《テンホウ》の役満を得る。
『アクロイド殺し』

ルーレット
すり鉢状の円盤の中央で回転する小円板の上に小球を転がして、その球が赤と黒に区分された0から36までの数字のどこに止まるかに賭ける賭博。小球の止まった位置の色、数字で規定の得点が得られる。対称性を好むポアロは偶数番号に最小額の金をかけ(『青列車の秘密』)、サタースウェイト氏は賭場係の間違いで勝札を伯爵夫人にとられてしまう(『謎のクィン氏』)。
『青列車の秘密』「クルピエの真情」

e 料理・飲物

赤(または黒)すぐりのシロップ
日本では、西洋すぐり、またはグズベリーともいわれている。赤または黒すぐりを砂糖で煮て、ソースやシロップにする。シロップは、ポアロが愛飲している。
『第三の女』『複数の時計』

英国風朝食

一般的には、カリカリに焼いたベーコン、卵にトマトが添えられ、芯までかりっと焼いたトーストにママレード、ミルクティーという献立。地方によっては、トーストのかわりに、ソーダブレッド、にしんの燻製、手作りソーセージ、じゃがいも料理が楽しめる。

バートラム・ホテルで朝食をとるラスコム大佐に、昔ながらの朝食メニューを勧めるハンフリーズ氏。

「ご注文以上にいろいろとございます。燻製のニシン、キドニーにベーコン、グラウスの冷肉、ヨーク・ハム、オクスフォードのママレードなど」と。

〝一日に三度食べたいイギリスの朝ご飯〟と言われたり、作家のサマセット・モームが「英国で美味しい食事を望むのならば、朝食を一日三回、食べるのが良い」と書いているほど、イギリス料理にしては珍しく（？）好まれている。

『バートラム・ホテルにて』『邪悪の家』

甘美なる死（**デリシャス・デス**）

リトル・パドックスの料理人ミッチーが作る特別製のケーキ。チョコレートやバターをたっぷり使ったこのうえなく濃厚なチョコレートケーキであるが、これ以上詳しいことはわからない。ドラ・バンナーの誕生祝いとして作られた。その言葉どおり死者が……。

『予告殺人』

クリスマス・プディング

「銀盆の上には、クリスマス・プディングがその偉容を輝かせて、おさまっていた。大きなフットボールのような形をしたプディングで、ヒイラギが一枚、優勝旗のように、その上にさしてあり、青と赤の輝かしい湯気がそのまわりから舞い上っていた」甘党のポアロが堪能したクリスマス・プディングは、ドライフルーツ、ケンネ脂、砂糖、粉、卵、スパイス、リキュールなどを混ぜ合わせて、型にきっちりと詰め、五時間ほどかけて蒸しあげた英国の伝統的なクリスマスの菓子。プラム・プディングともいう。「クリスマス・プディングの冒険」

黒いちご入りのタート

タートとは、タルトのこと。ビスケット生地をタルトの型にしき、黒いちごのシロップ煮を詰めて焼き上げた甘い菓子。この菓子を嫌いな人間が珍しく注文して食べたという話を聞いて、ポアロはがぜん興味をもつ。「二十四羽の黒つぐみ」

コールド・タン

トミーとタペンスの昼食時、「ほんとうにおいしいのよねえ」とタペンスがいう。さっぱりした牛の舌の塩づけ。薄くスライスして、パンにはさんだり、酒のつまみとして食べる。「サニングデールの謎」

シェリー酒

「昼食前のシェリー酒を一杯みんなでいただくことにいたしましょう」とすすめられるミス・マープル。スペイン産のシェリーが有名（銘柄では、ティオ・ペペが有名）。スティル・ワイン（生ぶどう酒）に、ブランデーなどを添加し、アルコール度を高めたワイン。辛口は食前酒、甘口は食後酒として飲むのが普通。開栓後も日持ちするのが特徴。『復讐の女神』『動く指』

スコーン

小麦粉、バター、卵などを混ぜた生地を丸型で抜いて、さっくりと焼いた菓子。ジャムやクロテッド・クリームを添える。

ミス・マープルは、スコーンを前にしてルーシー・アイルズバロウにいう「お茶のあいだは殺人の話はよしましょう」。英国の有名な午後のお茶（アフタヌーン・ティー）は、サンドイッチ、タルト、スコーンなどを組み合せて、紅茶とともにたっぷりいただく。

『パディントン発4時50分』

チョコレート

カカオの種子を原料に、砂糖と香料とミルクなどを加えて作られた飲物。ココアともいう。ポアロといえばチョコレート。甘いものに目のないポアロには欠かせない飲物。「ああ、こくのあるおいしいチョコレートが飲みたいものですね！　このイギリスでは、そういうチョコレートは望めません」。

『邪悪の家』「チョコレートの箱」

チョコレート・スフレ

泡立てた卵白とチョコレートを用いオーヴンでふんわりとふくらませた菓子。冷たい空気に当たると、みるみるうちにしぼんでしまうので、オーヴンからだして、焼きたての熱いところを食す。

『動く指』

デヴォンシャー・クリーム

クロテッド・クリームの別名。主にデヴォン州で作られるのでデヴォンシャー・クリームともいう。生クリームとバターの中間のような濃厚なクリームで、スコーンに添えるとおいしい。ミス・マープルの、そしてクリスティーの好物のひとつである。

『ABC殺人事件』「謎の遺言書」

ピスタチオ

ぎんなんより一回り小さく、殻に入った木の実。薄皮をむくと美しい緑色。ケーキの飾りに使ったり、酒のつまみにもなる。『バグダッドの秘密』には、一文無しで空腹なヴィクトリア・ジョーンズが、おごってもらったピスタチオを皿一杯食べるシーンがある。

『バグダッドの秘密』

フィッシュ・ペースト

鱈、海老、鮭などをペースト状にしたもの。英国人は鱈をよく食べる。『杉の柩』のヒロイン、エリノアは、店で買ったフィッシュ・ペーストにモルヒネを混ぜてサンドイッチにぬったと疑われる。　『杉の柩』

プラムケーキ

英国を代表するお菓子の一つ。洋酒に漬け込んだドライフルーツやナッツなどをバターケーキ生地に混ぜ込んで焼いたフルーツケーキ。プラムケーキと呼ばれているが、実際にプラムが入っているわけではない。ヴェナブルズ氏は、腕のいいコックに作らせた「昔ながらの甘ったるい」プラムケーキをマーク・イースターブルックに出す。　『蒼ざめた馬』

マッシュルーム・スープ

料理上手のルーシーが作ったマッシュルーム・スープの材料はマッシュルーム、チキン・ストック、牛乳、バターと小麦粉のルー、レモン汁。〈作り方〉マッシュルームはカサと軸に分け、カサはスライスしてレモン汁をかけておく。鍋にバターを熱し、玉ねぎのスライス（ルーシーの材料にはないが、入れるとおいしい）を中火でよく炒める。これにマッシュルームの軸を加えさらに炒め、チキン・ストックとルーを加え、弱火で煮込む。スライスしたマッシュルームを加え、塩、コショウで味を調える。

『パディントン発4時50分』

マフィン

エドワード王朝風のクラシックなバートラム・ホテルのラウンジで、アフタヌーン・ティー時に出されるのは、バターをたっぷりぬった「本物のマフィン」。特有の焼き型を使った平丸形で、手粉にコーンミールを使うものは、イングリッシュ・マフィンという。

『バートラム・ホテルにて』「大使の靴」

メレンゲ

卵の白身をあわ立てたものだが、砂糖の入っているものに限っていう。これに、アーモンドなど加えて、ひと口菓子を作ったりする。オリヴァ夫人は皿のメレンゲの残りをつつきながら、満足の溜息をもらした。

『象は忘れない』

ヨーロッパ大陸式朝食

ベッドで、コーヒーとロールパンを食べるヨーロッパにおいて伝統的なスタイルの朝食。永年イギリスで生活しているものの、ベルギー生まれのポアロは、これでないと駄目。

『邪悪の家』

ラプサン・スーチョン

中国産の紅茶。熱発酵をさせ、さらに松の木の燻煙で乾燥させる。したがっていぶしたような独特の香りと味がある。この味が嫌いなブリジェット・コンウェイは手を出さなかった。

『殺人は容易だ』

ローストビーフとヨークシャー・プディング

イーストリイは、いい匂いに鼻をひくつかせながら、ローストビーフのつけ合わせとしてヨークシャー・プディングを作る料理上手のルーシーの手伝いをする。普通、英国人はローストビーフをホースラディッシュソースか、グレイヴィーソースのどちらかで食べる。ヨークシャー・プディングは、ローストビーフを焼いた時に出る肉汁（ドリッピング）を型に入れて、粉、卵、牛乳を混ぜ合わせたものを入れ、オーヴンで焼き上げたもの。ローストビーフの肉汁をくまなく利用した英国らしさあふれる料理といえる。

『パディントン発4時50分』

f 交　通

青列車

Le train bleu。「オリエント急行」とならぶ豪華列車。パリからニースを経て仏伊国境に至るコースで、とくに冬期のリヴィエラ遊覧線として名高い。『青列車の秘密』はポアロもので、かつては『オリエント急行の殺人』とともにクリスティーの二大愚作（中村真一郎）と評されたこともあったが、最近ではこういういいかたはあまりきかれなくなった。クリスティー自身は一九二六年、失踪事件の前にこの急行に乗ったといわれる。ついでだが、かつて日本でブルー・トレインといえば、一九五七年に登場した東京―九州間の特急寝台のことであったが、今では特急寝台の代名詞のようになっており、なかでも札幌行きの北斗星号は人気が高い。

『青列車の秘密』

インチ・タクシー

セント・メアリ・ミード村のタクシー。先代インチ氏が駅への送迎やご婦人のお出かけ用に二台の辻馬車で営業を開始。二代目インチ氏が辻馬車を乗用車に切替え、その後経営者も変わったが、依然インチ・タクシーの名で登録されている。ミス・マープルはじめ村の老婦人たちは、今でも「タクシーで来た」という代わりに“I came in Inch”という。

『鏡は横にひび割れて』『復讐の女神』

ヴィクトリア駅

ロンドンに十三カ所あるターミナル・ステーションの一つ。ロンドンからドーヴァー等を経てフランス方面に向かう際の起点となるので、クリスティーの作品にもよく出てくる。なおロンドンにこのように多くのターミナルがあるのは、初期の鉄道がそれぞれ別の方角とロンドンを結ぶ形でばらばらに発達し、しかも敷設当時には地下鉄等によってその中心部まで乗り入れるだけの技術をもっていなかったためである。

『チムニーズ館の秘密』『雲をつかむ死』

ＡＢＣ鉄道案内

Alphabetical Railway Guide。鉄道の駅をアルファベット順に並べてあるので、ＡＢＣの略称で知られていたが、現在では廃刊になった。鉄道案内としては、ほかにブラッドショウ、トーマス・クックなどが有名だが、Andover の Mrs. Ascher 殺しにはじまる『ＡＢＣ殺人事件』の小道具ということになると、どうしてもこのＡＢＣでないと具合が悪い。

『ＡＢＣ殺人事件』『なぜ、エヴァンズに頼まなかったのか？』

カルナク号

ナイル川の第一瀑布から第二瀑布まで、アスワンの南方シェルラルとワディ・ハルファの間を往復する遊覧船。沿岸にはラムセス二世の建てたアブ・シンベルをはじめ多くの遺跡がある。『ナイルに死す』に出てくる沿岸の風物や遊覧船の描写は、クリスティー自身の中東旅行の体験を忠実に反映したものといわれる。ただその後アスワン・ハイ・ダムの建設に伴って、遺跡の多くは移築され、小説の現場は現在ではナセル湖となっている。なおポアロが船旅に弱いのは有名だが、この小説では周囲で次々と事件が起こるせいか、ノビている場面は一カ所もない。

『ナイルに死す』

シンプロン・オリエント急行

Simplon Orient Express。欧州大陸を横断するオリエント急行のうち、最も南を走るルート。カレーを出発し、パリ、ローザンヌからシンプロン・トンネルを抜けてミラノ、ベオグラード、イスタンブールに至る。華麗なインテリアと手厚いサービスで知られる。『オリエント急行の殺人』では、ポアロがイスタンブールから乗車し、ユーゴスラビアを抜ける手前で事件に遭遇する。なおクリスティー自身も一九二八年秋、中東への旅行にこの急行を利用している。

『オリエント急行の殺人』

パディントン駅

ロンドンのターミナル・ステーションの一つ。ロンドンから西に向かい、アイルランド方面に連絡する列車が発着。セント・メアリ・ミードに行くにもこの駅が使われる。ミス・マープルを訪ねるため、午後四時五十分発の列車でこの駅をたったマギリカディ夫人は、やがて隣りの線路を並行して走っている列車の中で、男が女を絞め殺すのを目撃する。なお同夫人の乗った列車のパディントン発は、クリスティーの当初の原稿では午後四時五十四分だったのがあとで変更されたもので、英米間の連絡の遅れから、米版 What Mrs. McGillicuddy Saw! では、現在でも四時五十四分となっているそうである。変更の理由は明らかでないが、いずれにしても本筋には影響はない。

『パディントン発4時50分』『チムニーズ館の秘密』「プリマス行き急行列車」

プロメテウス号

パリのル・ブールジェ空港とロンドンのクロイドン空港を結ぶ定期便の一機。そのモデルとなったのは、一九三五年当時英国最大の旅客機であったインペリアル航空のハンニバル型複葉機H.P.42であったといわれる。機内は快適であるが、稀に大きな黄蜂がまぎれこむことがあるので、この便を利用する場合、その点だけは十分注意しなければならない。

『雲をつかむ死』

ロールス・ロイス

長い伝統をもつ英国の乗用車で、超高級車の代名詞。クリスティーの作品に登場する車としては、ほかにベントリィ（『なぜ、エヴァンズに頼まなかったのか?』）、タルボット（同）、イスパノ（『七つの時計』）、ダイムラー（『エッジウェア卿の死』、『葬儀を終えて』）、メルセデス・オットー（『バートラム・ホテルにて』）、モーリス・オクスフォード（同）、オースティン・セヴン（『厩舎街《ミューズ》の殺人』）、スタンダード・スワロー（同）、ダルメイン（『そして誰もいなくなった』）等がある。このうちロールズ・ベントリィ（英国）は、もとは別会社だった二社が合併して生産しているもの。メルセデス・オットーは、ドイツのダイムラーがベンツと合併したダイムラー・ベンツ社がレース出場のため仕立てた車。イスパノ、タルボット（フランス）もベントリィ級の高級車だが、オースティン・セヴンやモーリス・オクスフォード（英国）は、当時の代表的な大衆車である。　　　　　　『ナイルに死す』『秘密機関』

g　土　地

インディアン島（のちに「兵隊島」に変更）

デヴォンシャー、スティクルヘヴンから一マイルほどの沖にある孤島。アメリカ・インディアンの横顔に似た形をしており、島中岩だらけで鷗がいっぱい群がっている。スティクルヘヴンから島へはモーターボートで渡るが、海が荒れると一週間以上も交通が途絶えてしまう。島の南側にオーエンという謎の人物の邸宅があり、ここに招待された十人の男女がマザーグースの童謡「十人のインディアンの子供」の歌詞をなぞるように殺され、やがて誰もいなくなってしまう。

一九三九年、クリスティーはデヴォンシャー、プリマス近くのバー島のホテルに滞在して『そして誰もいなくなった』を執筆したといわれるが、そのバー島がインディアン島のモデル。

『そして誰もいなくなった』

ウォームズリイ・ヴェイル

ロンドンから二十八マイル離れたところにある村。かつては小ぢんまりとした昔風な町で市《いち》などもたったが、時の流れにとり残され、辺境の町のようにさびれている。メイン・ストリートにはジョージ王朝風の家並みがつづき、居酒屋が二、三軒と時代おくれの店が何軒かある。
村の宿屋〈スタグ〉で、イノック・アーデンと名乗る男の惨殺死体が発見され、ポアロが捜査に乗り込む。
『満潮に乗って』

ジプシーが丘
キングストン・ビショップ村のはずれにある松林におおわれた丘。この土地から追われたジプシーの呪いがかかっている――という言いったえがあり、土地の人たちから〝呪われた土地〟として恐れられているが、頂きからの眺めは素晴らしい。この丘で出会い結婚したマイケル・ロジャーズとアメリカの大富豪エリーにも伝説どおり災厄と死が……。
『終りなき夜に生れつく』

シーブズ
ナイル河畔にある古代エジプトの都市。現在のルクソール。『死が最後にやってくる』は、紀元前二千年頃のシーブズを舞台にしている。
『死が最後にやってくる』

スタイルズ・セント・メアリ村
緑したたるエセックス平原の中にある静かな村。ポアロ最初の事件と、最後の事件の舞台となった記念すべき地。野原のまん中にぽつんと建った駅から二マイルほどのところに村があり、村から一マイルのところにスタイルズ荘がある。

一九一七年（一九一六年とも書かれているが）、第一次大戦の前線で傷を負い療養のためスタイルズ荘に身を寄せていたヘイスティングズは、村の郵便局の前で、ベルギーから避難してきた旧知のポアロとぶつかりそうになる。ポアロの輝かしいデビューの瞬間である。それから五十五年後、二人が再び訪れた村は、ガソリン・スタンド、映画館、二軒増えた宿屋、ずらりと並んだ国営住宅などが建ち、昔の面影をとどめぬほど変っていた。

『スタイルズ荘の怪事件』『カーテン』

スマグラーズ島

デヴォンシャーのレザーコム湾にある小島。明るい太陽、紺碧の海に囲まれた避暑地。鷗の群がる岩鼻に建てられたジョリー・ロジャー・ホテルを中心に、海水浴場、テニスコート、遊歩道、見晴らし台などがあり、陸地と島の間はコンクリートで固められた渡り道で繋がっている。休暇を楽しむために島を訪れたポアロは、浜辺に寝そべった海水浴客を見て「死体ですな——台の上にズラリと並んだ」と不吉なことを言うが、その不吉な予感が的中したように、島の入り江の砂浜で女優アリーナの絞殺体が発見される。日光浴を楽しむように寝そべった姿で……。スマグラーズ島のモデルは、『そして誰もいなくなった』のインディアン島と同じバー島。バー島も本土近くにあり、干潮の時は本土と渡り道でつながっているが、満潮の時は渡り道が海に沈む。この島には風変わりな富豪、アーチボルト・ネトルフォルド氏が建てたアールデコ様式のホテルがあり、クリスティーはここに滞在した。このホテルがジョリー・ロジャー・ホテルのモデルと言われている。

『白昼の悪魔』

セント・メアリ・ミード村

クリスティー・ランドにはセント・メアリ・ミード村は二つある。ひとつはケントで、ここには『青列車の秘密』に登場するキャサリン・グレーが一時生活していた。もうひとつはミス・マープルの本拠地で、ダウンシャーにある。この後者のセント・メアリ・ミード村は、マープルの紹介によれば、「とても小さな村で、ルーマスとマーケット・ベイシングのまん中あたりです。ロンドンからは二十五マイルほど」(『復讐の女神』)にある。実際にはパディントン発チャドマス行の列車に乗り、ミルチェスターで下車、九マイルのドライブで到着する。

典型的な英国の小村といってよく、村の中心であるハイ・ストリートには、さまざまな商店や教会、銀行、ブルー・ボア館が並んでいる。一九六〇年代に入り新興住宅が急増した。いつまでも静かな村であってほしかったが……。

『火曜クラブ』他多数

セント・ルー

イギリス南部海岸の町。南仏のリヴィエラを思いおこさせる風光明媚な海水浴場で、〝海水浴場の女王〟と名づけられている。岬の上に、セント・ルーで一番のホテル、マジェスティック・ホテルと〝邪悪の家〟と呼ばれるエンド・ハウスが建っている。ポアロはマジェスティック・ホテルに滞在し、エンド・ハウスで起こった殺人事件の謎を解く。　『邪悪の家』

ダートムア

デヴォンシャーの真中に広がる三百六十五平方マイルの、ダート川が流れるムア（ヒースの茂る荒地）。独特の風景に、先史時代の環状列石とプリンスタウン刑務所が加わって、いかにもミステリの背景にふさわしい。『シタフォードの秘密』の舞台であり、『死者のあやまち』の遠景をなす。クリスティーは最初のミステリを書いたときにもここを歩きまわり、後年ダート川の河口近くにグリーンウェイ・ハウスを構えた。　『シタフォードの秘密』『死者のあやまち』

チッピング・クレグホーン

セント・メアリ・ミードによく似た小村。広々とした絵のように美しい村。メイン・ストリートには、肉屋、パン屋、食料品店、古道具屋のほか、村の老婦人《オールド・プシー》たちが噂話に花を咲かせる喫茶店〈ブルーバード〉がある。第二次大戦後、ヴィクトリア朝の建物の残る住宅地はつぎつぎに改造され、外国やほかの土地から流れ込んだ身もとの分らぬ人たちが住みつき始めた。リューマチ治療のため近くのメデナム・ウェルズのホテルに滞在していたミス・マープルは、リトル・パドックスで〝予告殺人〟の起こったことを知ると、持前の好奇心を発揮、チッピング・クレグホーンの牧師館に身を寄せ名推理を展開。　『予告殺人』「教会で死んだ男」

ディルマス

デヴォンシャー南部、プリマスの近くの海辺の町。海岸のうしろが丘になった地形のため、やたら拡がるのを免がれ、古風な小ぢんまりとした風情を保つ魅力的な避暑地。町のはずれに、ヴィクトリア朝風の別荘、ヒルサイド荘がある。この家を買ったグエンダ・リードを守るため、ミス・マープルは〝転地療養〟を理由にディルマスへ行く。『スリーピング・マーダー』

トーキイ

イギリス海峡に面した優雅な保養地で現在の人口約十一万人。クリスティーはここで生まれ育った。第一次大戦中に、病院で奉仕しながら毒薬の知識を仕入れたり、ベルギーからの難民を観察したりしたのも、トーキイでのことだった。ミステリなんか書けっこないと姉マッジが言ったのも、ミステリ『スタイルズ荘の怪事件』を完成させたのも、すべてトーキイでのことだったのである。『蒼ざめた馬』『スリーピング・マーダー』

ナイル川

赤道付近に発し、ハルトゥームで青白ナイル合流後、ヌビア地方（第六～第二急流、ワディ・ハルファ、アブ・シンベル、フィラエ、第一急流、アスワン）、上エジプト（ルクソール、テーベ）下エジプトデルタ地帯（メンフィス、ギザ、カイロ）と北へ流れて地中海に達する大河。エジプト文明とクリスティーのいくつかのミステリの舞台。

『ナイルに死す』『死が最後にやってくる』

バグダッド

ティグリス河に沿い、近くをユーフラテス河が流れる古い都市。八世紀以来アッバース朝の都として栄えるが、蒙古軍の襲来以後さびれ、十七世紀からはトルコの支配下に入る。第一次大戦中イギリス・インド軍の侵入を受け、一九二一年イギリスの委任統治(〜三二年)下にあるイラク王国(〜五八年)の首都となる。そのバグダッドへ誰も彼もがやって来て『バグダッドの秘密』(一九五一年)が動き出す。

『バグダッドの秘密』『メソポタミアの殺人』

ペトラ

ヨルダンにある紀元前四世紀から栄えた古代ナバテア人の都市遺跡。ワディ・ムサ(モーゼの谷)の底にあり、赤味がかった土壌の断崖に囲まれ〝薔薇色の町〟と呼ばれる。三〇年代には、三宗教の聖地エルサレムから車で出発、アンマンからマアンの先アイン・ムサまで砂漠を南下、そこからは馬ではてしなくせばまっていく岩の谷へ降りて到達した。ある人は〝死との約束〟を果たすために……。

『死との約束』

南アフリカ

一九一四年以降第二次世界大戦までの呼び方でいえば、英領の南アフリカ連邦、南西アフリカ、ベチュアナランド、南北ローデシア、ニヤサランド、およびポルトガル領モザンビーク。〈茶色の服の男〉を追うアン・ベディングフェルドを乗せた汽船は一九二二年一月一七日サウサンプトンを出港、モロッコ沖のマデイラ島を経て赤道を越え大西洋を南下していく。ケープタウン寄港後、船は喜望峰を回ってモザンビークのベイラへとインド洋を北上してゆくが、ケープタウンから鉄道を使う南アフリカ冒険旅行もスリル満点。

『茶色の服の男』『チムニーズ館の秘密』他多数

ミューズ街

mew は鷹小屋だったが、その後に王室が馬屋を設けたことから厩舎を指すようになった。馬屋が住宅に改造されるようになり、厩舎跡アパートのある路地もミューズ街（厩舎街）と呼ばれる。爆竹や花火で騒がしいガイ・フォークス・デイの夜、バーズリー・ガーデンズ・ミューズ街一四番地で金髪美人が死んだ。発見者は見るからに利口そうな同居人。明らかなピストル自殺と見えたが……。

「厩舎街《ミューズ》の殺人」

メンフィス

エジプト北部の大都市。古王国時代の首都。インホテプの妾ノフレトは、この地の商人の娘。書記のカメニも、この地から来た。

『死が最後にやってくる』

リヴィエラ

地中海岸のニースからイタリアのラ・スペツィアに至る一帯。この有名な観光・保養地に、一月二月の冬のシーズンには金持ちは大挙して〝青列車〟で押し寄せる。ヴィクトリア駅で特《プル》別客車《マン・カー》に乗って、ドーヴァーでは船のキャビンにもぐりこんで、カレーからは欧州大陸鉄道の寝台車《ワゴンリー》のコンパートメントを占領して、リヨンで寝ればカンヌでお目覚め。ニースで降りるときには死体にご注意！

『青列車の秘密』『茶色の服の男』

リムストック

田舎の市場町。ノルマン征服の頃には教会を中心に栄えたが、今は時の流れにとり残されたように静かで古色蒼然としている。小ぎれいな大通りにはいかめしい構えの家が並び、商店、郵便局、弁護士事務所のほか、由緒を誇る美しく大きな教会がある。町の静かな生活が悪意と中傷に満ちた匿名の手紙によってかき乱されたため、「こんなことは絶対やめさせなければいけない！」と決心した牧師夫人が、〝その道の専門家〟ミス・マープルを町へ呼びよせる。

『動く指』

ロードス島

エジプトの対岸に小アジアにくっついて浮かぶエーゲ海の島。ポリス形成は紀元前十二世紀に遡り、ローマ帝国、ビザンティン帝国、ヨハネ騎士団、トルコの支配をへて第一次大戦後イタリア領となり（現在はギリシャ領）、ヴァポ・ディタリア号がリゾート客を運んでくる。季節はずれの十月にここで出会った美女とゴリラ、ハツカネズミと美男の二組の夫婦が演じた"Triangle at Rhodes"とは……。

「砂にかかれた三角形」

h 建築

阿房宮《あほうきゅう》（フォリイ）

十八世紀以降に建築されたカントリー・ハウスに見られるあずまやのこと。「壁柱にささえられた、白堊のちいさな寺院」といったようなもので「草の茂ったきれいな道、水仙などをあしらって、小高い丘の上に人目につくように建てるのがあたりまえ」（『死者のあやまち』）。〝フォリイ〟には〝無駄金をついやした大建築〟という意味もあり、短篇「グリーンショウ氏の阿房宮」はそちらの意。

『終りなき夜に生れつく』『死者のあやまち』

アーミー・アンド・ネイビーストア

ミス・マープルのおばヘレンの行きつけのストアで、「ミス・マープルの頭の中では今も昔も陸海軍の軍人とその奥さんたち娘たち、おばさんやらおばあさんたちと結びついている」

アイテム

(『バートラム・ホテルにて』)。ロンドンのヴィクトリア駅に近いヴィクトリア街にあり、創業は一八七一年。英国の陸海軍軍人およびその家族のための購買組合売店だったが、現在では誰でも利用できる普通のデパートになっている。

『バートラム・ホテルにて』『フランクフルトへの乗客』

ウールワース

一八七九年アメリカで設立され、一九〇九年に英国に進出した大衆向けのチェーン・ストア。英国の多くの町に支店を持ち、かつては三ペンスまたは六ペンスという二種類の値段で品物を提供していた。『シタフォードの秘密』のスリー・クラウン館のメイドは、ここで探偵小説を買った。『書斎の死体』で殺されたガール・ガイドのパメラ・リーヴズは、この店で買い物をするのが好きだった。

『書斎の死体』『シタフォードの秘密』

エンド・ハウス(**邪悪の家**)

セント・ルーの岬の上に二、三百年前に建てられた、古い荒れ果てた館で、所有者は美女ニック・バックリー。抵当に入っているため、番小屋は老夫婦に貸してある。先祖の肖像画や秘密の隠し戸棚などがある館には、なぜか昔から邪悪な空気が漂っている。海に面したフランス窓のある客間からピストルが紛失。近くのマジェスティック・ホテルに滞在中のポアロが訪れた夜、庭で射殺事件が起きる。

『邪悪の家』

旧荘園領主邸

一七八〇年に建築された一族代々の邸。優雅で美しい建物だが広過ぎて、相続したブラッドベリースコット三姉妹には荷が重い。修理は行き届かず、上等な家具やカーテンは古くなり、広い庭も雑草だらけ。温室が崩れてできた小山だけは、ポリゴナム・バルドシュアニカムが異常なほど青々と茂っている。ミス・マープルが滞在していたゴールデン・ボア・ホテルに近いジョスリン・セント・メアリにある。　『復讐の女神』

クラリッジ（ホテル）

ロンドン・メイフェアのブルック街にあり、英国貴族や名士が利用する高級ホテル。バッキンガム宮殿別館の異称を持つ。『忘られぬ死』のアンソニー・ブラウンは刑務所出所後、ここに滞在して社交界のしゃれ者を装い、デューズベリー卿に近づいた。　『シタフォードの秘密』『忘られぬ死』

ゴシントン館《ホール》

セント・メアリ・ミード村で一番大きいヴィクトリア朝の邸宅。持主アーサー・バントリー大佐の書斎で金髪美人の死体が発見され大騒ぎになる。大佐の死後、ドリー未亡人の住む門衛所以外は売却され、戦後、女優マリーナ・グレッグ夫妻の手に渡る。庭は専門家が設計し、書斎も音楽室に変り、プールや六つの浴室を加えて大改造された。野戦病院協会の催しに提供され、再び犠牲者が出る。

『書斎の死体』『鏡は横にひび割れて』

ゴーストン館《ホール》

所在地はミドルシャー、アドルスフィールド、ロングデイル。九人の使用人が働く、大きくてがっしりした赤レンガの古屋敷。客間の広いテラスに沿って並ぶ石の流しに、箱庭が作られている。音楽室や舞踏室もある館の調度はぜいたくで、老当主シメオン・リーの部屋は古風でけばけばしい。重い花瓶や彫像が飾られ、ダイヤモンドの原石が入った大金庫がある。

『ポアロのクリスマス』

ゴールデン・パーム・ホテル

西インド諸島サン・トノレにある、ケンドル夫妻が経営するホテル。金持ちの年輩客が多い。客たちは浜辺にひと足で行ける専用のバンガローに住み、夜は食堂でスチール・バンドの演奏を楽しめる。窓の外には晴れた空と紺碧のカリブ海、庭にはシュロの樹がそよぎハイビスカスが咲く。退屈し始めたミス・マープルのような客には、連続殺人犯との対決まで用意してくれるサービス満点のホテル。

『カリブ海の秘密』

サヴォイ・ホテル

ロンドンに一八八九年開業した名門ホテルで、ストランド街とヴィクトリア・エンバンクメントの間にあり、テムズ河の景観が楽しめる。『エッジウェア卿の死』でポアロは観劇の後ここに夕食をとりに行き、ジェーン・ウィルキンスンから依頼を受けた。『青列車の秘密』のアメリカの億万長者ルーファス・ヴァン・オールディンや、『バグダッドの秘密』の銀行家の秘書ミス・アンナ・シェーレはここに滞在していた。　『秘密機関』『エッジウェア卿の死』

ジョリー・ロジャー・ホテル

クック旅行社によれば〝衛生設備は最新、お料理は最高の一流ホテル〟。一七八二年にスマグラーズ島に建てられた、十八世紀様式のがんじょうな古屋敷に、カクテル・バー、大食堂、バスルームを増築、海水浴やテニス、ボート遊びの施設もある。宿泊客はポアロを含めて二十数名という小ぢんまりしたホテルの所有者兼経営者はミセス・カースル。島の西側の崖下、ピクシー湾の浜に客の死体が横たわっていた。　『白昼の悪魔』

スタイルズ荘

スタイルズ・セント・メアリ村にあるエミリー・イングルソープの邸。一九一六年、エミリーの自室で起きたのが英国で手掛けたポアロ〝最初の事件〟である。五十五年後、各部屋に給水設備と狭い浴室をつけて、邸はラトレル大佐夫妻経営のゲストハウスに変身。ポアロやヘイスティングズなど数組の客がいるが、食事はまずく熱い湯は出ず、庭師が三人いた広大な庭も荒れ放題。この邸でポアロが挑んだ〝最後の事件〟は、意外な結末を迎える。

『スタイルズ荘の怪事件』『カーテン』

ストニイゲイト

ヴィクトリア朝風の巨大なゴシック建築で、浴室が十、居間が十四もあり、滞在中のミス・マープルが迷子になりそうな大邸宅。湖のある広い敷地に、持主キャリイ・ルイズ・セロコールドの夫が運営する、未成年犯罪者を二百人以上収容する教化施設、テニスコート、ボウリング場ができ、邸の両翼はオフィスと教職員の寝室に使われている。テラスに面した客間と書斎で、同時刻に事件が発生する。

『魔術の殺人』

スリー・ゲイブルズ（ねじれた家）

ギリシャ出身の大金持ち老アリスタイド・レオニデスの邸。ロンドン郊外のスウィンリ・ディーンにあり、一族十人が一緒に住んでいる。はすかいになった梁や十一の切妻（ゲイブルズ）のためにねじれて見えるコテッジ風の奇妙な建物だが、内部は三つの独立した家にわかれ、豪華な設備が整っている。毒殺事件の後、中庭の洗濯小屋で殺人未遂が起きる。

『ねじれた家』

チムニーズ館

パディントンから汽車で四十五分のケイタラム卿の別邸。イギリスの最も豪壮な邸宅の一つで、王族や各国外交官が出入りし、観光バスがやって来るほどの歴史的名所でもある。五マイル離れたワイヴァーン荘の持主で外務省高官ジョージ・ロマックスの依頼で外交取引の舞台に使われるが、出席者が豪華な会議室で射殺される。四年後、鉄鋼王サー・オズワルド・クートに貸してあった館で、滞在客が朝食に起きてこなかった。『チムニーズ館の秘密』『七つの時計』

ナス屋敷

パディントンから二百十二マイルのナスコームにある。河を見下す白亜のジョージ王朝風の邸宅で、隣りはユース・ホステルがあるフッダウン公園。一年前にジョージ・スタッブス卿が買い取り、優雅な邸に不釣合な阿房宮を庭に建築した。広大な敷地で行われる年に一度のお祭りに招かれて、犯人探しゲームを考案したオリヴァ夫人は、船着場に近いボート倉庫に死体役の少女を待機させる。明らかにクリスティーの別荘グリーンウェイ・ハウスがモデル。

『死者のあやまち』

バートラム・ホテル

ロンドンのウエスト・エンド、閑静なポンド街に建つ、エドワード王朝の雰囲気を残す由緒あるホテル。ラウンジで飲む午後のお茶には「ほんもの」のマフィンやシード・ケーキを注文でき、従業員は控え目で気がきく。六十年近い歳月を経て再訪したミス・マープルは、十四歳の時（一九〇九年）と全く変らない内装、近代的な設備に喜びつつ、なぜか違和感を覚える。実在のブラウンズ・ホテルがモデルといわれているが、フレミング・ホテルという説もある。

『バートラム・ホテルにて』

ハロッズ

ヨーロッパで最高の格式を誇る、英国王室御用達のデパート。一八四九年創業で、ロンドンのハイド・パークの南、ブロンプトン街にある。『七つの時計』でバトル警視はワイヴァーン荘で警戒に当たるとき従僕に変装し、「ハロッズの守衛」と評された。

『七つの時計』『蒼ざめた馬』

ハンターベリイ

ロンドンから汽車でそう遠くないメイドンスフォードに建つ美しい屋敷で、庭には花壇、豊かな菜園、ラズベリーやりんごの木、林や小川まである。婚約を解消したエリノア・カーライルは、叔母ローラ・ウエルマンから相続したばかりの広過ぎる屋敷を手放すが、ハンターベリイでの最後の日、居間でメアリイ・ジェラードは、エリノアが作ったサンドイッチを食べる。

『杉の柩』

ヒルサイド荘

ディルマスにある、建ってから百年にもなる白い小さなヴィクトリア朝風の別荘。寝室が七つある。ホールの階段に立つと恐怖を覚えるのと、古風な居間から庭へ下りる階段がテラスの端にあるのが妙だが、新しい買主グエンダ・リードの望み通りの家。十八年前は〈セント・キャサリン荘〉と呼ばれ、隣りはドクター・ケネディの病院だった。

『スリーピング・マーダー』

ファンリー・パーク

ロジャー・アクロイドの屋敷。引退したポアロがかぼちゃ作りに励む〈からまつ荘〉と同じキングズ・アボット村にある。村一番大きく、使用人が七人いる。広い庭には離れ家や金魚池があり、池のそばの丘から美しい田園風景が見渡せる。大きなフランス窓とガラス蓋つきシルヴァー・テーブルがある応接間の隣り、暖炉の燃える快適な書斎で起きたのが、後世に残る〝アクロイド刺殺事件〟である。

『アクロイド殺し』

ホロー荘

豊かな森林に囲まれたショヴェル草原の丘を越え、険しい坂道を下るとヘンリー・アンカテル卿の屋敷に着く。書斎に卿の拳銃コレクションがあり、庭で射撃練習、森で猟ができる。射殺事件の起きたプールからは放射状に小道が伸び、菜園、森、花壇、半マイル離れたポアロの別荘〈レストヘイヴン荘〉と女優ヴェロニカ・クレイの別荘〈ダヴコート荘〉に通じている。

『ホロー荘の殺人』

ホワイト・ヘイヴン・マンション

一九三〇年代の初めからポアロが住んでいる建物。住所は明示されていないが、ロンドンの中心部にあることは確か（郵便区はW1）。すばらしく均斉のとれた建物で、対称性を好むポアロにふさわしい。彼の部屋はその四階にあり、部屋番号は二〇三。ひろびろとした豪華なフラットには、角ばったアーム・チェアを始めとして曲線を描いたものはひとつもない。ここでの事務仕事はミス・レモンが、身のまわりの世話はジョージが引き受けている。

『ABC殺人事件』『マギンティ夫人は死んだ』『複数の時計』他多数

マダム・タッソー蠟人形館

ロンドンのメリルボーン街にあり、設立は一八三五年。世界中の蠟人形館の本家的存在で、現在も大勢の観光客を集めている。犯罪人を含む世界中の著名人が陳列されており、「戦慄の部屋」「トラファルガー海戦の部屋」が特に有名。ミス・マープルは、バートラム・ホテル滞在中にここを訪れた。

『エッジウェア卿の死』『バートラム・ホテルにて』

モンクスウェル・マナー

第二次大戦直後、おばからモリー・デイヴィスに遺贈された「ヴィクトリア時代の家具がやたらにたくさんある」大きくて古い家。村から二マイル離れた一軒家だが、ロンドンには日帰りできる。寝室の給湯設備やセントラルヒーティング、ガスレンジといった改造が戦前になされていたため、モリーは夫とゲストハウスを始めるが、雪に閉ざされ電話も不通になったマナーに殺人犯がまぎれ込む。

「三匹の盲目のねずみ」

リッツ・ホテル

ロンドンのピカデリー街にあるフランス風のエレガントな名門ホテル。一九〇六年にスイスのホテル経営者セザール・リッツによって建てられた。ここからのグリーン・パークの眺めは素晴らしい。『秘密機関』でトミーとタペンスはここを本拠地としてジェーン・フィンの行方を追った。また、『パーカー・パイン登場』でパキントン夫人はジゴロのクロードとここで昼食をとった。

『秘密機関』『ABC殺人事件』「中年婦人の事件」

リトル・パドックス

チッピング・クレグホーン村のレティシィア・ブラックロックの家。細長いベランダと緑色の鎧窓のある初期ヴィクトリア朝風の建築。ホールは細長くたくさんのドアがついていて、一つは応接間に通じる「開かずの扉」。アヒルや鶏が群れる庭は荒れ、設備や電気配線も昔風だが、大人六人が住める広さがある。何者かがこの家での殺人予告を地元の新聞に載せたため、村中の者が二間続きの応接間に押しかける。

『予告殺人』

i 動物

アイリッシュ・ウルフハウンド

一九世紀、アイルランドでオオカミから家畜を守るために欠かせなかった存在の猟犬。勇敢でありながら攻撃的ではなく、従順で穏やかな犬種。全犬種中、最大の体高を持ち、毛は荒くて硬い。ポアロがマギンティ夫人殺しの調査で泊まり込んだ下宿屋に「フリン」と「コーミック」という名の二匹が飼われていた。

『マギンティ夫人は死んだ』

蒼ざめた馬

十四〜十五世紀に建てられた木骨の家の屋号。ホールには宿屋時代の看板であった青白い馬の絵が掛けられている。今は三人の老嬢が住み、怪しげな降霊術や呪術の場となっている。ロンドン美術館に勤めるジンジャーの手によって、時代を経た汚れが取り除かれた時、ヨハネ黙示録第六章第八節にある馬の背に乗った〝死〟という名の骸骨が姿を表したのである。

『蒼ざめた馬』

死の猟犬

ドイツ軍の槍騎兵を修道院もろとも吹き飛ばした後、壁の真っ黒な火薬痕は大きな猟犬の形として残り、村人から「死の猟犬」として恐れられている。奇蹟とも呼ばれたその爆破は、修道女シスター・マリー・アンジェリックが神の力により、なしえたという。シスターを研究し、人間の死を左右する力と権力を得ようとしたローズ博士のもとに、「死の猟犬」はまたもや解き放されたのか？

「死の猟犬」

スパニエル

耳の長い、毛の長い小型の狩猟犬だが、家庭犬でもある。スペイン原産でイギリスで改良された。性格は快活で強情。寮内で最初に殺された薬剤師、シーリアの目が、恋したスパニエルのそれとそっくりであった。

『ヒッコリー・ロードの殺人』

ティグラス・ピレセル

アッシリアの王の名をもらった牧師館の猫。種類不明。噛じってしまったスタンドのコードがショートしたことにより、ミス・マープルに重大なヒントを与え、解決へと導く。ときどきバンチ・ハーモンに、にしんの骨をもらう。

『予告殺人』

ペキニーズ

絹のような長毛、独特の丸い目とペチャンコの鼻の室内犬。ポアロは引退する前に、〝ヘラクレスの難業〟にちなんで十二の事件を引き受けることにする。そして第一の事件が、なんとホギン夫人の愛犬ペキニーズの誘拐事件であった。　「ネメアのライオン」

ペルシャ猫

毛足の長い猫を百年にわたる年月をかけてイギリスで作りあげた品種。毛色によって、三十種ほどにわけられる。犯人を告発しようとしたミス・ピンカートンがかわいがっていたみごとなオレンジ色のウォンキー・プーは、耳の傷の膿を、殺人の手段に使われてしまう。主人が殺された後、ミス・ウェインフリートの手で飼われる。　『殺人は容易だ』

マンチェスター・テリア

つやつやした黒い短毛を持ち、大きな耳と細く長い尾が特徴の犬。ベレズフォード家のたよりになる番犬ハンニバルも同種である。レバーが大好物で、骨にはうるさい。犯人を追跡したり、二度も噛みついたりと大活躍。タペンスの優秀なお守り役で、トミーの絶大なる信用を勝ち得ている。クリスティー晩年の愛犬ビンゴがモデル。ビンゴの前の愛犬トリークルもマンチェスター・テリアであった。　『運命の裏木戸』

ワイア・ヘア・テリア

イギリス原産の愛玩犬。長めの首と、すらりとした足の陽気な元気もの。階段からボールを落として遊ぶのが大好きなボブ。ミス・アランデルが死にそこなったのは、ボブのボールのため、との濡衣をポアロがはらしてくれる。犬が大好きなクリスティーが娘ロザリンドのために飼ったワイアヘア・テリアのピーターがモデル。なお『マギンティ夫人は死んだ』にはシーリアム・テリアの〝ベン〟が登場する。『もの言えぬ証人』

j　植　物

アイリス

神々の使者である女神イリス（＝虹）にちなんで名付けられた。栽培の歴史は古く、古代ギリシャにさかのぼる。現在でも改良が盛んに行われ、よく植えられている。また、美術品にも古くから登場している。アイリスの種類は大変多く、ポアロが事件を解く鍵となった、レストラン〈白鳥の園〉のテーブルに飾られた「黄色いアイリス」を始め、青、紫、白、桃など花色もさまざま。「黄色いアイリス」では姉の名、同じ題材を長篇にした『忘られぬ死』では妹の名がアイリス。『忘られぬ死』「黄色いアイリス」

アスター

キク科のアスターにはチャイナ・アスターと呼ばれるエゾギク属の一年草と、多年草のシオン属の園芸種とがある。日本ではアスターといえば前者を指し、花色は淡紅、紫、白など。後者は北アメリカ原産のアメリカシオンのことで、花は中心部が黄色、周囲は赤、青、紫、白などで九、十月に咲く。「二度目のゴング」のダイアナ・クリーヴスは事件のあった日、晩餐の前にアスターを摘んで活けた。『鳩のなかの猫』の個性的な校長ミス・バルストロードはアスターを好まず、代りにポンポンダリアを校庭に植えさせる。

『鳩のなかの猫』「二度目のゴング」

イチイ

北半球の温帯から亜寒帯に分布する針葉樹。常緑高木で、高さ二十メートル、直径一メートルに達する。セイヨウイチイはイギリスの教会などにはもっとも普通に植えられ（悲しみの表象とする）、弓材としてさかんに用いられた。『ポケットにライ麦を』の水松荘《いちい》にはその名の通りイチイの大木と生垣があり、イチイの実と葉から採れるタキシン（毒薬の項参照）で当主が毒殺される。

『ポケットにライ麦を』『ねじれた家』

カボチャ

ウリ科の一年草でニホンカボチャ、セイヨウカボチャ、ペポカボチャなどがある。ポアロが〈からまつ荘〉（『アクロイド殺し』）で栽培しているカボチャも、『ヘラクレスの冒険』で改良に情熱を燃やしているナタウリも、原語は Vegetable marrow で、北米原産のペポカボチャの仲間。作品中で〝ぐしゃりと不快な音を立てて〟落ちて来たり、〝バカでかくふくれた緑色のやつ——水っぽい味のする〟と表現されているように、日本のカボチャのイメージとは大分違う。

『アクロイド殺し』『ヘラクレスの冒険』

キンギョソウ

地中海沿岸に野生する多年草だが、育種されて一年草として栽培されるようになった。葉は長楕円形で、長く伸びた花茎に金魚に似たかわいい花が並ぶ。花色も赤、黄、桃、白などさまざま。切り花や花壇用に栽培される。ミス・マープルのお気に入りは硫黄色。英名はスナップドラゴン。

『復讐の女神』

キンポウゲ

原語は**Ranunculus**ラナンキュラス。キンポウゲ科の多年草で、ハナキンポウゲとも呼ぶ。中近東からヨーロッパ東南部が原産地。八重咲きで、赤、黄、桃、白などがある。イラクの遺跡発掘現場で殺された女性のために深紅のこの花を飾ったが、「野生の小さな可愛らしい花」。

『メソポタミヤの殺人』

ジギタリス

別名は狐の手袋といわれる西欧・南欧原産の多年生の草木。草丈は一メートル前後で、白、黄、紫などの釣鐘型の花をつける。この葉を乾燥させたものが強心・利尿剤となるが、毒薬にもなる（毒薬のジギタリンの項参照）。クロッダラム・コートの庭にはなぜか、この草と料理用のセージが一緒に植えられていた。

『ねじれた家』「毒草」

シャクナゲ

花の形でもわかるように、つつじの仲間で、白や淡紅色などの花がかたまって枝先に咲いているのはみごと。イギリスには十九世紀半ばにヒマラヤ産のものが紹介され、その後園芸化が進み、今やイギリス全土にその大小の茂みを見ることができる。『パディントン発4時50分』では、しゃくなげがトンネルになっているような小道や、藪のようにしげっている敷地を描写し、ラザフォード邸の広大さを上手に表現している。

『パディントン発4時50分』『死者のあやまち』

スミレ

古代ギリシャ以来、地中海からアルプス以北に至る各地で愛された花であったが、園芸花卉として栽培されるようになったのは十九世紀に入ってから。園芸種のパンジーがつくられてからは、特にイギリスでスミレ栽培ブームが起こった。香りのよいものからは香料がつくられる。『予告殺人』ではリトル・パドックスのスミレをいけた小さな花瓶が事件の謎を解く鍵となった。

『予告殺人』

ゼラニウム

丈夫で育てやすく美しいので、ヨーロッパでは大変親しまれ、出窓を飾ったり、つり花になったりしている。葉は心臓円形、カエデ状などで長柄がある。花色は赤、白などはあるが「青いゼラニウム」（『火曜クラブ』）の栽培はまだ。『ゴルフ場殺人事件』では、足跡を調べに来たポアロが花壇のみごとなゼラニウムをほめている。　　『ゴルフ場殺人事件』「青いゼラニウム」

トリカブト

和名の鳥兜《とりかぶと》は、その花の形からきている。昔から特に矢毒に用いられる毒草として名高い。毒は主として根にあるアコニチンである。調合次第では薬草にも。『パディントン発4時50分』の中でも、外用薬として百倍に薄めて使用すべきところを、登場人物の一人が服用し、死に至ってしまう。濃い紫色とその特異な花型で、庭園では目立つ花である。　　『パディントン発4時50分』

ハイビスカス

南国の代表的な花の一つで、一般にはブッソウゲを指す。アオイ科フヨウ属の熱帯性低木。花柱が突出した桃、紅、黄色などの派手な花がらっぱ状か杯状に開き、大きいものは直径二十センチに及ぶ。ハワイでは品種改良が進められ、州花にもなっている。『カリブ海の秘密』のパルグレイヴ少佐は、この花と殺人犯が一緒に写っている写真を持っていたが、泊っていたホテルにもこの花が咲いていたために……。　『カリブ海の秘密』

バラ

西欧では古くから花の代表とされ、イングランドの国花。ギリシャ・ローマ時代から栽培されていたが、十九世紀になって品種改良が進み、園芸品種は二万以上もある。大別すると、四季咲大輪系を含む木バラ・株バラ、つるバラ、両者の中間型の三系統。花は香りが良いためバラ水やバラ油を香料に用いたり、ジャムや砂糖漬にもされる。美しいバラにはトゲがあるのが普通だが、『杉の柩』に登場するのはトゲのないつるバラ。クリスティー生誕百年記念を祝って、一九九〇年には彼女の名にちなんだバラが発表された。　『杉の柩』『チムニーズ館の秘密』

ハリエニシダ

マメ科のハリエニシダ属の高さ一メートルほどの低木。鋭いトゲがあり、たくさんの枝に黄色い小花をつける。西ヨーロッパからイタリアに分布し、荒れ地によく見られる。「サニングデールの謎」では、ゴルフ・コースからはずれた小径のわきにハリエニシダの深い茂みがあり、死体を隠す恰好の場となっている。　『秘密機関』「サニングデールの謎」

ヒエンソウ

ヨーロッパでの栽培種はデルフィニウムとして改良が重ねられた多年草。高さ二メートル、花穂の長さ一メートルをこえるものもある。花色は白、淡青、青、紫、藤、桃などで、最近赤色の花をつくることにも成功した。イギリスの庭つくりには欠かせない花。グエンダ・リードはアースキン氏を再訪する口実にヒエンソウの株のそばに指輪を落としてきた。

『スリーピング・マーダー』『鳩のなかの猫』

ポリゴナム・バルドシュアニカム

観賞用の蔓性の耐寒性多年草。非常によく生長し、高さ六メートルにもなり、下部は木質化する。葉は心臓性卵形またはホコ形で鋭尖形。花は桃色を帯びた白色で、小型だが非常に多花性で、花房に群生する。『復讐の女神』に出てくる旧領主邸の温室あとは、不都合なものを隠すのにもってこいのこの草ですっかりおおわれていた。

『復讐の女神』

マグノリア

モクレン科のモクレン、ハクモクレン、コブシ、タイサンボクなどの総称で、落葉または常緑の美しい花木。春に紫の大きな六弁花をつける低木のモクレン以外は、高木で白い花が咲く。『象は忘れない』では、ダウン・ハウスのマグノリアの木蔭でポアロはシリヤとデズモンドに真実を告げた。

『象は忘れない』『死者のあやまち』「白木蓮の花」

レンギョウ

典型的な東洋の春の花という感じがするが（原産国は中国）、イギリスにも多いモクセイ科の落葉低木。早春に鮮やかな黄色の花を枝いっぱいにつける。『スリーピング・マーダー』でヒロインが買い取った家の木が、十八年間で海の眺望をさえぎるほどに成長しているように、高さ三メートルくらいになるものもある。

『スリーピング・マーダー』

ローズマリー

高さ一メートルほどの常緑樹で、春から夏にかけてうす紫色の小花をつける。葉、花ともに芳香を放ち、香料として用いる。思い出の花として、花嫁の花輪の材料とされた。また、常緑の葉が永遠性の象徴とされたため葬式に用い、墓のまわりにも植えた。妻ローズマリーの「忘られぬ死」の場面を再現するパーティでジョージ・バートンはローズマリーを飾らせた。

『忘られぬ死』

k 毒　薬

阿片

未熟なケシの外殻に傷をつけて流出する浮液より抽出したもの。モルヒネ、ナルコチン、コデインなどの約二十種のアルカロイドを含む、薬にもなれば毒にもなるという代表的なもの。

阿片中毒は、縮瞳、徐脈、体温下降、呼吸抑制などの症状があり、慢性では禁断症状を呈する。かつては中国人の嗜好に合い、阿片戦争を引き起したほどの物質であるが、現代ではその名前が古典的になりつつある。
『ビッグ4』「消えた廃坑」

ヴェロナール

催眠性バルビツールの商品名。中枢神経系の抑制作用により、睡眠剤、鎮静剤として用いられる。連続使用すると運動力低下、精神機能低下などの睡眠薬中毒となる。バルビタールは、長時間型、中間型、短時間型、速効型とある。睡眠薬は最近、新薬が次々に出て来て交代の激しい薬剤だが、バルビタールは依然として使われている。某氏が自殺用に使用。
『アクロイド殺し』『ひらいたトランプ』

エゼリン（フィソスチグミン）

カルバラ豆からとるアルカロイド。副交感神経興奮作用があり、手術後の腸管麻痺、排尿障害に使われ、筋無力症、緑内障の治療に使われる特別な作用がある。もちろん、過量は危険である。『ねじれた家』のレオニデス老人はこの薬を適量以上とらされた。
『ねじれた家』『カーテン』

キュラーリ（クラーレ）

南米の原住民が矢毒に用いるプレウッギ科の植物の樹皮、葉などより抽出する水溶性のアルカロイド。身体の骨格筋を弛緩させ麻痺させる作用がある。過量により呼吸停止を招く。骨格筋を麻痺させるため、原住民がキュラーリを塗った矢で動物を射ると、動けなくなって簡単に捕獲されるという。探偵作家オリヴァ夫人が『ひらいたトランプ』の中で珍しい毒薬を知らないかと尋ねて、紹介されたもの。

『ひらいたトランプ』『アクロイド殺し』

香油

古代エジプトで、美容・薬用に用いられたにおいのよい油。インホテプの母は、皮膚から吸収される毒入りの香油を体に塗って死ぬ。

『死が最後にやってくる』

コカイン

ペルー原産のコカの葉から抽出されるアルカロイド。飲用、注射、吸入される白い粉末状の覚醒剤。用いると人を幸福で陽気な気分にさせる効果があるが、習慣性がきわめて強く、連用すると幻覚や抑鬱症が起こり、禁断症状も激烈。一時に多量を用いるとショック死するため、クリスティーの作品中では毒薬としても用いられる。

『邪悪の家』「ディオメーデスの馬」

ジギタリン

ジギタリスの葉を乾燥させて作る。強心剤に使われ、狭心症、心筋梗塞、不整脈に使用される。中毒となると、嘔吐、めまい、頭痛より不整脈、痙攣《けいれん》をきたし死に至る。表と裏の関係で、心臓の薬は心臓の毒にもなる。ジギトキシンが最も有毒で、『死との約束』で用いられている。

『ねじれた家』『死との約束』

ストリキニーネ

興奮薬。白色の結晶で水溶性、苦味あり。ホミカの種子よりとれるアルカロイド。反射機能亢進、延髄、大脳皮質興奮作用があるので昔は強心剤、脚気、消化管障害の薬として用いられたが、現在は使われていない。過量に用いると毒薬となる。頭を後方へそらせ、手をふるわせ、体を弓のように曲げるなど激しい痙攣をする。ちょうどスタイルズ荘の持主イングルソープ夫人が殺されたときのように。

『スタイルズ荘の怪事件』「あなたの庭はどんな庭？」

ストロファンチン

ストロファンチン属より抽出される配糖体で、S1、H1、G1の三種類があり、G1が医薬品として使われる。強心剤として使われるが、それゆえに過量は毒薬として使われる事になる。短篇の中で使用されている。

「管理人の事件」「砂にかかれた三角形」

青酸カリ

誰でも知っている代表的な毒物。毒物の系譜からいえば、ニトリル酸化物。青酸カリは血液中の血色素と結合するために酸素の吸収がうまくゆかなくなり、個々の細胞が窒息死する。致死量は一五〇〜三〇〇mg、死ぬと口からアーモンドの臭いがし、血液は鮮紅色となるため、きれいな死顔となる。効果はきわめて早く数分で死に至る。『そして誰もいなくなった』の第一の犠牲者トニーは青酸カリ入りの酒を飲んだ。

『そして誰もいなくなった』『忘られぬ死』

タキシン

水松《いちい》の実からとるきわめて毒性の強い物質。イチイは西洋では庭園、庭の垣根などに使われる。したがって容易に手に入る毒物といってよい。強力な呼吸抑制作用がある。『ポケットにライ麦を』のレックス・フォテスキューに使われた毒薬がこれ。

『ポケットにライ麦を』

タリウム

原子番号八一の金属元素。一度体内に摂取すると排出速度が遅く、消化管や神経系に障害を与える。慢性中毒症状としては、脱力感、手足の痛み、脱毛がある。急性症状としては、吐き気、下痢、手足の痛み、昏睡、痙攣などがあり、死に至る。食物に混ぜて殺鼠剤として古くから用いられている。『蒼ざめた馬』を読んだ実在の看護婦が患者の中毒に気づく、というエピソードもあり、クリスティーの毒薬知識の正確さを世にひろめる結果となった。

『蒼ざめた馬』

ニコチン

タバコの葉に含まれるアルカロイド。独特の臭気がある吸湿性の微黄色の液体。空気、光にふれると褐色に変化する。神経系、呼吸中枢、血管系に作用する毒物である。煙草より容易に抽出できるので、意外な毒薬となる。クリスティーの作品以外で有名なものに、エラリイ・クイーンの『Xの悲劇』があり、混雑した電車の中で毒殺に使われた。ポアロも殺されそうになる。

『三幕の殺人』

ヒオスシン

ロートコン、ベラドンナ、チョウセンアサガオ等の多くのナス科植物に存在するアルカロイド。副交感神経遮断のために使われ、胃、十二指腸の炎症、潰瘍に使われるが、過量使用は毒性を現わす。心臓麻痺と似たような症状を呈するようで……。

「ナイチンゲール荘」

砒素

単体ではほとんど毒性はないが、化合物になると有毒になる。亜砒酸のような三価の砒素化合物は猛毒。慢性砒素中毒の場合、胃腸障害、気管障害、黒皮症を生ずる。あまりにもはっきりした症状が現われるので、砒素中毒とばれやすく、「愚者の毒」と呼ばれる。しかし手軽に利用できるからか、クリスティー・ランドの多くの殺害者がこの毒薬を用いている。

『魔術の殺人』『葬儀を終えて』

ブームスラングの毒

蛇に対する嫌悪感もあって、人間は蛇毒に強い恐怖心を持っている。神経毒、血液毒、溶血毒と毒蛇の種類によっていろいろ作用が違うのが特徴。この南アフリカ産の毒蛇の毒は、検死審問におけるウィンタスプーン氏の証言によると生き物のうちでは最も激しい毒で「心臓に作用してその働きを麻痺させる」という。

『雲をつかむ死』

ベラドンナ

ナス科のアトロファ・ベラドンナの葉及び根から抽出し、鎮痛、鎮痙剤として用いられる。硫酸アトロピンの液に溶解したベラドンナエキスは胃腸などの鎮痛、鎮痙剤、止瀉剤として特に使われる。もちろん過量使用は毒薬となる。ベラドンナは美しい女性の意味だから美しい植物だと思われがちだが、実際は、使用すると瞳孔が開くので、女性が美しく見えるという事で名前がついたらしい。

『カリブ海の秘密』

抱水クロラール

DDTの原料となるクロラールを水と化合させて作る。急速に作用する非バルビツール系鎮静剤。『複数の時計』では、抱水クロラール入りの酒を飲まされ昏睡状態の男が刺殺される。

『複数の時計』『秘密機関』

モルヒネ

塩酸モルヒネは鎮痛薬。白色の水溶性の結晶。痛みの抑制作用があるので、鎮痛、鎮静、鎮咳に用いる。習慣性があるので麻薬とされる。アヘンより取り出す。古来文学者が興味を持ち、クインシー『阿片吸引者の告白』などが有名。半数致死量は五〇〇mgでそれほど猛毒とはいえないが、クリスティー・ランドではよく使われる。

『親指のうずき』『杉の柩』

硫酸アトロピン

ナス科のアトロファ属の根、葉より抽出されるアルカロイド。代表的な副交感神経遮断薬。経口、注射により胃十二指腸系の疼痛、痙攣の治療に使われる。点眼薬にも用いられる。薬の知識などゼロだと思われていたミス・マープルが知っていた。

「聖ペテロの指のあと」「チョコレートの箱」

燐

原子番号十五で、元素記号はP。赤燐と黄燐がある。現在もマッチなどに使われるのは赤燐で、黄燐マッチは毒性が強く危険で一九二二年から国際的に禁止されている。身のまわりにあるありふれた物質だが、クリスティーを除くと毒薬としてはあまり使われていない。

『もの言えぬ証人』

Ｉ 法律

検死審問

変死または変死の疑いがある者、死因の不明な者に関して調べる際に、口頭弁論の形式によらないで個々的に口頭または書面で当事者その他の者に陳述させること。一般の裁判に比べると、陪審員の人数は7人から11人と少ない。この項は、『スタイルズ荘の怪事件』を始めとして数多くの作品に出てくる。なにしろクリスティーは〝死の公爵夫人〟といわれるほど毒殺好きだから。

『スタイルズ荘の怪事件』『動く指』他多数

サマセット・ハウス

婚姻届や離婚届を出すなどの比較的狭い区域で、日常生活にとって身近な手続事務を取り扱う役所のこと。日本では各地域に設置されている区役所、市役所、町役場、村役場などがこれに近い機能を持っている。トミーはメアリ・ジョーダンの謎を調べるために（『運命の裏木戸』）、ジャイルズ・リードは義父の結婚を調査するために（『スリーピング・マーダー』）利用する。

『スリーピング・マーダー』『運命の裏木戸』

ソリシター（事務弁護士）

依頼者の相談に応じて必要な助言を与え、法律文書を作成するなど、法廷外の法律事務を行う者。原則として上位裁判所での弁論権を持たない。一方、バリスター（法廷弁護士）は、ガウンとかつらをつけて法廷に出て弁護士として弁論できる。バリスターとしては戯曲『検察側の証人』のウィルフリッド・ロバーツ卿が（映画の影響もあり）印象深い。

『動く指』『検察側の証人』

陪審員

司法手続において、公平に選ばれた一定数（イギリスでは十二人）の一般人において構成され、与えられた事実問題について証拠に基づき評決を下す。ミステリにはおなじみで、クリスティーの作品にも『五匹の子豚』を始め、数多くの作品に登場する。『オリエント急行の殺人』の被害者には十二の刺傷が残っているし——。

『五匹の子豚』他多数

法廷の不文律

法廷上において、文書で表わされていない法律の形式をとるものに基づいて行われること。不文律には慣習法・条理・判例法などがあげられる。『五匹の子豚』では、法廷弁護士が法廷の不文律を理由に、キャロライン・クレイルは「いつでも無罪であることを建前にしている」と説明している。

『五匹の子豚』

m 行事・宗教

イースター（復活祭）

キリストの復活を祈念する、キリスト教で最重要かつ、最も古くから祝われている祭日の一つ。日取りは毎年異なり、三月二十一日以後の満月の日の次の日曜日と定められている。イースター直前の聖金曜日（グッド・フライデー）はキリストがはりつけにされた受難の日とされる。『もの言えぬ証人』のエミリイ・アランデルの親族は、聖金曜日に小緑荘に集まった。

『五匹の子豚』『もの言えぬ証人』

英国国教会（アングリカン・チャーチ）

英国君主を首長とするイングランドの国教会で、教義的にはカトリック教会と他のプロテスタント教会の中間に位置する。この教会の聖職者は妻帯することができ、ミス・マープルの叔父やタペンスの父カウリイ師、『牧師館の殺人』のレナード・クレメント師など、クリスティー作品に登場する聖職者のほとんどはこの教会に属する。なお、この教会の信者は離婚が許されている。

『予告殺人』『牧師館の殺人』

ガイ・フォークス・デイ

十一月五日。一六〇五年、カトリック教徒のガイ・フォークスが国会議事堂を爆破しようとした、いわゆる「火薬陰謀事件」を記念する日。子供たちはボロ布などを使ってガイ・フォークスの人形を作り、記念日前の数日間それを町内で引き回し、通行人に喜捨を求める風習がある。記念日の当日はかがり火をたいてその人形を焼き捨てたり、花火を打ち上げたりする。「既舎街《ミューズ》の殺人」

「既舎街《ミューズ》の殺人」事件はこの日に起こった。

カトリック教会（ローマ・カトリック）

ローマ教皇を長とし、伝統と儀式を重んじるキリスト教の一派。この教会の聖職者は妻帯できないし、信徒に離婚や産児制限は認められていない。国教のあるイングランドにおいてはカトリック教徒は少数派で、しばしば厳しい迫害を受けた。ポアロや『魔術の殺人』のジーナ・ハッド、『満潮に乗って』のロザリーン・クロードはこの教会の信者。また、トミー・ベレズフォードは「霧の中の男」でカトリックの神父に変装した。『魔術の殺人』『満潮に乗って』他

教区牧師

英国国教会における教会組織の基本単位である「教（会）区」の責任者。主教によって任命される。教区牧師は、その妻とともに、精神的指導者として地域に範を示す立場にあり、社会的地位が高い。イングランドでは、身内に国教会聖職者（主教や牧師）がいることは、ひとか

どの家の出身であることを示す。　　　　　　　　　　『牧師館の殺人』『三幕の殺人』

銀行法定休日（バンク・ホリデイ）

日本の祝日にあたり、銀行や郵便局の他、ほとんどのオフィスや工場、商店が休みになる日。イングランドではイースター・マンデイ（復活祭の翌日）、聖霊降臨祭の翌日（すなわち復活祭後の第七日曜日の翌日）、八月の第一月曜日、ボクシング・デイ（十二月二十六日）の四日が定められていたが、現在はもっと休日が増え、日の規定の仕方も一部異なる。　　　　　「黄金の玉」

クリスチャン・サイエンス

アメリカ女性メアリー・ベイカー・エディが十九世紀に創設したキリスト教の一派。祈りと精神力によって悪と病は追放できるという信仰で、信者は医師の治療を認めない。『なぜ、エヴァンズに頼まなかったのか？』のレディ・フランシス・ダーウェントは、クリスチャン・サイエンスの信者を装った。また、『もの言えぬ証人』のトリップ姉妹もこの派の信者。

『なぜ、エヴァンズに頼まなかったのか？』『もの言えぬ証人』

クリスマス（キリスト降誕祭）

イエス・キリストの降誕を祈念する祭日。クリスマス・シーズンは、十二月二十四日の日没に始まり、二十五日のクリスマス・デイ、二十六日のボクシング・デイ、そして一月六日の十二夜（主顕節）の前日に終わる。この期間はクリスマス・ツリーを飾り、カードやプレゼントを交換し、七面鳥やクリスマス・プディングを食べる習慣があり、一族や親しい友人が集まって、楽しい団らんの時を過ごす。シメオン・リーはクリスマス・イヴの二十四日に殺された（『ポアロのクリスマス』）。『ポアロのクリスマス』「クリスマス・プディングの冒険」

堅信礼《けんしんれい》
幼児洗礼を受けた者が一定の年齢（七〜十五歳くらい）に達した時、その信仰を確かめて正式に教会員にする儀式。ハーミオン・リットン・ゴアはスティーヴン・バビントン師から堅信礼の準備を受けた（『三幕の殺人』）。『三幕の殺人』『予告殺人』

高教会派《こうきょうかいは》（ハイ・チャーチ）
教会の権威や伝統的慣習を重んじる英国国教会のなかの一派で、英国国教会《アングロ》カトリック《カトリック》派もこの高教会の見解をとる。この派の人たちはローマ・カトリックに近い信仰を持つため、同じ国教徒でも他の派の人とは一線を画している。『牧師館の殺人』の副牧師ホーズや『エッジウェア卿の死』のマートン公爵はこの派に属している。『牧師館の殺人』『エッジウェア卿の死』

聖ミカエル祭の日（ミクルマス・デイ）
年に四回ある四季支払いの一日。「安アパート事件」のロビンスン夫妻はこの日にモンタギュー・アパートに入った。イングランド、ウェールズ、北アイルランドにおける四季支払い日は、三月二十五日のレディ・デイ（受胎告知日）、六月二十四日のミッドサマー・デイ（夏至祭）、九月二十九日のミクルマス・デイ（聖ミカエル祭）、十二月二十五日のクリスマス・デイを指し、この日に地代や利子が支払われる。「安アパート事件」

聖霊降臨節

復活祭後の第七日曜日である聖霊降臨祭（ウィットサンデイ）からの一週間（もしくは特に初めの三日）をさす。聖霊降臨祭とは聖霊が使徒の上に降臨したのを記念する日で、五旬祭（ペンテコステ）とも呼ばれる。この日の翌日は、イングランドではバンク・ホリデイになる。『火曜クラブ』の「金塊事件」は聖霊降臨節に起こった。『魔術の殺人』「金塊事件」

名づけ親

洗礼式に立ち会い、洗礼を受ける者の神に対する約束の証人となり、子供の両親に代わって宗教教育を保証する人物。ミス・マープルはバンチ・ハーモン夫人の（「教会で死んだ男」）、また、ヘンリー・クリザリング卿はクラドック警部の名づけ親だった（『予告殺人』）。アレクサンドラ・ファラデーは名づけ親から屋敷を相続した（『忘られぬ死』）。『予告殺人』『忘られぬ死』「教会で死んだ男」

ハロウィーン

万聖節（十一月一日）の前夜祭、すなわち十月三十一日の祭。ポアロによれば「魔女たちが箒の柄にまたがって来る日」（『ハロウィーン・パーティ』）で、この日と五月祭前夜のワルプルギスの夜に、魔女たちがウイッチウッドの「魔女の草原《ウイッチズ・メドー》」でどんちゃん騒ぎの酒宴を催したという（『殺人は容易だ』）。古くは大かがり火をたいたり、くるみを使った恋占いやりんご食い競争をしたりする風習があった。

『ハロウィーン・パーティ』『殺人は容易だ』

万聖節《ばんせいせつ》（オール・セインツ・デイ）

諸聖人と、天国にいるすべての人を記念するカトリック教会及び英国国教会の祭日で、ハロウィーンの翌日の十一月一日。

『ハロウィーン・パーティ』『殺人は容易だ』

万霊節《ばんれいせつ》（オール・ソールズ・デイ）

十一月二日。主にカトリック圏において死者の霊のためにミサを捧げる日で、『ハロウィーン・パーティ』に「パリでは、この日、お墓参りをして、お墓に花を供える」とある。ジョージ・バートンはこの日に義妹アイリスの誕生パーティを開き、殺害された（『忘られぬ死』）。

『忘られぬ死』『ハロウィーン・パーティ』

n 病気

枯れ草熱

最近有名になった花粉症のこと。外国では主に雑草の花粉によってひき起されるのでこの名がある。鼻炎、喘息、結膜炎とアレルギー症状を呈する。日本ではスギが有名になったが、枯草熱の場合は、ブタクサを主として、カモガヤ、ススキなどが原因となる。治療法は、しだいに確立しつつあるので、季節になったら医者の門を早くくぐった方が賢明と思われる。『NかMか』では、変装したトミーがかかる?　『NかMか』

甲状腺腫（甲状腺肥大）

甲状腺は、喉頭と気管にまたがった二〇〜三〇グラムの内分泌腺。身体の発育をうながし、精神機能を刺戟するチロキシンというホルモン等を分泌する。甲状腺肥大（腺腫）は甲状腺の機能亢進か低下によっておこる。機能亢進ならバセドウ氏病、低下ならクレチン氏病、橋本氏病となる。高山などの住民が海藻など摂取できず、ヨード不足で腺腫を来すことは有名である。この手術跡を隠すためには、何か工夫をしないと……。『予告殺人』

風疹

三日ばしかと呼ばれ、発熱、リンパ腺腫瘍の症状があるが、軽く短く経過する。風疹ウイルスで感染するが、潜伏期間は二、三週間。妊娠した女性が罹ると奇形児を生ずる風疹症候群が有名で、口蓋裂、心臓奇形、白内障の障害を持った子が生まれることもある。『鏡は横にひび割れて』では、クリスティーは風疹症候群を巧みに使って見事な効果を現わしている。

『鏡は横にひび割れて』

リューコトミー

エガ・モリニは精神障害者を外科的に治療しようとして前頭葉白質を切断した。この手術がヨーロッパからアメリカへ行き、前頭葉の側面から神経繊維を切断する方法、白質を切除する方法などが行われた。強度の性格異常、精神分裂病者を対象に行われたが、狂暴性がなくなる代り、廃人同様になるので人道上好ましくないとされ、しだいに行なわれなくなった。『死への旅』では、この手術法が大幅に進歩したことになっている。

『死への旅』

リューマチ

普通、リューマチというと、慢性関節リューマチのこと。免疫学の進歩で、自己免疫疾患の一つとされる。朝具合が特に悪い。関節痛、こわばりが主な症状である。新しい薬がいろいろと出ているが、まだ完全な治療法はできてはいない。しかし、「お婆さんのリューマチはその痛み方で、気象台よりも確実に天気を当てる」などの利点もある。ミス・マープルの持病。

『復讐の女神』『鏡は横にひび割れて』

ポアロとマープルを繋ぐ細い糸

数藤　康雄

クリスティーは、プロ作家として認められた一九三〇年代以降、本の表紙などにポアロやマープルのイラストを載せることを禁止した。ポアロやマープルのイメージが固定化されるのを嫌ったためであるが、日本では、二〇〇四年七月からNHKTVがアニメ「アガサ・クリスティーの名探偵ポワロとマープル」を三九回のシリーズ物として放映を開始した。生前のクリスティーが見たら、さぞやビックリしたことであろう。

そのアニメはゴールデンタイムでの放送ということもあり、子供から高齢者まで楽しめる内容が望ましい。原作に忠実なアニメでは視聴者がミステリ・ファンに限定される可能性が高い。そこで考え出されたのが、原作にはない好奇心旺盛な少女メイベルと彼女を母と慕うアヒルを新たに創造することであった。特にメイベルはマープルの甥の娘という設定で、ポアロとマープルを結ぶ重要な役割を担わされている。

ところで紙上のポアロとマープルは、対照的な名探偵といってよい。ポアロは直感的推理を多用するコスモポリタン的性格な探偵だが、マープルはセント・メアリ・ミードという小村に生きる地方人で、演繹的推理が得意な老嬢という具合。共演する作品は短篇を含めて一篇も存在していない。

　ではポアロとマープルはまったくの赤の他人かといえば、そうでもない。〝友達の友達は友達〟と考えると、二人は細い糸で繋がっているのだ。そしてその鍵となる人物は、『動く指』に登場するデイン・カルスロップ夫人なのである。

『動く指』は美しい村に起きた殺人事件を扱っているミステリだが、村の牧師の妻デイン・カルスロップ夫人がマープルの友人で、マープルに事件解決を依頼するというもの。そしてカルスロップ夫人は『蒼ざめた馬』にもチョイ役で登場し、そこではアリアドニ・オリヴァ夫人（探偵小説作家で、ポアロの親友）の友人マーク・イースターブルックの知人となっている。つまりマープル⇕カルスロップ夫人⇕イースターブルック⇕オリヴァ夫人⇕ポアロという人間関係を介して二人は知り合いといえるわけである。

　ところが実は、もう一人別の人物を介して二人は繋がっている。その人物とはマープル物の『ポケットにライ麦を』に登場するX氏だが、本書の「作中人物事典」を熟読すれば、自ずと答えはわかるはず。そう、あの人です！

戯曲初演リスト

アリバイ（ALIBI）一九二八年
原作名『アクロイド殺し』（一九二六）
作者：マイケル・モートン
初演 一九二八年五月一五日 ロンドン、プリンス・オブ・ウェールズ・シアター
演出：ジェラルド・デュ・モーリア
キャスト：レディー・ビーボーム・ツリー、チャールズ・ロートン、ジェーン・ウェルシュ、ヘンリー・ダニエル、バジル・ローダー、アイリス・ノエル、ヘンリー・フォーブス・ロバートソン、ギリアン・リンド、J・H・ロバーツ、シリル・ナッシュ、ノーマン・V・ノーマン、ジョン・ダーウィン、J・スミス・ライト、コンスタンス・アンダーソン

ブラック・コーヒー（BLACK COFFEE）一九三〇年
原作名 なし
作者：アガサ・クリスティー
初演 一九三〇年一二月八日 ロンドン、エンバシー・シアター
演出：アンドレ・ヴァン・ギセゲン
キャスト：フランシス・L・サリヴァン、ドナルド・ウォルフィット、ジョセフィーヌ・ミドルトン、ジョイス・ブランド、ローレンス・ハードマン、ジュディス・メントラス、アンドレ・ヴァン・ギセゲン、ウォレス・イヴェネット、ジョン・ボクスター、リチャード・フィッシ

ャー、ウォルター・テニソン、フランク・ファロウズ、ジョージ・F・ウィギンズ

LOVE FROM A STRANGER　一九三六年
原作名『リスタデール卿の謎』（一九三四）収録の短篇「ナイチンゲール荘」
作者：フランク・ヴォスパー
初演　一九三六年三月三一日　ロンドン、ニュー・シアター
演出：マレー・マクドナルド
キャスト：ミュリエル・アーケット、ノラ・ハワード、マリー・ネイ、フランク・ヴォスパー、ジェフリー・キング、チャールズ・ホッジス、エズマ・キャノン、S・メジャー・ジョーンズ

AKHNATON　一九三七年
原作名　なし
作者：アガサ・クリスティー
この戯曲は一九七三年に本の形で出版されたが、いまのところレパートリー劇場でしか上演されていない

PERIL AT END HOUSE　一九四〇年
原作名　同名小説『邪悪の家』（一九三二）

作者：アーノルド・リドレイ
初演　一九四〇年五月一日　ロンドン、ヴォードヴィル・シアター
演出：Ａ・Ｒ・ホイットモア
キャスト：ウィルフレッド・フレッチャー、ドナルド・ビセット、タリー・コーマー、フィーブ・カーショウ、フランシス・Ｌ・サリヴァン、イアン・フレミング、オルガ・エドワーズ、ウィリアム・シニアー、ベケット・ボウルド、ジョセフィーヌ・ミドルトン、イザベル・ディーン、ブライアン・オウルトン、メイ・ハラット、チャールズ・モーティマー、マージェリー・カルディコット、ナンシー・ポールトニー

そして誰もいなくなった（TEN LITTLE NIGGERS のちに AND THEN THERE WERE NONE と改題された）一九四三年
原作名『そして誰もいなくなった』（一九三九）
作者：アガサ・クリスティー
初演　一九四三年十一月一七日　ロンドン、セント・ジェームズ・シアター
演出：アイリーン・ヘンチェル
キャスト：ウィリアム・マレー、ヒルダ・ブルース＝ポッター、レジナルド・バーロウ、リンデン・トラヴァース、テレンス・ド・マーニー、マイケル・ブレーク、パーシー・ウォルシュ、エリック・コーリー、ヘンリエッタ・ワトソン、アラン・ジェイズ、グウィン・ニコルズ

APPOINTMENT WITH DEATH　一九四五年

原作名　同名小説『死との約束』（一九三八）

作者：アガサ・クリスティー

初演　一九四五年三月三一日　ロンドン、ピカディリー・シアター

演出：テレンス・ド・マーニー

キャスト：メアリー・クレア、デリン・カービー、イアン・ルボック、ベリル・メイキン、ジョン・グレノン、パーシー・ウォルシュ、アントニー・ドーセット、ジャネット・バーネル、ジョーン・ヒクソン、ジェラルド・ヒンツ、カーラ・レーマン、アラン・セジウィック、ジョン・ウィン、ハロルド・ビアレンツ、オーウェン・レイノルズ、チェリー・ハーバート、コリン・ホワイトハウス、ジョセフ・ブランチャード

MURDER ON THE NILE（一九四五年四月九日にウィンブルドンで幕を開けたときには HIDDEN HORIZON というタイトルだった）一九四六年

原作名『ナイルに死す』（一九三七）

作者：アガサ・クリスティー

初演　一九四六年三月一九日　ロンドン、アンバサダーズ・シアター

演出：クロード・ガーニー

キャスト：リチャード・スプレンジャー、クリスマス・グロース、ジェームズ・ロバーツ、へ

レン・ヘイズ、ジョアンナ・デリル、ロナルド・ミラー、ジャクリーヌ・ロバート、ヒューゴ・シャスター、アイヴァン・ブラント、ローズマリー・スコット、デイヴィッド・ホーン、ヴィヴィアン・ベネット、ウォルター・リンゼイ

MURDER AT THE VICARAGE 一九四九年
原作名 同名小説『牧師館の殺人』（一九三〇）
作者：モイ・チャールズ＆バーバラ・トイ
初演 一九四九年一二月一六日 ロンドン、プレイハウス
演出：レジナルド・テイト
キャスト：ジャック・ランバート、ジェニーン・グレアム、マイケル・ニューウェル、ベティー・シンクレア、マイケル・ダービーシャー、アンドレア・リー、バーバラ・マリン、ミルドレッド・コテル、アルヴィス・マービン、レジナルド・テイト、フランシス・ロバーツ、スタンリー・ヴァン・ビアーズ

THE HOLLOW 一九五一年
原作名 同名小説『ホロー荘の殺人』（一九四六）
作者：アガサ・クリスティー
初演 一九五一年六月七日 ロンドン、フォーチューン・シアター

演出：ヒューバート・グレッグ
キャスト：ベリル・バクスター、ジョージ・ソープ、ジャンヌ・ド・カサリス、ジェシカ・スペンサー、A・J・ブラウン、コリン・ダグラス、パトリシア・ジョーンズ、ジョーン・ニューウェル、アーネスト・クラーク、ダイアン・フォスター、マーティン・ワイルデック、ショー・テイラー

ねずみとり（THE MOUSETRAP）一九五二年
原作名　一九四七年に放送されたラジオ劇「三匹の盲目のねずみ」
作者：アガサ・クリスティー
初演　一九五二年一一月二五日　ロンドン、アンバサダーズ・シアター
演出：ヒューバート・グレッグ
キャスト：シーラ・シム、ジョン・ポール、アラン・マックルランド、ミニヨン・オドハティー、オーブリー・デクスター、ジェシカ・スペンサー、マーティン・ミラー、リチャード・アッテンボロー

検察側の証人（WITNESS FOR THE PROSECUTION）一九五三年
原作名『死の猟犬』（一九三三）収録の短篇「検察側の証人」
作者：アガサ・クリスティー

初演　一九五三年一〇月二八日　ロンドン、ウィンター・ガーデン・シアター
演出：ウォレス・ダグラス
キャスト：ロザリー・ウェストウォーター、ウォルター・ホーズブラ、ミルトン・ロスマー、デレク・ブロムフィールド、デイヴィッド・ホーン、デイヴィッド・レーヴン、ケン・ケネディー、パトリシア・ジェスル、フィリップ・ホールズ、パーシー・マーモント、D・A・クラーク＝スミス、ニコラス・タナー、ジョン・ブリニング、デンジル・エリス、ミュア・リトル、ジョージ・ダドリー、ジャック・ブラク、ライオネル・ガズデン、ジョン・ファリス・モス、リチャード・コーク、アグネス・フレーザー、ローダーデイル・ベケット、アイリス・フレーザー・フォス、デイヴィッド・ホームウッド、グレアム・スチュアート、ジーン・スチュアート、ピーター・フランクリン、ローズマリー・ウォレス

蜘蛛の巣（SPIDER'S WEB）一九五四年
原作名　なし
作者：アガサ・クリスティー
初演　一九五四年一二月一三日　ロンドン、サヴォイ・シアター
演出：ウォレス・ダグラス
キャスト：フェリックス・エイルマー、ハロルド・スコット、マイルズ・イーソン、マーガレット・ロックウッド、マーガレット・バートン、ジュディス・ファース、シドニー・モンクト

ン、チャールズ・モーガン、ジョン・ウォーウィック、キャンベル・シンガー、デズモンド・ルウェリン

TOWARDS ZERO　一九五六年
原作名　同名小説『ゼロ時間へ』（一九四四）
作者：ジェラルド・ヴァーナー
初演　一九五六年九月四日　ロンドン、セント・ジェームズ・シアター
演出：マレー・マクドナルド
キャスト：シリル・レイモンド、メアリー・ロウ、ギリアン・リンド、フレデリック・レスター、ジョージ・ベイカー、ジャネット・バロー、グウェン・チェリル、マイケル・スコット、ウィリアム・ケンダル、マックス・ブリメル、マイケル・ナイティンゲール

評決（VERDICT）一九五八年
原作名　なし
作者：アガサ・クリスティー
初演　一九五八年五月二二日　ロンドン、ストランド・シアター
演出：チャールズ・ヒクマン
ジョージ・ルービセク、グレッチン・フランクリン、パトリシア・ジェスル、ジェラルド・ハ

インツ、デレク・オールダム、ヴァイオラ・キーツ、モイラ・レドモンド、ノーマン・クラリッジ、マイケル・ゴールデン、ジェラルド・シム

招かれざる客（THE UNEXPECTED GUEST）一九五八年

原作名　なし
作者：アガサ・クリスティー
初演　一九五八年八月一二日　ロンドン、ダッチェス・シアター
演出：ヒューバート・グレッグ
キャスト：フィリップ・ニューマン、レネイ・アッシャーソン、ナイジェル・ストック、ウィニフレッド・オートン、クリストファー・サンフォード、ヴァイオレット・フェアブラザー、ポール・カラン、マイケル・ゴールデン、テニエル・エヴァンズ、ロイ・パーセル

GO BACK FOR MURDER　一九六〇年

原作名『五匹の子豚』（一九四三）
作者：アガサ・クリスティー
初演　一九六〇年三月二三日　ロンドン、ダッチェス・シアター
演出：ヒューバート・グレッグ
キャスト：ロバート・アーカート、ピーター・ハットン、アン・ファーバンク、マーク・イー

デン、アントニー・マーロウ、ローレンス・ハーディー、ライザ・ダニエリー、マーゴット・ボイド、ドロシー・ブロマイリー、ナイジェル・グリーン

海浜の午後（RULE OF THREE）一九六二年
原作名　なし（オリジナルの一幕物三篇を収録）
作者：アガサ・クリスティー
初演　一九六二年一二月二〇日　ロンドン、ダッチェス・シアター
演出：ヒューバート・グレッグ
キャスト：ベティー・マクダウエル、マーシー・ヘイステッド、デイヴィッド・ラングトン、レイモンド・バワーズ、マイケル・バイント、ロバート・ラグラン、マーベル・ジョージ、ヴェラ・クック、ジョン・クエイル、ジョン・アビネリ、マーゴット・ボイド、ロビン・メイ、ローズマリー・マーティン

FIDDLERS THREE　一九七二年
原作　FIDDLERS FIVEというオリジナル劇をクリスティー自身が改作したもの
作者：アガサ・クリスティー
初演　一九七二年八月一日　サリー州ギルドフォード、イヴォンヌ・アルノー・シアター
演出：アラン・デイヴィス

キャスト：ドリス・ヘア、レイモンド・フランシス、アーサー・ハワード

A MURDER IS ANNOUNCED　一九七七年
原作名　同名小説『予告殺人』（一九五〇）
作者：レスリー・ダーボン
初演　一九七七年九月二一日　ロンドン、ヴォードヴィル・シアター
演出：ロバート・チェトウィン
キャスト：パトリシア・ブレイク、ダイナー・シェリダン、エリナー・サマーフィールド、クリストファー・スコーラー、ミア・ナダシ、ダルシー・グレイ、バーバラ・フリン、ナンシー・ネヴィンソン、マイケル・ダイアーボール、ジェームズ・グロウト、マイケル・フレミング、ギャレス・アームストロング

CARDS ON THE TABLE　一九八一年
原作名　同名小説『ひらいたトランプ』（一九三六）
作者：レスリー・ダーボン
初演　一九八一年一二月九日　ロンドン、ヴォードヴィル・シアター
演出：ピーター・デューズ
キャスト：リネット・エドワーズ、ウィリアム・イードル、マーガレット・コートニー、ベリ

ンダ・キャロル、ポーリン・ジェームソン、デレク・ウェアリング、ゲアリー・レイモンド、ゴードン・ジャクソン、チャールズ・ウォレス、ジェームズ・ハーヴェイ、パトリシア・ドリスコル、メアリー・タム、ジーン・モックフォード、ヘンリー・ノウルズ

ポアロの頭髪問題

数藤　康雄

一九九〇年からNHKで断続的に放映されているポアロ物TV映画の影響であろうが、今ではポアロといえば、デイヴィッド・スーシェのポアロを思い浮かべるファンが多いのではないか。確かにスーシェのポアロは本の中に登場するポアロのイメージによく似ている。卵型の頭や偉大な口髭、そして少し体を傾けて歩く歩き方などなど。TV映画化に際して、ポアロ役にスーシェを推薦したのはクリスティーの娘ロザリンドさんだが、そのロザリンドさんもスーシェの扮装・演技には満足しているらしい。

ところで戦前から一九七〇年半ばまで、日本では〝卵型の頭〟からポアロはつるつるの禿げ頭と考えていた人が多かったようだ。ポアロ物の短篇を日本で最初に訳載した雑誌「新青年」のイラストには禿げ頭のポアロが登場しているし、戦後翻訳されたポケミスのクリスティー作品の中には、「それはエルキュール・ポアロのつるつるに禿げた頭だった」とか、「彼女は彼（ポアロのこと）の禿げ頭の天辺にキッスをひとつ落すと去っていった」といった、原文にはない〝禿げ〟という単語をうっかり追加した訳文もあったくらいなのだ（早川書房の名誉のために書いておくと、その後訳文は修正されている）。

ポアロの禿げがクリスティー・ファンの間で論争になったのは、一九七四年に製作された映画『オリエント急行殺人事件』が日本でヒットした以降である。ポアロを演じたアルバート・フィニーの髪型が、黒々とした頭髪を七三に分けていたからである。そしてちょっと調べればわかることなのだが、『ABC殺人事件』には、ヘイスティングズが久しぶりに再会したポアロに「最後に会ったときよりも白髪が減ったみたいだ」と話す場面もある。ポアロにはきちんと頭髪があり、その髪を染めていたというわけだ。

　とはいえポアロはベルギー警察をかなり前に引退した高齢の探偵。髪は薄いほうが自然であろう。したがって額から頭頂にかけては禿げているが、両側頭部にはある程度の髪が残っているスーシェの演じるポアロの頭は（もちろん鬘だが）、原文のポアロのそれを忠実に再現したものといってよい。スーシェのポアロが登場して以来、ポアロの頭髪論争が下火になったのも当然のことなのだ。と書いてNHKアニメ劇場のポアロを見ると、豊かな髪のポアロである。歴史は繰り返すそうだから、再び頭髪論争が起きるかも？

映画化作品

Die Abenteuer G.m.b.H.　一九二八年公開　ドイツ
原作『秘密機関』
監督：フレッド・サウエル
脚本：不明
出演：カルロ・アルディーニ（トミー）、イヴ・グレイ（タペンス）、マイクル・ラスムニー

The Passing of Mr. Quinn　一九二八年公開　イギリス
原作『クィン氏登場』
監督：ジュリアス・ヘイゲン
脚本：レスリー・ヒスコット
出演：トリルビー・クラーク、アーシュラ・ジーンズ、スチュアート・ローム（クィン）、ヴィヴィアン・バロン
備考　映画ではなぜかnが余計に付けられている。原作は大幅に変えられ、メイドと浮気していた大学教授が毒殺され、クインは被害者の妻を救うために捜査する。ノヴェライジェーション（定価6ペンス）が発売された。

Alibi　一九三一年公開　イギリス
原作戯曲『アリバイ』

監督：レスリー・ヒスコット
脚本：H・ファウラー・ミア
出演：オースティン・トレヴァー（ポアロ）、J・H・ロバーツ（シェパード医師）、エリザベス・アラン、クレア・グリート、フランクリン・ダイヤル（ロジャー・アクロイド）
備考　トウッケナム・フィルム・スタジオ作品。『アクロイド殺し』をマイケル・モートンが劇化したものに基づく。"The Passing of Mr. Quinn" の監督だったジュリアス・ヘイゲンが製作し、脚本を書いたヒスコットが監督。トレヴァーの演じたポアロにはなんと髭がなかった。

Black Coffee　一九三一年公開　イギリス
原作戯曲『ブラック・コーヒー』
監督：レスリー・ヒスコット
脚本：H・ファウラー・ミア、ブロック・ウィリアムズ
出演：オースティン・トレヴァー（ポアロ）、エイドリアン・アレン、リチャード・クーパー（ヘイスティングズ）、メルヴィル・クーパー（ジャップ警部）
備考　トウッケナム・フィルム・スタジオ作品。

Lord Edgware Dies　一九三四年公開　イギリス
原作『エッジウェア卿の死』

監督：ヘンリー・エドワーズ
脚本：H・ファウラー・ミア
出演：オースティン・トレヴァー（ポアロ）、ジェーン・カー、リチャード・クーパー（ヘイスティングズ）、ジョン・ターンブル（ジャップ警部）
備考 トウッケナム・フィルム・スタジオ作品。"The Passing of Mr. Quinn"を監督したジュリアス・ヘイゲンが製作。

血に笑ふ男（Love From A Stranger）一九三七年公開 イギリス
原作「ナイチンゲール荘」
監督：ローランド・V・リー
脚本：フランセス・マリオン
出演：アン・ハーディング、バジル・ラスボーン、ビニー・ヘイル、ジョーン・ヒクソン
備考 フランク・ヴォスパーが36年に劇化したものに基づく。イギリスで撮られたが、監督、主演女優はアメリカから招かれた。メイド役で後にTVでマープルを演じることになるジョーン・ヒクソンが出演。

そして誰もいなくなった（And Then There Were None）一九四五年公開 アメリカ
原作『そして誰もいなくなった』

監督：ルネ・クレール
脚本：ダドリー・ニコルズ
出演：バリー・フィッツジェラルド、ウォルター・ヒューストン、ルイス・ヘイワード、ローランド・ヤング、ジューン・デュプレー
備考　小説とは違って、クリスティー自身が脚色した戯曲と同じく二人が生き残る。

Love From A Stranger　一九四七年公開　アメリカ
原作「ナイチンゲール荘」
監督：リチャード・ウォーフ
脚本：フィリップ・マクドナルド
出演：ジョン・ホーディアク、シルヴィア・シドニー、アン・リチャーズ、ジョン・ハワード

情婦（Witness For The Prosecution）一九五七年公開　アメリカ
原作戯曲『検察側の証人』
監督：ビリー・ワイルダー
脚本：ビリー・ワイルダー、ハリー・カーニッツ
出演：チャールズ・ロートン、タイロン・パワー、マレーネ・ディートリッヒ、エルザ・ランチェスター

備考 映画化権は一万六〇〇〇ポンドだった。約十万ポンドをかけて中央裁判所オールド・ベイリーレプリカをスタジオに建造。

The Spider's Web 一九六〇年公開 イギリス
原作戯曲『蜘蛛の巣』
監督：ゴッドフリー・グレイソン
脚本：アルバート・G・ミラー、エルドン・ハワード
出演：グリニス・ジョンズ、ジョン・ジャスティン、ジャック・ハルバート

Murder She Said 一九六二年公開 イギリス
原作『パディントン発4時50分』
監督：ジョージ・ポロック
脚本：デイヴィッド・パーサル、ジャック・セドン、デイヴィッド・オズボーン
出演：マーガレット・ラザフォード（マープル）、アーサー・ケネディ、ミュリエル・パヴロウ、チャールズ・ティングウェル（クラドック）、ジョーン・ヒクソン
備考 英MGM作品。マープル自身が列車殺人を目撃する。

Murder at the Gallop 一九六三年公開 イギリス

原作『葬儀を終えて』
監督：ジョージ・ポロック
脚本：ジェームズ・P・キャヴァナー
出演：マーガレット・ラザフォード（マープル）、ロボート・モーレイ、フローラ・ロブスン、チャールズ・ティングウェル（クラドック）
備考　英MGM作品。原作の主人公をポアロからマープルに変えて脚色。

Murder Most Foul　一九六四年公開　イギリス
原作『マギンティ夫人は死んだ』
監督：ジョージ・ポロック
脚本：デイヴィッド・パーサル、ジャック・セドン
出演：マーガレット・ラザフォード（マープル）、ロン・ムーディ、チャールズ・ティングウェル（クラドック）、メグス・ジェンキンス
備考　英MGM作品。のちにTVでタペンスに扮するフランセスカ・アニスが若い女優役で出演。

Murder Ahoy　一九六四年公開　イギリス
監督：ジョージ・ポロック

脚本：デイヴィッド・パーサル、ジャック・セドン
出演：マーガレット・ラザフォード（マープル）、ライオネル・ジェフリーズ、チャールズ・ティングウェル（クラドック）、ストリンガー・デイヴィス
備考　映画オリジナルのストーリー。

姿なき殺人者（Ten Little Indians）　一九六五年公開　イギリス
原作『そして誰もいなくなった』
監督：ジョージ・ポロック
脚本：ピーター・ウェルベック、ピーター・イェルダム
出演：ヒュー・オブライエン、シャーリー・イートン、フェビアン、レオ・ゲン、スタンリー・ホロウェイ、ダリア・ラヴィ
備考　戯曲版に基づく。舞台はアルプスの山荘に変更。アイルランドのダブリンでロケ撮影され、スタジオで撮られなかった初のクリスティー映画となった。ハリー・アラン・タワーズが制作し、ピーター・ウェルベック名義で脚本も執筆。

The Alphabet Murders　一九六六年公開　イギリス
原作『ABC殺人事件』
監督：フランク・タシュリン

脚本：デイヴィッド・パーサル、ジャック・セドン
出演：トニー・ランドール（ポアロ）、アニタ・エクバーグ、ロバート・モーレイ（ヘイスティングズ）、モーリス・デナム（ジャップ警部）
備考　英MGM作品。マーガレット・ラザフォードがマープル役でゲスト出演したほか、オースティン・トレヴァーも出演している。映画興行網ABCに悪影響を与えないためにタイトルが変更になった。

Ein Fremder Klopftan　一九六七年公開　西ドイツ
原作「ナイチンゲール荘」
監督：クルト・フリュー
脚本：ホルスト・クロイス
出演：ゲルトルート・クッケルマン、ハインツ・ベネット、エッダ・ザイペル、グットラン・ティールマン

エンドレスナイト（Endless Night）一九七二年公開　イギリス
原作『終わりなき夜に生まれつく』
監督：シドニー・ギリアット
脚本：シドニー・ギリアット

出演：ヘイリー・ミルズ、ハイウェル・ベネット、ブリット・エクランド、ペル・オスカルソン

備考 日本ではビデオで公開。

オリエント急行殺人事件（Murder on the Orient Express）一九七四年公開　イギリス

原作『オリエント急行の殺人』

監督：シドニー・ルメット

脚本：ポール・デーン

出演：アルバート・フィニー（ポアロ）、ローレン・バコール、イングリッド・バーグマン、ジャクリーン・ビセット、ショーン・コネリー、ジョン・ギールグッド、リチャード・ウィドマーク、ウェンディ・ヒラー、アンソニー・パーキンス、ヴァネッサ・レッドグレイヴ

備考 ＥＭＩ作品。イングリッド・バーグマンがアカデミー助演女優賞を受賞。

そして誰もいなくなった（Ten Little Indians）一九七五年公開　イタリア／フランス／西ドイツ／スペイン

原作『そして誰もいなくなった』

監督：ピーター・コリンソン

脚本：ピーター・ウェルベック

出演：リチャード・アッテンボロー、オリヴァー・リード、エルケ・ソマー、ステファニー・

オードラン、ハーバート・ロム

備考　イランの砂漠にあるリゾート・ホテルが舞台。ハリー・アラン・タワーズが製作し、ピーター・ウェルベックの別名で脚本も執筆。オーソン・ウェルズがオーウェン氏の声を吹き込んでいる。

ナイル殺人事件（Death on the Nile）一九七八年公開　イギリス
原作『ナイルに死す』
監督：ジョン・ギラーミン
脚本：アンソニー・シェイファー
出演：ピーター・ユスティノフ（ポアロ）、ミア・ファロー、ロイス・チャイルズ、サイモン・マッコンキンデール、ベティ・デイヴィス、マギー・スミス、デヴィッド・ニーヴン

備考　EMI作品。アルバート・フィニーのギャラが百万ドル近かったので、製作者は高すぎると判断し、ユスティノフに交代した。

クリスタル殺人事件（The Mirror Crack'd）一九八〇年公開　イギリス
原作『鏡は横にひび割れて』
監督：ガイ・ハミルトン
脚本：ジョナサン・ヘイルズ、バリー・サンドラー

出演：アンジェラ・ランズベリー（マープル）、ジェラルディン・チャップリン、トニー・カーティス、エリザベス・テイラー、キム・ノヴァク、エドワード・フォックス（クラドック）

備考　ＥＭＩ作品。思ったほどの収益を上げられなかったために、マープルものはこの1本で終わった。

地中海殺人事件（Evil Under the Sun）一九八二年公開　イギリス

原作『白昼の悪魔』

監督：ガイ・ハミルトン

脚本：アンソニー・シェイファー

出演：ピーター・ユスティノフ（ポアロ）、コリン・ブレイクリー、ジェーン・バーキン、ダイアナ・リグ、ニコラス・クレイ、マギー・スミス、ジェームズ・メースン

備考　ＥＭＩの最終作品。

Tajna chyornykh drozdov（Тайна чёрных дроздов）一九八三年公開　ソ連

原作『ポケットにライ麦を』

監督：ヴァディム・デルベニョフ

脚本：バレンティナ・コロディヤズナヤ、イリザヴェタ・ズルノワ

出演：イタ・エヴェル（マープル）、ウラジミル・セドフ

ドーバー海峡殺人事件（Ordeal by Innocence）一九八五年公開　イギリス
原作『無実はさいなむ』
監督：デズモンド・デイヴィス
脚本：アレキサンダー・スチュアート
出演：ドナルド・サザーランド、クリストファー・プラマー、フェイ・ダナウェイ、サラ・マイルズ、イアン・マクシェーン
備考　キャノン作品。

危険な女たち　一九八五年公開　日本
原作『ホロー荘の殺人』
監督：野村芳太郎
脚本：竹内銃一郎、古田求
出演：石坂浩二、三田村邦彦、大竹しのぶ、藤真利子、池上季実子、北林谷栄
備考　松竹作品。石坂浩二扮する小説家が名探偵役。

Desyat negrityat（Десять негритят）一九八七年公開　ソ連
原作『そして誰もいなくなった』
監督：スタニスラフ・ゴヴォルキン
脚本：スタニスラフ・ゴヴォルキン
出演：ウラジミル・ゼルディン、タチアナ・ドルビチ、アレクサンドル・カイダノフスキー

死海殺人事件（Appointment With Death）一九八八年公開　イギリス
原作『死との約束』
監督：マイクル・ウィナー
脚本：アンソニー・シェイファー、ピーター・バックマン、マイクル・ウィナー
出演：ピーター・ユスティノフ（ポアロ）、ローレン・バコール、キャリー・フィッシャー、ジョン・ギールグッド、ヘイリー・ミルズ
備考　キャノン作品。

Zagadka Endhauza　一九八九年公開　ソ連
原作『邪悪の家』
監督：ヴァディム・デルベニョフ
脚本：ヴァディム・デルベニョフ

出演：アナトリ・ラヴィコヴィッチ（ポアロ）、イロナ・オザラ、ドミトリ・クリロフ（ヘイスティングズ）

サファリ殺人事件（Death on Safari）一九八九年公開　イギリス
原作『そして誰もいなくなった』
監督：アラン・バーキンショー
脚本：ジャクソン・ハンシッカー、ジェリー・オハラ
出演：ドナルド・プレゼンス、サラ・モーア・ソープ、ハーバート・ロム、フランク・スタローン
備考　キャノン作品。ハリー・アラン・タワーズが製作。舞台はアフリカ。「そして誰もいなくなった」（75）に出ていたハーバート・ロムが別の役で出演。

セント・メアリ・ミード村はどこにある？

数藤　康雄

ミス・マープルが数十年間も住んでいるセント・メアリ・ミード村は、イギリスに実在するのか？　かつてこの疑問をクリスティーにぶつけたときの返事は「セント・メアリ・ミード村には列車や車を利用すれば、ロンドンから一時間半程度でいけますが、実在の村ではありません」というものであった。事実、かなり詳しいイギリス地図を調べても、似たような地名はたくさんあるにもかかわらず、同一の地名は見つからない。しかしクリスティーは、マープルの登場する作品の中に、村の場所をある程度特定できるデータをさりげなく書き込んでいる。それらのデータをもとに、セント・メアリ・ミード村はどこにあるか、推定してみよう。

まずもっとも重要なデータは、『パディントン発4時50分』の中でマープルの親友ミセス・マギリカディが、パディントン駅四時五十分発の列車に乗って六時四十三分にミルチェスターに着き、そこから九マイルの道程をタクシーに乗ってマープル家に到着していることだ。パディントン駅から出発する列車は、主にプリマスやポーツマスといった南海岸の都市に行くものが多い。つまりセント・メアリー・ミード村はロンドンの南西部に位置し、列車で二時間以内の距離にあることがわかる。

次のデータは『書斎の死体』の中にある。この作品では若い女性の死体がゴシントン館で見つかるが、その女性は、村から約二十マイル離れたデーンマスという人気ある観光地のホテルから失踪したのであった。つまり村はイギリス海峡の海岸線より二十マイル以内に存在しなければならない。

さらに第三のデータは『復讐の女神』の中でマープルが「田舎の方に住んでますの。とても小さな村で、ルーマスとマーケット・ベイシングのまん中あたりのところです。ロンドンからは二十五マイルほどですね」と述べていることだ。そして後は地図と物差しとコンパスさえあれば、牧師館や教会があり、ブルーボア館らしき建物のがある村を、なんとか発見できるであろう。

しかし、もっとズルイ手もある。アン・ハート著の『ミス・マープルの愛すべき生涯』（晶文社刊）によれば、マープル家の住所はダウンシャー（時にラドフォードシャー）、マッチ・ベナム、セント・メアリ・ミード村であるそうだ。ミス・マープルに手紙を出せば、ひょっとして村の正確な位置を教えてくれるかも？

テレビ化作品

●ポアロ

「名探偵エルキュール・ポワロ」

Agatha Christie's Poirot

ロンドン・ウィークエンド・テレビジョン（ＬＷＴ）が89年から放送しているシリーズで、デイヴィッド・スーシェがポアロを演じ、他にレギュラー・メンバーとしてヒュー・フレーザーが友人ヘイスティングズ、フィリップ・ジャクソンがジャップ警部、ポーリン・モランが秘書のミス・レモンを演じている（ただし、ポアロ以外の三人は出ないエピソードもある）。日本ではＮＨＫで放送されているが、オリジナルから数分がカットされている。熊倉一雄がスーシェの声を吹き替えている。

第一シーズン（一九八九）

「コックを探せ」 The Adventure of the Clapham Cook

原作「料理人の失踪」

「ミューズ街の殺人」 Murder in the Mews

原作「厩舎街《ミューズ》の殺人」

「ジョニー・ウェイバリー誘拐事件」 The Adventure of Johnnie Waverly

原作「ジョニー・ウェイヴァリーの冒険」

「24羽の黒つぐみ」 Four and Twenty Blackbirds

原作「二十四羽の黒つぐみ」

「4階の部屋」 The Third-Floor Flat

原作「四階のフラット」

「砂に書かれた三角形」 Triangle at Rhodes

原作「砂にかかれた三角形」

「海上の悲劇」 Problem at Sea

原作「船上の怪事件」

「なぞの盗難事件」 The Incredible Theft

原作「謎の盗難事件」

「クラブのキング」 The King of Clubs

原作「クラブのキング」

「夢」 The Dream

原作「夢」

第二シーズン（一九九〇）

「ベールをかけた女」The Veiled Lady
原作「ヴェールをかけた女」

「消えた廃坑」The Lost Mine
原作「消えた廃坑」

「コーンワルの毒殺事件」The Cornish Mystery
原作「コーンウォールの毒殺事件」

「ダベンハイム失そう事件」The Disappearance of Mr. Davenheim
原作「ミスタ・ダヴンハイムの失踪」

「二重の罪」Double Sin
原作「二重の罪」

「安いマンションの事件」The Adventure of the Cheap Flat
原作「安アパート事件」

「誘拐された総理大臣」The Kidnapped Prime Minister
原作「首相誘拐事件」

「西洋の星の盗難事件」The Adventure of the Western Star
原作「〈西洋の星〉盗難事件」

長編（シリーズ中に前後編で放送したもの）

「エンドハウスの怪事件」Peril at End House　一九九〇

原作『邪悪の家』

監督：レニー・ライ

脚本：クライヴ・エクストン

出演：デイヴィッド・スーシェ、ヒュー・フレイザー、フィリップ・ジャクソン、ポリー・ウォーカー

「スタイルズ荘の怪事件」Mysterious Affair at Styles　一九九〇

原作『スタイルズ荘の怪事件』

監督：ロス・デヴェニッシュ

脚本：クライヴ・エクストン

出演：デイヴィッド・スーシェ、ヒュー・フレイザー、フィリップ・ジャクソン、ビーティ・エドニー、デイヴィッド・リントール、ギリアン・バージ

第三シーズン（一九九一）

「あなたの庭はどんな庭？」How Does Your Garden Grow?

原作「あなたの庭はどんな庭？」

「一〇〇万ドル債券盗難事件」 Million Dollar Bond Robbery
原作「百万ドル債券盗難事件」

「プリマス行き急行列車」 The Plymouth Express
原作「プリマス行き急行列車」

「スズメバチの巣」 Wasp's Nest
原作「スズメ蜂の巣」

「マースドン荘の惨劇」 The Tragedy at Marsdon Manor
原作「マースドン荘の悲劇」

「二重の手がかり」 The Double Clue
原作「二重の手がかり」

「スペイン櫃の秘密」 The Mystery of the Spanish Chest
原作「スペイン櫃の秘密」

「盗まれたロイヤル・ルビー」 The Theft of the Royal Ruby
原作「クリスマス・プディングの冒険」

「戦勝舞踏会事件」 Tha Affair at the Victory Ball
原作「戦勝記念舞踏会事件」

「猟人荘の怪事件」 The Mystery of the Hunter's Lodge
原作「狩人荘の怪事件」

第四シーズン（長篇三本のみ）

「ABC殺人事件」 The ABC Murders　一九九二
原作『ABC殺人事件』
監督：アンドリュー・グリーヴ
脚本：クライヴ・エクストン
出演：デイヴィッド・スーシェ、ヒュー・フレイザー、フィリップ・ジャクソン、ニコラス・ファレル、ドナルド・ダグラス、ドナルド・サンプター

「雲をつかむ死」 Death in the Clouds　一九九二
原作『雲をつかむ死』
監督：スティーヴン・ウィタッカー
脚本：ウィリアム・ハンブル
出演：デイヴィッド・スーシェ、ヒュー・フレイザー、サラ・ウッドワード、ショーン・スコット

「愛国殺人」 One, Two, Buckle My Shoe　一九九二
原作『愛国殺人』
監督：ロス・デヴェニッシュ

脚本：クライヴ・エクストン
出演：デイヴィッド・スーシェ、ヒュー・フレイザー、ピーター・ブライス

第五シーズン（一九九三）

「エジプト墳墓のなぞ」The Adventure of the Egyptian Tomb
原作「エジプト墳墓の謎」

「負け犬」The Under Dog
原作「負け犬」

「黄色いアイリス」Yellow Iris
原作「黄色いアイリス」

「なぞの遺言書」The Case of the Missing Will
原作「謎の遺言書」

「イタリア貴族殺人事件」The Adventure of the Italian Nobleman
原作「イタリア貴族殺害事件」

「チョコレートの箱」The Chocolate Box
原作「チョコレートの箱」

「死人の鏡」Dead Man's Mirror
原作「死人の鏡」

「グランド・メトロポリタンの宝石盗難事件」The Jewel Robbery at the Grand Metropolitan
原作「グランド・メトロポリタンの宝石盗難事件」

第六シーズン（このシーズン以降長篇のみ）

「ポワロのクリスマス」Hercules Poirot's Christmas　一九九五
原作『ポアロのクリスマス』
監督：エドワード・ベネット
脚本：クライヴ・エクストン
出演：デイヴィッド・スーシェ、ヴァーノン・ドブチェフ、サイモン・ロバーツ

「ヒッコリー・ロードの殺人」Hickory Dickory Dock　一九九五
原作『ヒッコリー・ロードの殺人』
監督：アンドリュー・グリーヴ
脚本：アンソニー・ホロウィッツ
出演：デイヴィッド・スーシェ、ジョナサン・ファース、パリス・ジェファーソン、グランヴィル・サクストン

「ゴルフ場殺人事件」Murder on the Links　一九九六

原作『ゴルフ場殺人事件』
監督：アンドリュー・グリーヴ
脚本：アンソニー・ホロウィッツ
出演：デイヴィッド・スーシェ、ヒュー・フレイザー、ダイアン・フレッチャー、ダミエン・トーマス

「もの言えぬ証人」Dumb Witness　一九九六
原作『もの言えぬ証人』
監督：エドワード・ベネット
脚本：ダグラス・ワトキンソン
出演：デイヴィッド・スーシェ、パトリック・ライカート、ノーマ・ウェスト、アン・モリッシュ

第七シーズン
「アクロイド殺人事件」The Murder of Roger Ackroyd　二〇〇〇
原作『アクロイド殺し』
監督：アンドリュー・グリーヴ
脚本：クライヴ・エクストン

出演：デイヴィッド・スーシェ、フィリップ・ジャクソン、オリヴァー・フォード・デイヴィーズ（シェパード医師）

「エッジウェア卿の死」Lord Edgware Dies　二〇〇〇
原作『エッジウェア卿の死』
監督：ブライアン・ファーナム
脚本：アンソニー・ホロウィッツ
出演：デイヴィッド・スーシェ、ヘレン・グレイス、ジョン・キャッスル（エッジウェア卿）

第八シーズン

「白昼の悪魔」Evil Under the Sun　二〇〇一
原作『白昼の悪魔』
監督：ブライアン・ファーナム
脚本：アンソニー・ホロウィッツ
出演：デイヴィッド・スーシェ、トム・ミーツ、デイヴィッド・モーリンソン、タムジン・マルソン、マイクル・ヒッグス

「メソポタミア殺人事件」Murder in Mesopotamia　二〇〇一

原作『メソポタミヤの殺人』
監督：トム・クレッグ
脚本：クライヴ・エクストン
出演：デイヴィッド・スーシェ、ロン・バーグラス、バーバラ・バーンズ、ダイナ・スタッブ

第九シーズン

Five Little Pigs 二〇〇三
原作『五匹の子豚』
監督：ポール・アンウィン
脚本：ケヴィン・エリヨット
出演：デイヴィッド・スーシェ、レイチェル・スターリング、ジュリー・コックス

Sad Cypress 二〇〇三
原作『杉の柩』
監督：デイヴ・ムーア
脚本：デイヴィッド・パイリー
出演：デイヴィッド・スーシェ、エリザベス・ダーモット＝ウォルシュ、ケリー・ライリー

Death on the Nile　二〇〇三
原作『ナイルに死す』
監督：アンディ・ウィルソン
脚本：ケヴィン・エリヨット
出演：デイヴィッド・スーシェ、ジェームズ・フォックス、J・J・フィールド

The Hollow　二〇〇四
原作『ホロー荘の殺人』
監督：サイモン・ラングトン
脚本：ニック・ディア
出演：デイヴィッド・スーシェ、ジョナサン・ケイク、ミーガン・ドッズ

アメリカ版ポアロ

英ＥＭＩ製作の劇場映画「ナイル殺人事件」「地中海殺人事件」などでポアロを演じたピーター・ユスティノフを起用したＴＶＭシリーズ。アメリカのＣＢＳ系列で放送された。

「エッジウェア卿の死」 Thirteen at Dinner　一九八五

原作『エッジウェア卿の死』

監督：ルー・アントニオ

脚本：ロッド・ブラウニング

出演：ピーター・ユスティノフ、ジョナサン・セシル（ヘイスティングズ）、フェイ・ダナウェイ、リー・ホースリー、デイヴィッド・スーシェ（ジャップ警部）

備考　後に「名探偵エルキュール・ポワロ」でポアロを演じるデイヴィッド・スーシェがジャップ警部役で出演。

「死者のあやまち」 Dead Man's Folly　一九八六

原作『死者のあやまち』

監督：クライヴ・ドナー

脚本：ロッド・ブラウニング

出演：ピーター・ユスティノフ、ジョナサン・セシル（ヘイスティングズ）、ティム・ピゴット＝スミス、ジーン・ステイプルトン（アリアドニ・オリヴァ夫人）

「三幕の殺人」 Murder in Three Acts　一九八六

原作『三幕の殺人』

監督：ゲイリー・ネルソン
脚本：スコット・スワンソン
出演：ピーター・ユスティノフ、ジョナサン・セシル（ヘイスティングズ）、トニー・カーティス、エマ・サムズ
備考　メキシコで撮影。

その他

Mueder by the Book　一九八六　イギリス
監督：ローレンス・ゴードン・クラーク
出演：ペギー・アスクロフト（クリスティー）、イアン・ホルム（ポアロ）
備考　クリスティー宅に編集者が訪れ『カーテン』の出版を要請していると、ポアロが現れ、「まだ起きていない犯罪の被害者と犯人を知っているが、その時期と動機がわからない。被害者は自分で、犯人はあなただ」という。51分の中篇。

Murder on the Orient Express　二〇〇一　アメリカ
原作『オリエント急行の殺人』
監督：カール・シェンケル
脚本：スティーヴン・ハリガン

出演：アルフレッド・モリーナ（ポアロ）、メレディス・バクスター、レスリー・キャロン

Neudacha Poirot　二〇〇二　ロシア
原作『アクロイド殺し』
監督：セルゲイ・ウルスリャク
脚本：セルゲイ・ウルスリャク
出演：コンスタンチン・ラジキン（ポアロ）、セルゲイ・マコヴェツキー（シェパード医師）、スヴェトラナ・ネモリャイエワ

「アガサ・クリスティーの名探偵ポワロとマープル」　二〇〇四　日本

小説にはない少女メイベルを登場させ、ポワロの助手としてヘイスティングスとともに捜査に協力、また大叔母であるミス・マープルに会いに行っては事件に遭遇している。NHKで7月4日から放送し、全39話を予定。声優は里見浩太朗（ポワロ）、八千草薫（マープル）、折笠富美子（メイベル）、野島裕史（ヘイスティングス）。

「グランド・メトロポリタンの宝石盗難事件」
原作「グランド・メトロポリタンの宝石盗難事件」

「安マンションの謎」
原作「安アパート事件」

「風変わりな遺言」
原作「謎の遺言書」

「申し分のないメイド」
原作「申し分のないメイド」

「ＡＢＣ殺人事件」（全４話）
原作「ＡＢＣ殺人事件」

「総理大臣の失踪」（全２話）
原作「首相誘拐事件」

●ミス・マープル

A Murder Is Announced　一九五六　アメリカ
原作『予告殺人』
監督：ポール・スタンリー
脚本：ウィリアム・テンプルトン
出演：グレイシー・フィールズ（マープル）、ジェシカ・タンディ、マルカム・クイン（クラドック）
備考　ＮＢＣの"Goodyear TV Playhouse"枠で放送したもの。55分。端役でロジャー・ムーアも出演。クリスティー作品初のカラー・ドラマ。

Mord im Pfarrhaus　一九七〇　西ドイツ
原作『牧師館の殺人』
監督：ハンス・クェスト
脚本：ペーター・ゴールドバウム
出演：インゲ・ランゲン（マープル）、ヘルベルト・メンシング、イングリッド・カペル

次の二作はヘレン・ヘイズがマープルに扮したＴＶＭ。アメリカのＷＢテレビジョンが製作し、ＣＢＳ系列で放送された。

「カリブ海殺人事件」 A Caribbean Mystery　一九八三
原作『カリブ海の秘密』
監督：ロバート・ルイス
脚本：スー・グラフトン、スティーヴ・ハンフリー
出演：ヘレン・ヘイズ、バーナード・ヒューズ、モーリス・エヴァンス

「魔術の殺人」 Murder With Mirrors　一九八五
原作『魔術の殺人』
監督：ディック・ロウリー
脚本：ジョージ・エクスタイン
出演：ヘレン・ヘイズ、ベディ・デイヴィス、レオ・マッカーン

次の十二作は、ジョーン・ヒクソンがマープルに扮したミニ・シリーズ。イギリスのＢＢＣが製作。また、アメリカのＰＢＳと提携し、アメリカではＰＢＳの"Mystery!"枠で放送された。

「書斎の死体」 The Body In The Library　一九八四
原作『書斎の死体』
監督：シルヴィオ・ナリツァーノ

脚本：T・R・ボウエン
出演：ジョーン・ヒクソン、モーレー・ワトスン、グウェン・ワトフォード

「動く指」The Moving Finger　一九八五
原作『動く指』
監督：ロイ・ボウルティング
脚本：ジュリア・ジョーンズ
出演：ジョーン・ヒクソン、マイクル・カルヴァー、リチャード・ピアスン

「予告殺人」Murder is Announced　一九八五
原作『予告殺人』
監督：デイヴィッド・ジャイルズ
脚本：アラン・プレイター
出演：ジョーン・ヒクソン、アースラ・ハウエルズ、レネー・アシャーソン、ジョン・キャッスル（クラドック）、シルヴィア・シムズ

「ポケットにライ麦を」A Pocket Full of Rye　一九八五
原作『ポケットにライ麦を』

監督：ガイ・スレイター
脚本：T・R・ボウエン
出演：ジョーン・ヒクソン、ティモシー・ウェスト、ファビア・ドレイク、ピーター・デイヴィソン

「牧師館の殺人」Murder At The Vicarage　一九八六
原作『牧師館の殺人』
監督：ジュリアン・エイミャス
脚本：T・R・ボウエン
出演：ジョーン・ヒクソン、ポール・エディングトン、チェリル・キャンベル、ロバート・ラング

「スリーピング・マーダー」Sleeping Murder　一九八七
原作『スリーピング・マーダー』
監督：ジョン・デイヴィーズ
脚本：ケン・テイラー
出演：ジョーン・ヒクソン、フレデリック・トレヴス、ジョン・モウルダー＝ブラウン、ジェラルディン・アレキサンダー

「バートラム・ホテルにて」At Bertram's Hotel　一九八七

原作『バートラム・ホテルにて』
監督：メアリー・マクマレー
脚本：ジル・ヘイム
出演：ジョーン・ヒクソン、ジョージ・ベイカー、ジェームズ・コシンズ、ジョーン・グリーンウッド

「復讐の女神」Nemesis　一九八七

原作『復讐の女神』
監督：デイヴィッド・タッカー
脚本：T・R・ボウエン
出演：ジョーン・ヒクソン、ジョン・ホースリー、マーガレット・タイザック、ピーター・コプリー

「パディントン発4時50分」4:50 from Paddington　一九八七

原作『パディントン発4時50分』
監督：マーティン・フレンド

TV

脚本：T・R・ボウエン
出演：ジョーン・ヒクソン、モーリス・デナム、ジョアンナ・デイヴィッド、デイヴィッド・ホロヴィッチ（スラック警部）

「カリブ海の秘密」 A Caribbean Mystery　一九八九
原作『カリブ海の秘密』
監督：クリストファー・ペティット
脚本：T・R・ボウエン
出演：ジョーン・ヒクソン、ドナルド・プレゼンス、フランク・ミドルマス、T・P・マッケンナ

「魔術の殺人」 They Do It with Mirrors　一九九一
原作『魔術の殺人』
監督：ノーマン・ストーン
脚本：T・R・ボウエン
出演：ジョーン・ヒクソン、ジーン・シモンズ、ジョス・アクランド、フェイス・ブルック

「鏡は横にひび割れて」 Mirror Crack'd From Side To Side　一九九二

原作『鏡は横にひび割れて』
監督：ノーマン・ストーン
脚本：T・R・ボウエン
出演：ジョーン・ヒクソン、クレア・ブルーム、ジョン・キャッスル（クラドック）

●トミーとタペンス

ロンドン・ウィークエンド・テレビジョン（LWT）が製作。83年10月のTVM「秘密機関」についで、1時間もののシリーズ「二人で探偵を」（Partners in Crime）が放送された。（ビデオ題名は「おしどり探偵」）トニー・ワームビー、ポール・アネットが監督。レギュラー・キャストはトミー役のジェームズ・ワーウィック、タペンス役のフランセスカ・アニス、アルバート役のリース・ディンズデイル、マリオット警部役のアーサー・コックス。

「秘密機関」The Secret Adversary 一九八三
原作『秘密機関』
監督：トニー・ワームビー
脚本：パット・サンディズ
出演：ジェームズ・ワーウィック、フランセスカ・アニス、アレック・マッコウェン

「二人で探偵を」Partners in Crime　一九八三
原作『おしどり探偵』
「桃色真珠紛失の謎」The Affair of the Pink Pearl
原作「桃色真珠紛失事件」
「死をはらむ家」The House of Lurking Death
原作「死のひそむ家」
「サニングデールの怪事件」The Sunningdale Mystery
原作『サニングデールの謎』
「赤い館の謎」The Clergyman's Daughter
原作「牧師の娘」
「キングで勝負」Finessing the King
原作「キングを出し抜く」
「大使の靴の謎」The Ambassador's Boots
原作「大使の靴」
「霧の中の男」The Man in the Mist
原作「霧の中の男」
「破れないアリバイなんて」The Unbreakable Alibi

原作「鉄壁のアリバイ」
「婚約者失踪の謎」The Case of the Missing Lady
原作「婦人失踪事件」
「ばりばり野郎」The Crackler
原作「パリパリ屋」

●「アガサ・クリスティー・アワー」Agatha Christie's Hour（一九八二）

テムズ・テレビジョン製作の1時間シリーズで、マイクル・シンプソン、ブライアン・ファーナム、ジョン・フランカウ、シリル・コーク、デズモンド・デイヴィス、クリストファー・ホドスンが監督。『死の猟犬』『リスタデール卿の謎』『パーカー・パイン登場』などの短編集に収録された短編10話を基にしている。ポアロ、マープルは登場しないが、パーカー・パインが「中年婦人の事件」「不満軍人の事件」の2話に登場（パインがTVに登場するのはこの二本のみ）。モーリス・デナムがパインを演じている。

「ジェインの求職」Jane in Search of a Job
原作「ジェインの求職」
「車中の娘」The Girl in the Train

原作「車中の娘」

「エドワード・ロビンソンは男なのだ」 The Manhood of Edward Robinson

原作「エドワード・ロビンソンは男なのだ」

「赤信号」 The Red Signals

原作「赤信号」

「マグノリアの香り」 Magnolia Blossom

原作「白木蓮の花」

「中年婦人の事件」 The Case of the Middle-Aged Wife

原作「中年夫人の事件」

「不満軍人の事件」 The Case of the Discontented Soldier

原作「退屈している軍人の事件」

「第四の男」 The Fourth Man

原作「第四の男」

「青い壺の謎」 The Mystery of the Blue Jar

原作「青い壺の謎」

「仄暗い鏡の中に」 In a Glass Darkly

原作「仄暗い鏡の中に」

●その他の作品

Ten Little Niggers　一九四九　イギリス
原作『そして誰もいなくなった』
監督：ケヴィン・シェルドン
脚本：アガサ・クリスティー
出演：ブルース・ベルフレイジ、ジョン・スチュアート、ジョン・ベントリー、アーサー・ウォントナー
備考　BBC作品。舞台中継形式。一時間半番組。八月二〇日放送。

Witness for the Prosecution　一九四九　アメリカ
原作『検察側の証人』
出演：E・G・マーシャル
備考　NBCの“Chevrolet Tele-Theater”枠で30分の生放送番組。十月三一日放送。

Three Blind Mice　一九五〇　アメリカ
原作「三匹の盲目のねずみ」
出演：リチャード・カイリー

備考　ＣＢＳの“The Web”枠で30分の生放送番組。八月十七日放送。

Three Blind Mice　一九五〇　アメリカ
原作「三匹の盲目のねずみ」
出演：ジョン・キャラディン、マーシャ・ハント
備考　ＣＢＳの“Sure as Fate”枠。十月三十一日放送。

Witness for the Prosecution　一九五〇　アメリカ
原作『検察側の証人』
監督：ユル・ブリナー
出演：ジョン・ドノヴァン
備考　ＮＢＣの“Danger”枠で30分の生放送番組。十一月七日放送。

The Golden Ball　一九五〇　アメリカ
原作「黄金の玉」
出演：ジョージ・ネイダー、イヴ・ミラー
備考　ＮＢＣの“Fireside Thester”枠。十一月十七日放送。

The Red Signal　一九五二　アメリカ
原作「赤信号」
出演：トム・ドレイク
備考　"Suspense"枠で放送。

Witness for the Prosecution　一九五三　アメリカ
原作『検察側の証人』
出演：E・G・ロビンソン
備考　CBSの"The Lux Video Theater"枠で30分の生放送番組。九月十七日放送。

Ten Little Indians　一九五九　アメリカ
原作『そして誰もいなくなった』
監督：ポール・ボガート、フィリップ・F・ファルコン
脚本：フィリップ・H・レイスマン・ジュニア
出演：ニナ・フォック、バリー・ジョーンズ、ロムニー・ブレント

Hercules Poirot　一九六二　アメリカ
出演：マーティン・ゲイブル

備考　ＣＢＳの“General Electric Theatre”枠で放送された30分番組。シリーズ化が企画されていたが、実現しなかった。四月一日放送。

Zehn kleine Negerlein　一九六九　西ドイツ
原作『そして誰もいなくなった』
監督：ハンス・クエスト
脚本：ゲルト・クラウス，フリッツ・ペーター・ブッフ
出演：アルフレッド・シェスケ

Where There's a Will　一九七五　イギリス
原作「ラジオ」
監督：マーク・カリンガム
脚本：マイクル・ギルバート
出演：リチャード・ジョンソン、ハナ・ゴードン
備考　アングリアＴＶの“Orson Welles's Great Mystery”（邦題　オーソン・ウェルズ劇場）枠で放送された30分番組。十一月十三日放送。

「霜降山荘殺人事件」　日本　一九八〇

原作戯曲『招かれざる客』
監督：荻野慶人
脚本：加来英治
出演：栗原小巻，林隆三
備考 脚本の加来英治は主演した栗原小巻の弟。よみうりテレビ系列で放送。

「なぜエバンスに頼まなかったのか？」 Why Didn't They Ask Evans? 一九八〇 イギリス
原作『なぜ、エヴァンズに頼まなかったのか？』
監督：トニー・ワームビー、ジョン・デイヴィーズ
脚本：パット・サンディズ
出演：ジョン・ギールグッド、バーナード・マイルズ、フランセスカ・アニス、ジェームズ・ワーウィック、リー・ローソン
備考 LWT作品。もともとはTVミニ・シリーズとして企画されたが、放送前に再編集して三時間物に変更された。ビデオ題名は「なぜ、エヴァンスに頼まなかったのか？」。

「七つのダイヤル」 The Seven Dials Mystery イギリス 一九八一
原作『七つの時計』
監督：トニー・ワームビー

脚本：パット・サンディズ
出演：チェリル・キャンベル、ジェームズ・ワーウィック、クリストファー・スコウラー、ルーシー・ガターリッジ
備考　ビデオ題名は「七つの時計」。

「検察側の証人」Witness for the Prosecution　一九八二　イギリス
原作『検察側の証人』
監督：アラン・ギブソン
脚本：ジョン・ゲイ
出演：ラルフ・リチャードソン、ボー・ブリッジス、ダイアナ・リグ、デボラ・カー、ウェンディ・ヒラー
備考　戯曲及び《情婦》の脚本に基づく。

「ロンドン殺人事件」Murder Is Easy　一九八二　アメリカ
原作『殺人は容易だ』
監督：クロード・ワッサム
脚本：カーメン・カルヴァー
出演：ヘレン・ヘイズ、オリヴィア・デ・ハヴィランド、ビル・ビクスビー、レスリー＝アン

・ダウン
備考 CBSで放送。ビデオ題名は「殺人は容易だ」。

Spider's Web 一九八二 イギリス
原作 戯曲『蜘蛛の巣』
監督：バジル・コールマン
脚本：不明
出演：ペネロープ・キース、ロバート・フレミング、ソーリー・ウォルターズ
備考 BBC製作。

「スキャンダル殺人事件」 Sparkling Cyanide 一九八三 アメリカ
原作『忘られぬ死』
監督：ロバート・ルイス
脚本：スー・グラフトン、スティーヴ・ハンフリー、ロバート・マルカム・ヤング
出演：アンソニー・アンドリュース、デボラ・ラフィン、ハリー・モーガン、ジョセフ・ソマー
備考 CBSで放送。舞台はLAに変更。ビデオ題名は「忘られぬ死」。

The Last Seance　一九八六　イギリス
原作「最後の降霊会」
監督：ジューン・ウィンダム＝デイヴィーズ
脚本：アルフレッド・ショーネシー
出演：アンソニー・ヒギンズ、ジャンヌ・モロー、ノーマ・ウェスト
備考　グラナダTVのドラマシリーズ“Shades of Darkness”枠で放送。一時間番組。

「茶色の服の男」The Man in the Brown Suit　一九八九　アメリカ
原作『茶色の服の男』
監督：アラン・グリント
脚本：カーラ・ジーン・ワグナー
出演：ステファニー・ジンバリスト、ルー・マクラナハン、エドワード・ウッドワード、トニー・ランドール
備考　日本では「殺しのブラウン・スーツ」としてビデオで公開されたのち、衛星放送で「茶色の服の男」として放送された。66年の映画 The Alphabet Murders でポアロを演じたランドールが共演。

「蒼ざめた馬」The Pale Horse　一九九六　イギリス

原作『蒼ざめた馬』
監督：チャールズ・ビーソン
脚本：アルマ・カレン
出演：コリン・ブキャナン、ジェーン・アッシュボーン、ハーミオン・ノリス
備考 ビデオ題名は「魔女の館殺人事件」。

「招かれざる客 富士山麓連続殺人事件」 二〇〇一 日本
原作戯曲『招かれざる客』
監督：伊藤寿浩
脚本：橋本以蔵
出演：浅野ゆう子、三田村邦彦、宇梶剛士、野際陽子
備考 ＢＳジャパン、テレビ東京で放送。

Sparkling Cyanide 二〇〇三 イギリス
原作『忘られぬ死』
監督：トリストラム・パウエル
脚本：ローラ・ラムソン
出演：ケネス・クランハム、レイチェル・シェリー、リア・ウィリアムズ

クリスティーのロンドンの家

数藤　康雄

ブルー・プラークというものをご存知だろうか？　直訳すると〝青い記念銘板〟となるが、この家には××年から××年まで何某という有名人が住んでいたということが記された銘板（陶製が多い）のことで、家の壁などに取り付けられている。イギリスにはディケンズやドイルを始めとして数多くのプラークがある。どうやら公認と非公認のものがあるようだが、公認のものは、English Heritage の「ブルー・プラーク事務局」が独自の調査結果にもとづいてお墨付きを出すらしい。権威のあるもので、一人につき一つしか認めていない。

クリスティーは一時八軒の家を所有するほど数多くの家に住んでいた。子供時代に人形の家で遊ぶのが大好きで、その性癖が終生抜け切れなかったのであろうが、現在ロンドンには、クリスティーのプラークは公認と非公認のものが各一個存在している。

まず非公認のものは、チェルシーのクレスウェル・プレース二二の家に取り付けられている。一九二九年に購入し、死ぬまで所有していた愛着のある家。狭い厩舎の建物を改造して住み心地をよくしたもので、一時はウル発掘を指揮していたウーリー卿夫妻に貸したりしている。

公認のプラークは永らく存在しなかったが、あるアメリカ人旅行者からの要望が受け入れられ、二〇〇一年十一月にキャムデン・ヒルのシェフィールド・テラス五八の家に取り付けられた。クリスティーはここを一九三四年から一九四一年まで所有していた。かなり大きな家で、クリスティーはこの家で初めて執筆のための仕事部屋を持ったそうである。

実は、クリスティーの自伝やジャネット・モーガンの公式な伝記では、クリスティーはシェフィールド・テラス四八に住んでいたと記されている。「ブルー・プラーク事務局」も最初は四八番地の家を調査したが、四八番地では自伝に書いてある記述と矛盾する（五八であれば問題ない）ことがわかった。そこで当時の選挙人名簿や郵便配達人名録などから最終的な確認作業が行なわれた。それまで住んでいたキャムデン・ストリートの家もスワン・コートの家もいずれも四八だったので、クリスティーが無意識に間違えたというのが真相のようである。

ロンドンを訪れるクリスティー・ファンはぜひともこのプラークを見にいこう。その家にはクリスティーの足跡が残されていて、クリスティーを偲ぶことが出来るのだから。

アガサ・クリスティー年譜

一八九〇年
イギリスに移住したアメリカ人実業家フレデリック・アルヴァ・ミラーと、彼の継母のイギリス人の姪クララ・ベーマーの次女として、九月十五日デヴォンシャー、トーキイに生まれる。姉マージョリー（マッジ）、兄ルイ・モンタント（モンティ）の三人兄弟の末っ子だった。十一月二十日トア・モハンの教区教会で洗礼を受け、アガサ・メアリ・クラリッサ・ミラーと名付けられる。アッシュフィールドと呼ばれる生家で比較的裕福な幼年時代を送ったが、私立校に進んだ姉兄と違い正規の学校教育は受けなかった。内気で多感な読書好きの少女だった。

一八九六年（六歳）
父の健康状態が悪化。一家で南フランスのポーに半年間滞在する。アルジェレ、コーテレを経てパリへ。この間家庭教師につきフランス語を習得した。帰国後間もなくドイツ人音楽教師フロイライン・ウーデルについてピアノを始める。

一八九八年（八歳）
姉からシャーロック・ホームズ物語や『リーヴンワース事件』の話をしてもらい、探偵小説が大好きになる。

一九〇一年（十一歳）

十一月、急性肺炎で父亡くなる。家庭の経済状態悪化。

一九〇二年 （十二歳）

九月、姉マッジがジェームズ・ワッツと結婚。音楽と読書に明け暮れる日々。母のすすめで、この頃から詩や短篇小説をさまざまな雑誌に投稿する。

一九〇五年 （十五歳）

トーキイにあるミス・ガイヤーの学校で初めて学園生活を経験し、算数に魅せられる。その冬からパリの寄宿校に留学、本格的に声楽とピアノに打ち込む。

一九〇六年 （十六歳）

音楽への情熱に燃えて、当時一流のバリトン歌手ブーエ、テノール歌手ジャン・ド・レスクに師事する。約十八カ月の留学生活ののちに、才能のないことを悟り挫折した。冬、気分転換と母の病気療養のため母とカイロへ旅行、名所や遺跡も訪れずダンス・パーティに興じる。このころアッシュフィールドの近隣に住んでいたイーデン・フィルポッツと交遊があり、カイロ旅行に取材した習作長篇『砂漠の雪』について助言を乞う。

一九〇七年 （十七歳）

ガストン・ルルーの『黄色い部屋の秘密』に感心し、姉と探偵小説が書けるかどうか論争する。後に作家になる動機となった。

一九一二年（二十二歳）

あるダンス・パーティで英国航空隊所属のアーチボルド・クリスティーと出会う。当時レジー・ルーシーと婚約中だったアガサはこれを解消。

一九一四年（二十四歳）

クリスティーと結婚。第一次大戦開始直後のクリスマス休暇を利用して二人きりの慌しい式を挙げる。夫がフランスで参戦中は、トーキイの陸軍病院でボランティアの看護婦として働いた。薬局勤務をとおして毒薬の知識を得る。

一九一六年（二十六歳）

処女作『スタイルズ荘の怪事件』を書き始め、後半部はホテルにこもって二週間で脱稿。名探偵エルキュール・ポアロを創出する。幾つもの出版社に送るが、その度ボツになった。

一九一八年（二十八歳）

アーチボルド、空軍省に転属。ロンドンのノースウィック・テラスに新居を構える。

一九一九年　（二十九歳）

娘誕生。シェークスピアの『お気に召すまま』のヒロインに因んでロザリンドと命名。アディスン・マンションに引っ越す。

一九二〇年　（三十歳）

ボドリー・ヘッド社の編集者ジョン・レーンに見出され『スタイルズ荘の怪事件』刊行。初版二千部を売り切ったが、収入はウィークリー・タイムズ誌の連載権料の半分、わずか二十五ポンドだった。第二作『秘密機関』につづき『ゴルフ場殺人事件』も好評で新進小説家の地歩を築く。

一九二三年　（三十三歳）

大英帝国博覧会の宣伝使節となった夫とともに世界一周旅行に出る。南アフリカ、オーストラリア、ニュージーランド、ハワイ、カナダ、アメリカを歴訪。特にサーフィンに夢中になる。帰国後、夫に職がなかったためクリスティー家の財政逼迫。

一九二四年　（三十四歳）

『茶色の服の男』で初めてまとまった収入を得、夫も待望の金融界に入ったため事態は好転。

サニングデールに家を買い、〝スタイルズ荘〟と命名。長年交際することになる秘書のシャーロット・フィッシャーを雇う。

一九二六年（三十六歳）

版元をコリンズ社に変更し『アクロイド殺し』を刊行。このトリックについてフェアかアンフェアかの論議を呼び一躍名を高めた。母死去。深い悲しみに沈み、精神的動揺が大きかった。十二月三日スタイルズ荘から手がかり一つ残さず消える、いわゆる〝謎の失踪事件〟を起こす。十一日後ヨークシャーのハロゲイトにある鉱泉療養ホテルで発見されたが、マスコミ各紙が事件を報道し、夫が殺したのではないかなど憶測とびから騒ぎになった。一部からは売名行為と中傷され、事実これを契機に売れっ子作家となったが、もともと内気なクリスティーのマスコミ嫌いに拍車がかけられた。後に原因は記憶喪失症によるものと診断される。

一九二七年（三十七歳）

『ビッグ4』を書き上げ職業作家の自覚が芽生える。五千五百ポンドでスタイルズ荘を売却。

一九二八年（三十八歳）

二月、ロザリンド、シャーロット・フィッシャーとカナリア諸島で静養。四月、アーチボルドとの離婚成立。五月、『アクロイド殺し』が〈アリバイ〉のタイトルで、チャールズ・ロートンにより劇化。プリンス・オブ・ウェールズ劇場で公開される。またドイツで『秘密機関』の映画が製作され、クリスティーのミステリが初めて劇化・映画化された記念すべき年となった。

一九三〇年（四十歳）

メソポタミアを旅行中、考古学の権威ウーリー卿の紹介で、ウルの古代都市発掘に参加していた少壮の考古学者、マックス・E・L・マローワン（当時二十六歳）と知り合う。九月十一日エディンバラのセント・コロンバ教会で結婚。以後夫とともに毎年イラク、シリアに発掘に行くようになる。メアリ・ウェストマコット名義で普通小説『愛の旋律』刊行。一九三〇年代は彼女のもっとも充実した時期で、一年に長篇約二作を書き数々の名作を生み出した。

一九三四年（四十四歳）

メアリ・ウェストマコット名義で自伝的作品といわれる『未完の肖像』刊行。『オリエント急行の殺人』の驚異的なトリックが衆目を集める。

一九三九年（四十九歳）

『そして誰もいなくなった』刊行。グリーンウェイ・ハウスを購入。ウォーリングフォードの小宅とともに後半生の良き住いとなる。第二次大戦勃発、再び薬剤師を志願する。グリーンウエイ・ハウスを疎開者の託児所に提供し、ドイツ軍の空襲を浴びるロンドン市内シェフィールド・テラスに住む。

一九四一年（五十一歳）
夏、薬剤師として大学病院に勤務。ハムステッドのローン・ロード・アパートに引っ越す。

一九四三年（五十三歳）
『そして誰もいなくなった』劇化。セント・ジェームズ劇場で上演され好評。九月二十一日、孫マシュー・プリチャード誕生。
大戦中の世情の乱れたこの時期、万一の場合を考え、ポアロ最後の事件である『カーテン』、ミス・マープル最後の事件となる『スリーピング・マーダー』を執筆。前者印税は娘ロザリンドへ、後者はマローワンに贈られ、死後出版の契約で版元の金庫に収められた。ロザリンドの夫、ヒューバート・プリチャード戦死。

一九四五年（五十五歳）
ルネ・クレール監督『そして誰もいなくなった』を映画化。

一九四六年（五十六歳）

中近東での生活を語った『さあ、あなたの暮らしぶりを話して』をアガサ・クリスティー・マローワン名義で刊行。また、このころ自作の演劇化に熱中した。

一九五〇年　（六十歳）

イラクにて『アガサ・クリスティー自伝』の執筆を開始。マープル物の傑作ミステリ『予告殺人』刊行。

一九五二年　（六十二歳）

メアリ皇太后八十歳の誕生日のために作られたＢＢＣ放送のラジオ劇『三匹の盲目のねずみ』を舞台化。〈ねずみとり〉と改題し、十一月二十五日ロンドンのアンバサダー劇場で初演。以後二十四年間に九九七四回続演され世界最長のロングラン興行となる。現在もセント・マーティン劇場で上演されている。

一九五三年　（六十三歳）

十月二十八日、劇〈検察側の証人〉上演。大好評。

一九五四年　（六十四歳）

同戯曲、ニューヨークのブロードウェイに進出。

一九五五年（六十五歳）
五月十六日〈検察側の証人〉ニューヨーク劇評家協会より最優秀海外演劇賞を受ける。ちなみに同年の最優秀国内演劇賞はテネシー・ウィリアムズの〈灼けたトタン屋根の上の猫〉であった。

一九五六年（六十六歳）
ＣＢＥ（Commander of British Empire）を叙勲。エクセター大学名誉博士号を受ける。

一九五七年（六十七歳）
ビリー・ワイルダー監督により《情婦》のタイトルで「検察側の証人」映画化。

一九六二年（七十二歳）
前夫アーチボルド・クリスティー死去。

一九六三年（七十三歳）
『複数の時計』刊行。ポアロに探偵小説論を展開させ、健在ぶりを示した。

一九六五年　（七十五歳）
自伝を書き上げる。

一九六八年　（七十八歳）
夫マローワン教授、考古学における業績によりナイト爵位を受ける。

一九七〇年　（八十歳）
八十冊目のミステリ『フランクフルトへの乗客』刊行。実際に起こったハイジャック事件を先取りしていたとして世界中の話題となる。

一九七一年　（八十一歳）
DBE（Dame Commander of British Empire：ナイトに相当する女性の階級）に叙せられる。

一九七三年　（八十三歳）
最後のミステリとなった『運命の裏木戸』刊行。

一九七四年　（八十四歳）

映画《オリエント急行殺人事件》のロイヤル・プレミア・ショーでエリザベス女王に拝謁する。

一九七五年（八十五歳）
『カーテン』の発行許可を出す。

一九七六年
一月十二日ロンドン近郊のウォーリングフォードの自宅（通称ウィンターブルック・ハウス）で亡くなる。享年八十五歳。死後にミス・マープル最後の事件『スリーピング・マーダー』が刊行される。

一九八四年
ジョーン・ヒクソンがマープルを演じるTVシリーズがBBCより放映開始された。

一九八九年
デイヴィッド・スーシェがポアロを演じるTVシリーズがITVより放映開始された。

一九九〇年

クリスティー生誕百年記念年。それを祝してロンドンと生まれ故郷トーキイでは、様々な祭典が実施された。トーキイのトーキイ博物館や元修道院トア・アビイではクリスティー記念展が開かれ、現在では常設展示となっている。

一九九九年

これまで単行本未収録であった幻の作品を集めた短篇集『マン島の黄金』が出版される。

二〇〇〇年

世界最長の公演記録を更新し続けている劇〈ねずみとり〉が、この年の十二月に上演回数二万回に達した。なお現在もセント・マーティン劇場で上演されている。

あとがき

本書は、新版の《クリスティー文庫》を底本とし、多数のクリスティー・ファンクラブ会員の協力によって作られました。

協力された会員は以下のとおりです。

作品事典：麻田恵美美、阿部純子、安藤靖子、泉淑枝、庵原直子、岩田清美、上地恵津子、浦川恵子、海保なをみ、北見一裕、黒崎俊明、小堀久子、正田巌、新谷里美、杉みき子、高田雄吉、高橋顕子、田中茂樹、戸塚美砂子、中嶋千寿子、中島紀子、成瀬幸枝、新坂純一、浜田ひとみ、林克郎、林屋祐子、藤田果林、村上由美、山田由美子、若生織江、若尾美智子、渡邊富子

作中人物事典：青柳正文、荒井真理、安斎広之、池葉須明子、泉淑枝、庵原直子、井原美智代、今枝えい子、岩田清美、小田原浩之、海保なをみ、加藤雄、川本敬子、川端千穂、北見一裕、木下玲子、木宮加代子、木村優子、斉藤圭子、佐藤春子、清水千香子、正田巌、新谷里美、杉みき子、杉下弥生、杉本雅一、須田美智留、戸塚美砂子、中村昭子、中村正明、新坂純一、野

川百合子、原岡望、八木谷涼子
アイテム事典：マザーグース（原岡望）、作家名・書名（杉みき子）、音楽（安斎広之）、ゲーム（新坂純一）、料理・飲物（木津谷洋子）、交通（正田巌）、土地（泉淑枝・海保なをみ）、建築（槙千冬・八木谷涼子）、動物（戸塚美砂子）、植物（佐藤春子・槙千冬）、毒薬（加藤雄）、法律（杉下弥生）、行事・宗教（八木谷涼子）、病気（加藤雄）

また主に利用した参考書は以下のとおりです。

"The Agatha Christie Who's Who" (Randall Toy,Holt,Rinehart and Winston,1980)
"The Agatha Christie Companion" (Dennis Sanders & Len Lovallo,Berkley Books,1989)
"Agatha Christie A to Z" (Dawn B. Sova,Facts On File Inc.1996)
『アガサ・クリスティー生誕100年記念ブック』（早川書房、一九九〇）

さらに早川書房編集部の方々にも大いに助けられました。謝意を表するしだいです。

本書は、《クリスティー文庫》の最終配本という物理的・時間的な制約もあり、思わぬミスがあるかもしれません。不明・不備な点はぜひともご教示頂けたら幸いです（メールアドレスは whtsushin@mail.goo.ne.jp）。

二〇〇四年十月

数藤　康雄

索引

〔は〕

索引

作品索引

アガサ・クリスティー百科事典《ひやつかじてん》

作品、登場人物、アイテム、演劇、映像のすべて

〈クリスティー文庫 100〉

二〇〇四年十一月三十日　発行
二〇二五年一月十五日　六刷

（定価はカバーに表示してあります）

編者　数《す》藤《どう》康《やす》雄《お》
発行者　早川　浩
印刷者　草刈明代
発行所　株式会社　早川書房
郵便番号一〇一‐〇〇四六
東京都千代田区神田多町二ノ二
電話　〇三‐三二五二‐三一一一
振替　〇〇一六〇‐三‐四七七九九
https://www.hayakawa-online.co.jp

乱丁・落丁本は小社制作部宛お送り下さい。
送料小社負担にてお取りかえいたします。

印刷・中央精版印刷株式会社　製本・株式会社フォーネット社
Printed and bound in Japan
ISBN978-4-15-130100-1 C0198

本書は活字が大きく読みやすい〈トールサイズ〉です。